DIFICULDADE DA POESIA

João Mostazo

DIFICULDADE DA POESIA

Ensaios de literatura brasileira contemporânea

EDITORA UNICAMP

SISTEMA DE BIBLIOTECAS DA UNICAMP
DIVISÃO DE TRATAMENTO DA INFORMAÇÃO
Bibliotecária: Gardênia Garcia Benossi – CRB-8ª / 8644

L881d Lopes, João Gabriel Mostazo, 1991-
Dificuldade da poesia : ensaios de literatura brasileira contemporânea / João Mostazo – Campinas, SP : Editora da Unicamp, 2025.

1. Poesia brasileira. 2. Literatura brasileira. 3. Dificuldade de aprendizagem. 4. Formação. I. Título.

CDD – B869.15
– B869.93
– 371.914
– 370

ISBN: 978-85-268-1798-2

Foi feito o depósito legal.

Direitos reservados a

Editora da Unicamp
Rua Sérgio Buarque de Holanda, 421 – 3º andar
Campus Unicamp
CEP 13083-859 – Campinas – SP – Brasil
Tel./Fax: (19) 3521-7718 / 7728
www.editoraunicamp.com.br – vendas@editora.unicamp.br

SUMÁRIO

PRÓLOGO
OS TRÊS C'S DE CRISE

Há alguns anos se discutia muito sobre a perda de sentido da poesia. Ao longo dos primeiros dez ou quinze anos deste século, era comum ouvir a pergunta feita por jornalistas a poetas e a críticos literários, por críticos a poetas, e, quem sabe, por poetas a si mesmos: *Qual é o lugar da poesia hoje?* A pergunta era capciosa, pois guardava como pressuposto o fato, dado por evidente, de que a poesia havia perdido a imediatidade da sua razão de ser, ou, mais precisamente, de que a sua experiência agora era de deslocamento ou inadequação. As explicações para essa perda de sentido variavam – da cacofonia dos discursos da sociedade de consumo à substituição do livro em papel pelas mídias digitais, do "fim das grandes narrativas", que implicava a perda de sentido épico e coletivo da representação poética, à velocidade do mundo contemporâneo, que não permitiria mais o tempo e a paciência necessários ao cultivo de leitores e sujeitos líricos. No entanto, pouco se refletia sobre o porquê dessa pergunta – o que ela queria dizer sobre a nossa própria relação com a poesia, e, sobretudo, o que dizia sobre a relação da literatura consigo mesma? Diante de um cenário herdado da produção das últimas duas décadas do século XX, marcado pela multiplicidade de formas e pela ausência de movimentos literários, parte da crítica, como constatava Marcos Siscar, mantinha a poesia "sob suspeita", desconfiada da sua capacidade de tratar das grandes questões do tempo e do espírito, vendo-a conformada ao retrato do cotidiano, que, ainda que de bom resultado, só podia significar um rebaixamento do horizonte que ela outrora teria tido. No Brasil, Silviano Santiago expressou essa sensação em um ensaio de 2001 intitulado "As ilusões perdidas da poesia", no qual prevê que, já incapaz de atender às grandes questões da existência, as quais teriam sido relegadas às ciências e às teorias da informação, ao poeta só sobraria "o opaco e enigmático dia a dia de sua vida".[1] A desconfiança não era nova, e com efeito repisava as críticas feitas à poesia décadas antes, a exemplo do notável ensaio "Poesia ruim, sociedade pior", de Vinícius Dantas e Iumna Maria Simon, e de "A nova poesia brasileira e a poesia", de Dantas, nos quais a produção poética dos anos 1980 já era avaliada em termos similares.[2]

Ao mesmo tempo, a suspeita sobre a "perda de função" da poesia, e da literatura de modo geral, convidava a refletir sobre qual seria essa função afinal perdida. Ao longo de toda a sua formação, no século XVIII com o arcadismo, no XIX com o romantismo e no XX com o modernismo, o papel da literatura brasileira esteve intimamente vinculado à construção nacional, à afirmação da independência cultural do Brasil e à tentativa de conferir sentido próprio à particularidade brasileira. No "caos" contemporâneo, o que desaparece como função, no limite, é esse papel a que ao longo da sua história a literatura se prestou, o que diz menos da literatura e mais do país. Por sua vez, nos últimos 50 anos duas consciências foram se formando na produção literária brasileira: de um lado, a progressiva constatação do esgotamento e da ineficácia dos projetos de construção nacional; de outro, o deslocamento de ponto de vista lançado sobre o país, agora visto por aqueles excluídos da sua formação, dando ensejo

1 Santiago, 2001, *apud* Siscar, 2010a.

2 Dantas & Simon, 1985; Dantas, 1986. Para um balanço de fôlego a respeito do ensaio, e da poesia dos anos 1970-1980 de modo geral, ver o recente estudo de Viviana Bosi (V. Bosi, 2021).

a uma larga produção literária escrita na intersecção de perspectivas femininas, negras, periféricas e dissidentes, que tem por ação também a recuperação de autores e autoras que a história literária renegou. Em certo sentido, a literatura contemporânea é uma que se volta muito mais para o passado do que para o futuro do país, de modo menos a construir uma nação e mais a reavaliar a sua formação. De fato, do ponto de vista dos sujeitos historicamente excluídos, a função da literatura como instrumento de construção nacional nunca teve muito sentido, pois cumpre pensar, antes de tudo, que construção era aquela, e, principalmente, à custa de quem qualquer coisa como uma "nação brasileira" se formou. Nos últimos anos, ainda, vemos a progressiva formulação do esvaziamento do horizonte de construção nacional, cada vez mais presente na produção a partir dos anos 2010, a qual, à diferença das décadas anteriores, passou a colocar no centro da reflexão novamente o Brasil e, por consequência, voltou a se interessar – ainda que negativamente – pelo presente e pela história coletiva nacional.

Ainda no final dos anos 2000, Siscar apontava para a necessidade de deslocar a pergunta "qual é o lugar da literatura hoje?" da poesia para o próprio discurso crítico, e passar a ver como "crise poética" a crise da escrita no contemporâneo, que de modo geral incluía também a crítica:

> "A poesia" torna-se o nome daquele lugar discursivo em que a linguagem crítica obsessivamente manifesta um questionamento sobre a situação contemporânea, por meio do qual a crítica, de certo modo, numa espécie de monólogo dramático, lamenta a falta de grandes questões, de comprometimento, de negatividade compatível com a crise que fundamenta esse vazio. "A poesia", no discurso da crítica, é o topônimo da carência que perturba. Quero dizer com isso que o incômodo da crítica não é substancialmente diferente daquele atribuído à poesia; talvez seja uma extensão dele, uma extensão que considero necessária e

> comovente. [...] Por isso, a crise da poesia deve ser pensada em paralelo com a crise que se atribui hoje à própria crítica. [...] Em outras palavras, a poesia não é a única vítima do "caos" do contemporâneo. A crítica também paga seu preço, e isso se manifesta na insistente demanda de sentido que ela tem dirigido ao poético. [...] Nesse sentido, "a poesia" não é exatamente aquilo que está em crise, mas é o nome da própria crise, daquilo que impõe e explicita a experiência do impasse e dá forma ao escrito, a qualquer forma de escrito, inclusive o da crítica literária.[3]

A relação entre poesia e resistência, tema que serve de amparo conceitual para os trabalhos aqui reunidos, é um caso particular do problema geral mapeado nas duas décadas passadas por Siscar e outros.[4] Com efeito, o inquérito de Siscar implica justamente essa questão:

> Nada mais significativo a esse respeito do que o apelo à resistência ("resistir à vulgarização do escrito"). O imperativo da resistência, assim como a cobrança ou a expectativa de projeto cultural, de interesse pelas grandes questões do mundo são marcas do discurso da crítica que iluminam seu próprio desejo de refundação.[5]

A expressão "resistir à vulgarização do escrito" evocada por Siscar é uma citação de outro ensaio do período, "O inconfessável: escrever não é preciso", de Alcir Pécora, originalmente publicado na revista *Cronópios* em 2005 e republicado na revista *Sibila* em 2010. Nele, a questão da "crise da literatura" é colocada na medida em que se identifica uma "total falta de crise". Nessa espécie de crise da crise, ou crise da experiência de crise (experiência fundamental, segundo Pécora, para a emergência de obras relevantes), desaparecia também

3 Siscar, 2010a, pp. 118-120.

4 Cf. Franchetti (2005) e Pedrosa (2013).

5 Siscar, 2010a, pp. 121-122.

a tensão, no campo social e estético, de que necessitava a literatura forte, restando apenas o "tráfego de banalidades" dos elogios mútuos trocados entre escritores e críticos nas páginas dos jornais:

> A crise aqui é a total falta de crise. A desistência da crise é a matéria básica de que se formam os *bodysnatchers* durante o sono da crítica. [...] O sistema de tráfego de banalidades está completo. O escritor "qualquer coisa" encontra seu crítico sem crise. Admiram-se, respeitam-se, amam-se.[6]

Hoje essas questões parecem um tanto fora de moda; na introdução a uma antologia recente, por exemplo, o organizador Gustavo Silveira Ribeiro descreve o período antologizado (2008-2018) como um "momento em que a poesia ocupa posto-chave dentre os discursos sociais contramajoritários do país, disseminada nos mais variados espaços".[7] A definição é em tudo diferente daquela com a qual, cada um à sua maneira, Pécora e Siscar se defrontavam anos antes. Do mesmo modo, a partir da segunda década do século, e em especial depois de 2013, acompanhando a crescente politização do país, a poesia parece ter encontrado nova ressonância histórica, voltando a gozar da relevância social que aparentemente havia perdido nos anos anteriores; outra antologia, de 2017, se chamava *50 poemas de revolta* e recobria um arco que ia do modernismo de 22 aos dias atuais, no que se vê que a relação entre poesia e mundo político deixava de ser problemática. Em tudo isso, o cenário é bastante distinto daquele da primeira década do milênio.

Contudo, a questão não parece ainda inteiramente resolvida, e, se é verdade que estamos agora em um momento no qual a literatura e a poesia têm novamente alguma centralidade, ainda que restrita e

6 Pécora, 2010.
7 Ribeiro, 2020, p. 10.

relativa, para a vida cultural brasileira, cumpre mais do que nunca perguntar o que significa, para nós, a esta altura, dizer que há uma relação entre literatura e sociedade. Desse modo, ao nos perguntarmos hoje que sentido pode ter a ideia de uma poesia e de uma crítica que "resistem", estamos nos perguntando no fundo se a noção de resistência ainda guarda lastro crítico. A essa pergunta, e aos impasses que dela se desdobram, dei o nome de *dificuldade*. A dificuldade que procurei delinear nas próximas páginas – menos com ambição de edificar um novo conceito e mais na intenção de nomear um impasse – não é, assim, a suposta incapacidade dos poetas e dos poemas para tratar das grandes questões do nosso tempo, mas uma dificuldade *poética*, no sentido que Siscar empresta ao termo, e, portanto, uma dificuldade também crítica. Embora Siscar não o articule assim, ela também diz respeito à constatação, na virada do século, de que o Brasil havia dado termo ao seu processo formativo, e de que o sentido da sua formação era, na verdade, a sua incapacidade de se formar, consciência nuclear da tradição dialética brasileira,[8] e que serve de prisma para ler as obras de alguns autores contemporâneos. Em parte, ela diz respeito também ao lugar que uma consciência poética produzida na disformia periférica do sistema ocupa na terra arrasada do capitalismo mundial.

A obra de Alfredo Bosi, até onde vejo, é aquela na qual o problema da resistência se pensou de maneira mais consequente em conjunção com essas duas dimensões, nacional e global. Razão pela qual, antes de nos perguntarmos se os poemas contemporâneos resistem ou não – e a quê? –, temos de nos perguntar o que significa resistir, como funciona esse conceito na sua formulação bosiana, de onde ele vem, quais as suas virtudes e limitações e, finalmente, se ele é o melhor conceito que temos à disposição para capturar a relação entre literatura e sociedade hoje. Se Siscar saía do imobilismo que diz *crise*

8 Oliveira, 2003; Caux & Catalani, 2019; Canettieri, 2020.

e punha em ação o dinamismo que pergunta *crítica?*, o que sugiro aqui é seguir esse movimento e levá-lo em direção ao *conceito* que, a meu ver, é a pedra angular do problema, levando a cabo a avaliação interna da ideia de resistência, a qual busco empreender no ensaio que abre este volume.

O que quero chamar de "dificuldade" nomeia um fenômeno objetivo, de que procurei apenas dar os contornos: trata-se do esvaziamento histórico do conceito de resistência. Esse esvaziamento, por sua parte, não implica a sua inoperância, pois esse é o paradoxo que interessa: a resistência é na verdade, hoje, o modo normal de mediação da cultura socialmente implicada com o mundo à sua volta. Uma resistência, entenda-se, em sentido fraco do termo, que significa apenas – o que não é pouco – imposição de freios contra o avanço destrutivo do progresso, da espoliação e da predação às quais tende o capitalismo, um tanto à maneira como Antonio Candido entendia, provocativamente, o sentido histórico do socialismo ao caracterizá--lo como uma "doutrina triunfante".[9] Contudo, ainda que a ideia de que a cultura "resiste" seja moeda corrente e mesmo expressão comum, pouco se reflete sobre o que significa, a rigor, "resistir": como funciona essa ideia, do que ela é feita, em que contexto surgiu como mediadora privilegiada da relação da cultura com o mundo social – em suma, para repetir a formulação de Roberto Schwarz, quais os "altos e baixos" da sua atualidade?[10] Na falta dessa reflexão, o que corre risco de se esvaziar é o sentido forte de "resistência", propriamente conceitual.

Os ensaios que compõem este livro foram escritos a partir da intuição crítica inicial que descrevi acima. Ao mesmo tempo, são peças independentes, cada qual às voltas com os seus próprios objetos e com os problemas particulares que estes impõem à leitura. As técnicas

9 Candido, 2011.
10 Schwarz, 2005.

de leitura e as referências mobilizadas variam conforme o caso, ao passo que o amparo teórico de fundo permanece relativamente constante; do ponto de vista técnico, o método é sempre o da constelação entre crítica literária e análise social. É preciso explicar, por fim, que me permiti a inclusão de dois textos nos quais os objetos não são a poesia, mas o romance e o teatro. Em ambos, contudo, também creio ver a poesia em dificuldade, aqui entendida não como gênero, mas no sentido mais amplo, ao qual aludi há pouco, de uma dificuldade poética, isto é, do fazer crítico e literário. Guardadas as devidas distorções que se devem observar ao deslocar o olhar entre objetos de naturezas diferentes, creio que parte das intuições que me moveram a pensar as dificuldades da poesia também se aplicaria à prosa e à dramaturgia. Ao menos é o que os ensaios finais deste livro pretendem sugerir.

1
DIFICULDADE DA POESIA

Nem sempre a relação entre cultura e política se pensou através da ideia de resistência. Na poesia, um dos primeiros usos significativos desse termo diz respeito ao contexto da resistência francesa à ocupação nazista nos anos 1940, a partir da qual se pode falar em "uma mudança de perspectiva da ideia de poesia *durante* a Resistência para uma concepção de poesia como *ela mesma* constituindo um ato de resistência", chave de leitura proposta por Yasmine Getz na sua análise do período.[1] Essa não é uma mudança sem consequências; ao longo da segunda metade do século XX será paulatinamente em torno desse significante que se organizará a potência de engajamento da poesia nas demais partes do mundo, e sobretudo nos contextos das ditaduras militares da América Latina dos anos 1960-1970.

No Brasil, até os anos 1950, o termo que indicava o engajamento dos poetas com as causas sociais era "participação": esse é o termo encontrado no Drummond politizado,[2] ou no "salto participante" dos

1 Getz, 2002, p. 51. Para uma reflexão sobre as origens filosóficas da ideia de resistência na modernidade e suas implicações em relação à poesia, ver também o artigo de Célia Pedrosa, "A resistência, o irresistível e a poesia em crise de Marcos Siscar" (Pedrosa, 2013).

2 No Drummond dos anos 1940, o que resiste é Stalingrado, uma resistência que permanece no plano militar do esforço de guerra. A expressão "Stalingrado resiste", por sua vez, aparecerá anos mais tarde no *Poema sujo* de Ferreira Gullar, de 1975.

concretistas do grupo Noigandres; quando, em 1954, no *Itinerário de Pasárgada*, Manuel Bandeira quer prestar contas da sua rara adesão à poesia política, ele o faz nos seguintes termos: "intenso é o meu desejo de participação, mas sei, de ciência certa, que sou um poeta menor".[3] É apenas a partir de meados dos anos 1960 – 1964 é o ano-chave – que uma nova relação entre poesia e política começa a operar, tanto na produção poética quanto na reflexão sobre ela. Comparando um poema de José Paulo Paes, de 1958,[4] com poemas escritos nos anos 1960 e 1970 por poetas perseguidos pela ditadura, na introdução à antologia *Poemas para exumar a história viva* (2021), Alberto Pucheu, organizador da coletânea, sublinha essa transição:

> Se, ao mostrar a expectativa política por justiça social, [José Paulo Paes] terminou o poema com os versos contundentes do "envio", anos depois houve um salto dado pelos poetas aqui escolhidos – tornando a relação entre poesia, política e vida evidentemente mais complexa [...]: um salto para o real, uma poesia na qual, em seu elemento simbólico, a linguagem está de fato em atrito com o real.[5]

Entre outros aspectos, é notável nesses poetas dos anos 1960, frequentemente ligados à guerrilha e à luta armada, a conjugação entre poesia e armas, talvez a figura mais contundente do que Pucheu chama de um "salto para o real". Com especial força, essa sobreposição entre vida, luta e palavra aparece nos poemas "Ao Suzico" e "Tempo de decisões", de Luiz Eurico Tejera Lisbôa, poeta e militante da ANL assassinado em 1972, aos 24 anos:

3 Bandeira, 1984, p. 120.

4 O poema de Paes é "Baladilha", e termina com os versos: "Homem, não sejas / Pássaro nostálgico, / Cão ou boi servil. / Levanta o fuzil / Contra o outro homem / Que te quer escravo. / Só depois disso morre" (Paes *apud* Pucheu, 2021, p. 3).

5 Pucheu, 2021, p. 3.

AO SUZICO

Meu filho
Escrevo agora estes versos para que
saibas algum dia
que estas mãos que empunham a
metralha
e semeiam a morte
este olhar resoluto de soldado
têm algo mais que o impulso
mercenário
e o querer individual
para que saibas que estas mãos
escreveram versos
que estes olhos vislumbraram
a beleza de um outro dia
e este peito coberto de cicatrizes
já abrigou a paixão e o amor
para que saibas
que desde o primeiro passo
fui presa até a última fibra
da poesia
E que a metralha e a luta
são em tempo certo
o meu maior poema
a grande mensagem de um artista.

TEMPO DE DECISÕES

Este é um tempo de decisões
O canto certo
tem que ser direito
e atingir como uma bala de fuzil

> A palavra deve ser uma arma
> sem requintes inúteis
> de funções evidentes
> claramente parcial
> e partidária
> para ser contundente
> e ser na História.
> [...][6]

Outro elemento que se nota, lendo a antologia, é o importante papel que a poesia ocupou no seio das organizações de resistência à ditadura. Saltam aos olhos a quantidade de poemas escritos sobre a guerrilha e de dentro dela, a amplitude das ambições poéticas dos guerrilheiros, a agudez com que refletem sobre os impactos da luta armada nas próprias concepções de poesia – suas e da tradição – e a profundidade com que meditam sobre os conflitos pessoais do poeta que decide pegar em armas. Todos esses elementos se apresentam como evidências de que a mudança de correlação política e o envolvimento com a resistência transformaram profundamente a poesia desses autores, e de que, por outra parte, a escrita de poemas em meio à guerrilha foi decisiva para que o escopo histórico e simbólico da luta viesse à tona para os seus próprios agentes. Nesse contexto, a poesia emerge não apenas como simbolização dos conflitos pessoais e coletivos de um determinado momento na história de um país periférico sob regime autoritário, mas como prática que efetivamente incide nos modos da organização política e na constituição dos sujeitos que deles participam.

Em que pese o fato de que os poetas antologizados por Pucheu foram todos perseguidos, presos, torturados ou mesmo assassinados pela ditadura militar, e que muitos deles, como Lisbôa, estiveram

6 Lisbôa *apud* Pucheu, 2021, pp. 36 e 38.

diretamente envolvidos com a guerrilha e a luta armada – o que representa um recorte específico da produção poética do período –, a observação de um "salto para o real" parece pertinente para captar a transformação ocorrida na relação entre poesia e política após o golpe de 1964, ruptura a partir da qual a ideia de resistência, nas suas mais variadas modulações, passa a ocupar o primeiro plano como conceito organizador dessa relação. Pucheu, ademais, é bastante arguto ao observar que a poesia produzida por autores que resistiram ativamente ao regime militar através da luta armada foi largamente esquecida pela historiografia literária brasileira, que tende, segundo o autor, a cobrir o percurso que vai do concretismo à poesia marginal como uma paulatina despolitização da poesia, a qual estaria, a partir dos anos 1970, mais interessada na vida individual, ou no máximo na vida em turma, como último território de liberdade contra o regime opressor. Ao mesmo tempo, é evidente que a recuperação daquele momento da história literária não se faz apenas para emendar uma falha historiográfica ou crítica, mas se dá no contexto específico das recentes derrotas da esquerda brasileira, desencadeadas em 2016 e aprofundadas em 2018. A projeção do atual momento sobre o passado da ditadura e, por extensão, a projeção das atuais formas de resistência sobre o heroísmo da luta armada – projeção que a antologia faz muito especialmente no projeto gráfico –, ao fim e ao cabo, dizem tanto sobre o presente quanto sobre o passado. Com efeito, a partir de 2016 é notável uma transformação na iconografia da esquerda, que passa a incorporar ostensivamente elementos do seu passado de resistência armada; a conversão em bandeira das imagens de Dilma Rousseff e de Lula presos pela ditadura quando jovens é o exemplo mais icônico. Como Rodrigo Nunes observou, tratava-se e trata-se de uma maneira de buscar equiparar as duas derrotas (a de

1964 e a de 2016) e, por consequência, de não olhar para o que havia de menos heroico na segunda, em relação à primeira.[7]

Seja como for, é preciso distinguir entre a resistência tal qual aparece nos poetas da antologia – fruto do envolvimento empírico dos autores com as lutas contra o regime, e que, como se vê em Lisbôa e em outros, incide por sua vez na concepção de poesia que será praticada por eles – e resistência como conceito crítico, que diz respeito à possibilidade de ler um leque amplo de poemas não necessariamente políticos nessa chave. A partir daqui, será sobretudo a resistência como conceito que nos interessará. O conceito de resistência dá conta, evidentemente, de interpretar poemas explicitamente políticos, mas – este é o seu salto decisivo – não se restringe a eles. Trata-se, desse modo, de avaliar o conceito que captura uma poesia não necessariamente *de* resistência, mas concebida *como* resistência.

Enquanto na guerrilha poesia e resistência se alimentavam mutuamente, no âmbito acadêmico a conceituação dessa relação também se deu durante a ditadura. Na teoria, o momento-chave do processo de assimilação dessa ideia é o capítulo "Poesia resistência", em *O ser e o tempo da poesia*, de Alfredo Bosi, publicado em 1977. Décadas mais tarde, em *Dialética da colonização*, publicado em 1992, Bosi recapitularia o período em que uma "cultura de resistência" (na sua expressão recorrente) passou a atuar no pensamento brasileiro, identificando o seu aparecimento como reação à insuficiência apresentada então pelo estruturalismo:

7 "Não deixa de ser revelador que as duas imagens que passaram a dominar a iconografia petista da prisão de Lula em diante sejam fotos históricas dele e de Dilma na resistência à ditadura nos anos 1970. É como se a única maneira de lidar com o trauma recente fosse apagá-lo por completo, substituindo-o por um anterior, mais distante, menos ambíguo e incômodo" (Nunes, 2022, pp. 115-116).

> Na década de 70 (muitos acentuam 68 como data da viragem), o mero inventário das estruturas linguísticas começa a ser considerado insuficiente. O estruturalismo já não satisfaz à dinâmica real que, em última instância, também permeia os estudos universitários. [...] Nesse momento, os estudos literários e linguísticos, que, em 60, espelhavam a visão tecnicista dominante, passaram a secundar uma cultura de resistência, a qual coincide, no Brasil, com os anos de abertura política nos meados dos anos 70.[8]

O panorama no qual a reflexão se insere diz respeito ao advento da chamada *pós-modernidade* nas sociedades capitalistas a partir dos anos 1970, marcada, no âmbito da vida intelectual, pela desconfiança com relação a toda ideia de sistema ou de totalidade:

> Até os anos 60 a unidade teórica das Ciências do Homem fundamentava-se no suposto de que os fenômenos sociais e simbólicos se enucleavam em torno de *estruturas*. O marxismo nos dava uma explicação sistêmica que, começando pelas relações de produção, delineava um esquema de classes em conflito. Era tangível a inteireza da visão de mundo que daí decorria [...]. Por sua vez o estruturalismo, que avançou pelos anos 70, relegava entre parênteses os acidentes diacrônicos, não escondia o seu desdém pelas veleidades de um Sistema composto de elementos ao modo dos fonemas e morfemas recortados pela Linguística estrutural. Os elementos valiam conforme a sua posição na sintaxe do objeto. [...] Em ambos os casos vinha à tona a ideia de um uno todo internamente articulado [...]. Hoje, ao contrário, é o desejo do descontínuo e do descentrado, com suas figuras correlatas, que dá um ar de família às expressões culturais. O pendor para o informe e o atípico, para o

8 Bosi, 2001, p. 312. Em outra parte, esta escrita no calor do momento (1977): "Dos meados de 60 em diante, a memória guarda principalmente a curva do Estruturalismo, de resto ainda inacabada. [...] Todas as ciências humanas como que de repente puseram-se a pensar que não lidavam com formações vivas e diferenciadas, mas só com formas invariantes: esquemas, paradigmas, modelos" (Bosi, 1977, p. VII).

> desgarrado e o eventual, para o mutante e o volátil, trai um gosto difuso que se assume como já *não mais* moderno e, daí, à falta de melhor termo ou de imaginação conceitual, pós-moderno.[9]

Concomitante às sístoles e diástoles do pensamento brasileiro descritas por Bosi, a incorporação da ideia de resistência transforma o campo de leituras da poesia engajada e compromissada: "resistir" não é o mesmo que "participar"; na ideia de "participação", está implicada uma relação ativa com determinada situação política ou social, enquanto "resistir", por sua vez, se define a partir da negação de uma situação. Ademais, a ideia de que a arte pudesse ter dimensão social a partir da noção de participação estava em consonância com a vigência do desenvolvimentismo que, entre os anos 1930 e 1960, pautou a experiência intelectual brasileira entendendo como tarefa histórica a modernização ativa do país, que deveria superar os resquícios pré--modernos e arcaicos legados pela sua formação para integrar-se ao trilho do progresso.[10] A partir dos anos 1960, o esvaziamento da ideia desenvolvimentista, resultado da nova constatação de que a ditadura modernizava o país *não a despeito, mas através* dos seus elementos arcaicos,[11] obrigava a repensar a relação entre cultura e sociedade; é nesse momento que a resistência aparece como mediador entre experiência estética e experiência social. Significativamente, ainda, a noção de resistência abria a possibilidade de reconsiderar

9 Bosi, 2001, p. 353.

10 Cf. Arantes, 1992, pp. 34-36. Essa constelação, que está na raiz do Estado nacional moderno brasileiro, tinha ainda uma dimensão estética, a qual dá uma das chaves do sentido histórico da ideia de modernismo: "Animado por um processo que não será uma revolução social, mas uma 'revolução pelo alto' a partir dos anos 1930, ou seja, revolução capitaneada por setores descontentes das oligarquias regionais, assim como por militares em aliança tópica com certas demandas populares, o Brasil utilizará o horizonte utópico do modernismo para impulsionar a formação de um Estado nacional propulsor de modernização conservadora" (Safatle, 2023, p. 6).

11 Arantes, 1992, pp. 36-38.

em chave política e social um conjunto de poemas que não eram necessariamente participativos, e que à primeira vista poderiam mesmo ser considerados apolíticos – dialética-chave na argumentação de Bosi, que faz eco à tendência (pela qual, na França, por exemplo, Gilles Deleuze também passaria) de ler a poesia e a arte em geral como ferramentas de "resistência" e, em especial, "reminiscência" contra o cada vez mais dominante paradigma da informação, ideia que a partir dos anos 1970 será incorporada definitivamente à obra de Bosi.[12]

Entre Cila e Caríbdis – entre a totalidade sistematizante da modernidade e a desintegração pós-moderna –, Bosi opta por resistir sendo, nos seus termos, "antimoderno", ao invés de "*plus*-moderno"; antimoderno tem o sentido, aqui, daquilo que recupera na história da tradição moderna o seu lastro libertário, integrador:

> Em um largo e profundo movimento de autodefesa, a inteligência que ainda não renunciou à possibilidade de compreender o todo vem agindo dialeticamente, não se importando em parecer defasada com a corrida geral pelos meios desvinculados de seus fins. [...] O que o *plus*-moderno desintegra na sua indiferença pela totalidade, o *anti*modernista tenta recuperar. O que o avanço da *ratio* instrumental continua a desunir (separando corpo e alma, economia e ética, meio e fim), uma nova mentalidade centrada na consciência do mundo da vida se esforça para reimergir no fluxo da experiência. [...] Da tradição moderna só deveria interessar o que aponta para algum sentido que aproxime

12 Em Bosi, é chave a conjugação entre resistência e memória: "Não nos cabe senão compreender resistindo e resistir compreendendo. Em face da máquina especular e espetacular posta em ação pelo capitalismo ultramodernista, é preciso exercer a mediação da memória" (Bosi, 2002, p. 254). "O futuro se desentranha das leituras do mundo que herdamos dos que pensaram e agiram antes de nós. [...] Qual passado lançar fora do barco para aliviá-lo de um peso morto? E qual passado eleger como lastro bastante para que a nave resista às insolências da intempérie?" (Bosi, 2001, p. 357. Grifo nosso).

inteligentemente as coisas e os signos, que faça habitável o planeta, que torne feliz (ou, pelo menos, digno) o convívio entre os homens.[13]

Por sua vez, a possibilidade de ler os poemas do passado e do presente como "poesia de resistência" se constitui, na obra de Bosi, como um caso particular no panorama mais amplo do que o autor chama de uma "cultura de resistência", elaborada na forma de uma hipótese. Desse modo, o problema, inicialmente mapeado em *O ser e o tempo da poesia* como "poesia de resistência", mais tarde será reinserido em um esquema teórico mais abrangente, no qual "cultura de resistência" nomeia uma das culturas tipificadas pelo autor dentre aquelas que formam o tecido da constituição nacional, e que, emanando da intrincada dialética da colonização e desaguando na modernidade do país, se desdobra ao lado de uma cultura popular oral ("abaixo do limiar da escrita"), uma "cultura de fronteira" (entre o popular e o letrado), a cultura letrada ou erudita, as culturas da indústria de massas etc. No Posfácio à edição de 2001 de *Dialética da colonização*, Bosi relembra que "o sentimento de que há nas grandes obras literárias uma tensão entre a escritura e as ideologias dominantes está no coração da hipótese de uma cultura de resistência",[14] sublinhando a "forte impregnação dialética e moral" que a sua hipótese deve às "proposições de Benjamin e de Adorno, que encareceram a *negatividade* do sujeito em face da positividade do sistema capitalista e da mentalidade burguesa alienadora".[15]

Conceituada no Brasil pós-64, a ideia de resistência conservava as bases da sua pertinência histórica e utópica opondo-se ao progressismo modernizador e industrialista que animara o nacional-desenvolvimentismo dos anos anteriores. Em vista da modernização

13 Bosi, 2001, pp. 356-357.
14 *Idem*, p. 392.
15 *Idem, ibidem*. Grifo do autor.

reacionária realizada pela ditadura,[16] a resistência fará figura para a novidade histórica do momento: a insuficiência libertária do progresso, ou, mais precisamente, o divórcio histórico entre progresso técnico e desenvolvimento social, situação que marca o início do que se chama de "pós-modernidade", e que, de acordo com Nicholas Brown, havia sido mapeada pela primeira vez no "Cultura e política, 1964-1969" de Roberto Schwarz.[17] Com efeito, "resistir" é o oposto de "desenvolver": uma cultura de resistência não mais deseja acelerar a locomotiva do progresso em direção à integração nacional, mas quer, e tem toda a razão para isso, puxar o seu freio.[18] Desse

16 Francisco de Oliveira lembra como, do ponto de vista econômico, o desenvolvimentismo industrialista e estatizante da ditadura dava continuidade ao processo de "aceleração vertiginosa" do capitalismo brasileiro iniciada no regime Vargas: "A grande surpresa foi a de que o regime ditatorial, cujo projeto as oposições, sobretudo a esquerda, pensavam ser 'ruralizador' ou 'pastoril', seguiu nas veredas abertas por Vargas e Kubitschek: claramente intervencionista, [...] o regime militar utilizou o poder coercitivo do Estado, além de todos os limites pensados pelos nacionalistas do regime populista, levando o grau de estatização do sistema produtivo brasileiro a níveis elevadíssimos" (Oliveira, 2018, pp. 58-59). Se, do ponto de vista social, político e ideológico, o golpe de 64 marca uma ruptura radical com o ciclo anterior, do ponto de vista do sistema produtivo, ele representou continuidade e mesmo intensificação dos processos que vinham ganhando corpo no país nas décadas anteriores. Esse descompasso entre sociedade e economia é central para compreender a perplexidade da rearticulação ideológica a que o conceito de resistência dá corpo. Mais além, talvez a continuidade que Roberto Schwarz notou no plano da cultura, entre a pré-ditadura e os anos iniciais após o golpe (em "Cultura e política, 1964-1969"), se ilumine se considerada a continuidade das políticas de condução econômica do Estado.

17 Cf. Brown, 2007.

18 Não à toa, Schwarz, Bosi e outros autores brasileiros do período são, cada um a seu modo, marcados por forte inflexão frankfurtiana, e, nas suas interpretações da nova conjuntura aberta por 64, se distinguem do desenvolvimentismo anterior. Com efeito, como aponta Francisco de Oliveira, a dificuldade de conciliar teoricamente o êxito econômico da ditadura com a sua catástrofe política escondia "a pobreza do marxismo brasileiro e latino-americano: a crença no desenvolvimento político

modo, uma cultura de resistência como tipo sociológico e conceito crítico só pode emergir da forma como a conhecemos a partir do aparecimento, de um lado, da face sombria da modernização desenvolvimentista que, após 1964, perde quaisquer contornos anti-imperialistas que tivera até o golpe e passa a aliar o intervencionismo estatal na economia ao capital internacional, e, de outro lado, do surgimento, no entorno de 1968, de uma contracultura global. O conceito de resistência é assim, a rigor, um conceito pós-moderno na medida em que se pretende moderno, mas já não tem chão histórico que lhe corresponda. Mais significativamente ainda, o conceito de resistência resiste à pós-modernidade, buscando em meio ao "caos da história contemporânea" não renunciar à dialética entre forma literária e contradição social, mas visando atualizar o seu sentido na nova conjuntura:

> A cultura de resistência é democrática (e, no limite, se confunde com a "desobediência civil"), porque nasceu sob o signo da ditadura; é ecológica, porque vê os estragos do industrialismo selvagem no campo e na cidade; e é distributivista, porque se formou em um país onde há uma das maiores concentrações de renda do mundo. Quando enformada por doutrinas religiosas (em particular, a Teologia da Libertação, formulada no começo dos anos 70 na América Latina), é aberta às correntes progressistas que militam ao seu lado e contra os mesmos alvos. Quando leiga, é respeitosa dos valores que chamam os crentes a lutar pela igualdade e pela liberdade. Em ambos os casos, provém de uma escolha política que não renunciou a detectar algum sentido no aparente caos da história contemporânea.[19]

---

em compasso com o desenvolvimento das forças produtivas. A crítica frankfurtiana ao 'progresso' ainda não havia chegado ao Brasil" (Oliveira, 2018, p. 66, n. 52).

19 Bosi, 2001, p. 365. Desde os anos 1970 Bosi identificava a ideia de cultura de resistência ao que já então se chamava de "contracultura", manifestações que "nasceram no coração sofrido dos que resistem como podem à barbárie

Há, portanto, uma irredutível ambiguidade na ideia de resistência, no que diz respeito à sua vinculação com a modernidade: ao mesmo tempo que resiste contra a face opressora da modernização, escancarada pela ditadura – face cujo arco histórico, como Bosi mostra em *Dialética da colonização*, remonta ao início da ocupação colonial do território –, ela resiste também em favor de uma outra modernização, uma outra integração, não mais sob o signo desenvolvimentista ilustrado, nem sob o signo da desintegração tecnicista pós-moderna, mas sob um signo poético, humanista e mesmo religioso, como se sabe característico do autor, simpático à Teologia da Libertação. À crítica ao estruturalismo "tecnicista" somava-se, assim, uma rejeição de toda modernização ilustrada que não compreendesse, em especial, a cultura popular.

Ainda assim, o "tornar-se um" de "Poesia resistência", que veremos adiante, é também uma nova face do desejo formativo da tradição crítica brasileira, ainda que concebido como contraponto ao que Bosi percebia como os seus limites, a saber, a ideia de que se poderia superar o subdesenvolvimento através de uma espécie de vocação iluminista que visse as culturas populares apenas como resquício ainda por ser integrado à sociedade moderna. Mais do que nascer de uma disputa departamental e metodológica do *métier* universitário de então, a ideia de resistência bosiana tem como pano de fundo uma crítica ao que, nos termos mais atuais do debate, se pode chamar de "formação como nacional-ocidentalização": a ideia de que as aspirações de integração nacional pela cultura, representadas neste caso pela ideia de formação de Antonio Candido, teriam como face oculta a dominação eurocêntrica e antipopular.[20] Mais do que

---

requintada do capitalismo tardio. São, portanto, cultura de resistência, e não 'contracultura'" (Bosi, 1977, p. IX).

20 Apesar das críticas de Bosi a Candido, Alfredo Cesar Melo sugere que Bosi tampouco ultrapassa os limites ideológicos dessa tradição, não sendo capaz de ir além da interpretação do Brasil como um confronto entre dois modelos

talvez se reconheça, havia já em Bosi algumas raízes de muito do que viria a configurar, nas décadas seguintes, o método de análise baseado na ideia de desconstrução da modernidade.

Tome-se como exemplo a crítica bosiana a Candido, elaborada nos anos 1970. Ela se dá em duas etapas, as quais vale a pena acompanhar. Na primeira, admite-se o avanço da concepção antirromântica de Candido, a qual, ao reconhecer a formação da literatura brasileira como processo de autointegração na cultura ocidental – o que ela historicamente foi[21] –, permitia abandonar os resquícios de nacionalismo e nativismo que ainda contaminavam o progressismo das camadas intelectuais do país:

> Antonio Candido postula o "vínculo placentário", a "inevitável independência" da nossa literatura em relação aos códigos europeus: a língua, os estilos, os esquemas ideológicos. Eles teriam dado, a partir das Academias do século XVIII, a forma culta, transnacional, a que se teriam subordinado os conteúdos da paisagem e da sociedade colonial. A história da literatura brasileira teria sido uma história de integrações, mais ou menos felizes, da nossa realidade aos padrões cultos europeus. Diante desse fenômeno de civilização que é, em primeira instância, um fenômeno de transplante e de adaptação, soariam românticas, isto é, falsas, as visões nacionalistas do progresso.[22]

Em seguida, critica-se Candido por se manter vinculado a um ideal de modernização como etapa necessária para a liberdade, concepção de matriz "neoilustrada" que ignora ou releva os pressupostos coloniais do processo de modernização – relegando "*abaixo do limiar da escrita* quase todos os conteúdos da vida indígena,

---

de colonização, um opressor e destrutivo *versus* um humanista, construtivo (cf. Melo, 2020).

21 A "história dos brasileiros no seu desejo de ter uma literatura" (Candido, 1959).

22 Bosi, 1977, p. XV.

da vida escrava, da vida sertaneja, da vida artesanal, da vida rústica, da vida proletária, da vida marginal"[23] –, e cujo horizonte último seria a integração da cultura nacional num concerto transnacional da modernidade desenvolvida:

> Há, pois, uma coerência na bela, rica e complexa trajetória de Antonio Candido [...] concepção da cultura como instrumento de modernização, de emparelhamento do Brasil com os centros irradiadores da civilização ocidental. O valor a ser atingido, aí, é a superação de etapas mentais atrasadas, provincianas, que se fará mediante a liberdade de expressão, o rigor científico e o planejamento mais razoável das instituições. Trata-se de uma concepção neoilustrada cujo limite é a ideia de que a modernização age como fator de democratização. O progresso adviria do exercício livre, mas escrupuloso, de uma cultura sem fronteira, sem cores nacionalistas nem sombras folclorizantes.[24]

Apesar disso, Bosi reconhece que pode haver, ocasionalmente, uma integração feliz do nacional no supranacional, quando o primeiro "dispõe de liberdade e condições espirituais para dialetizar o segundo";[25] o exemplo evocado é a obra de Guimarães Rosa, mas, como o próprio crítico indica, a ressalva vale para todas as grandes obras da modernidade literária brasileira. Contudo, a despeito dos instantes raros em que essa espécie de *Aufhebung*1[26] ocorre, tal "interação enriquecedora, ideal, não acontece com a maior parte dos brasileiros", pois, "quando o consumo da 'cultura' é apenas sinônimo de adequação à engrenagem, cessam as suas virtudes de liberação".[27]

23 *Idem*, p. XVI.
24 *Idem*, p. XV.
25 *Idem*, p. XVI.
26 Termo alemão frequentemente traduzido por "sublimação" ou "suprassunção". Tem sentido, ao mesmo tempo, de "negação", "elevação" e "conservação".
27 Bosi, 1977, p. XVI.

A posição presta contas de uma virada histórica sem precedentes, a partir da qual a inserção no mundo da cultura (entenda-se: da cultura branca, ocidental e urbana) deixa de ter valência emancipatória e passa a significar integração das populações para melhor domínio social.[28] Tanto o fenômeno em si quanto a sua formulação nesses termos dão testemunho do nascimento de algo que se pode chamar de "pós-modernidade". Tratava-se, assim, não das idiossincrasias intradepartamentais de um crítico de literatura, mas da tradução de um panorama ideológico em conflito, deflagrado na virada dos anos 1960 para os anos 1970.[29] Como resume Paulo Arantes, naquele momento

> [...] o Iluminismo tornava-se o alvo preferido da crítica, uma espécie de quinta-essência do nefasto onde evidentemente cabia de tudo, da razão tecnocrática à vontade de verdade das vanguardas políticas, de Voltaire à mídia, da cultura letrada dos vencedores ao crescimento econômico etc. Esse o ângulo de ataque de Alfredo Bosi, no caso, à cultura universitária de São Paulo, expressão acabada dos "ideais ilustrados do humanismo paulistano", mito oligárquico-liberal de redenção nacional [...] Alinhado com as assim chamadas culturas de resistência, animadas pelos novos movimentos sociais e demais "vanguardas espirituais",

28 Não é trivial notar que este não era o entendimento das vanguardas dos anos 1960-1970, as quais formavam parte, diga-se de passagem, das culturas de resistência ou contraculturas. É notória, por exemplo, a antropofagia entusiasmada da Tropicália em relação à mídia de massa e à cultura internacional, que desmente parcialmente a referência bosiana a uma "resistência à modernização". Vale lembrar, por sua vez, a crítica de Schwarz à diluição alegórica das contradições brasileiras presente na linhagem modernista que vai de Oswald à Tropicália (cf. Schwarz, 1997, pp. 11-28).

29 Vale ver, por exemplo, o interessante estudo de 1977 realizado pelo historiador Carlos Guilherme da Mota, *Ideologia da cultura brasileira* (1933-1974), para o qual Bosi escreveu o prefácio de onde retirei as citações acima.

geralmente propensas a encarar a modernização capitalista antes de tudo como um fenômeno cultural de caráter predatório.[30]

São estes os termos da disputa em meio à qual nasce a ideia de "cultura de resistência", cujo lastro social e ideológico concreto remonta a um momento em que o pensamento universitário paulista passava por uma transformação, a qual procurava refletir, por sua vez, as transformações mais amplas que o país como um todo vivia.[31, 32] Se estamos corretos em sugerir que o conceito de resistência é chave nesse processo, para entendê-lo é preciso ver como esse conceito funciona por dentro.

No caso da poesia, a hipótese bosiana transcende o período histórico em que foi elaborada e ganha força de releitura sobre toda a literatura moderna. Lançando mão do expediente da teoria crítica, que enxerga as relações entre forma literária e forma social, Bosi parte do diagnóstico de que "a poesia há muito que não consegue integrar-se, feliz, nos discursos correntes da sociedade".[33] Sob o nome de "resistência", o crítico procura ver os modos como, na modernidade,

30 Arantes & Arantes, 2021, p. 51.

31 O outro lado da moeda, contudo, existe, embora não pudesse ser previsto nos anos 1970. Trata-se da rejeição da modernidade ilustrada em favor de uma perspectiva não progressista, mas radicalmente conservadora, ou, mais precisamente, revolucionariamente retrógrada. É o caso do chamado tradicionalismo, doutrina de extrema-direita que, ironicamente, no Brasil tem no nome do seu principal movimento justamente o termo "resistência". Algo como o tradicionalismo só pode emergir num espaço ideológico e político marcado pelo relativismo pós-moderno. Até onde sei, ainda está por ser escrito um estudo aprofundado sobre a relação entre relativismo pós-moderno e as doutrinas de extrema-direita que se tornaram fortes e até hegemônicas em alguns lugares nas primeiras décadas do século XXI.

32 Para uma discussão sobre como o caráter violento da modernidade se apresenta no Brasil contemporâneo, ver o ensaio de Pedro Rocha de Oliveira que serve de posfácio ao seu *Discurso filosófico da acumulação primitiva: estudo sobre as origens do pensamento moderno* (Oliveira, 2024).

33 Bosi, 1997, p. 143.

em meio à generalização das formas de vida capitalistas, guiadas, "no agir cotidiano, pelos mecanismos do interesse, da produtividade",[34] a poesia seria capaz de ainda atender à sua tarefa já perdida de "nomear" a vida – ou, nos termos que vimos há pouco, de "aproximar as coisas e os signos". Segundo o seu diagnóstico:

> Furtou-se à vontade mitopoética aquele poder originário de nomear, de *com*-preender a natureza e os homens, poder de suplência e de união. [...] Daí vêm saídas difíceis: o símbolo fechado, o canto oposto à língua da tribo, antes brado ou sussurro que discurso pleno, a palavra-esgar, a autodestruição, o silêncio. [...] Essas formas estranhas pelas quais o poético sobrevive em meio hostil ou surdo não constituem o ser da poesia, mas apenas o seu modo historicamente possível de existir no interior do processo capitalista.[35]

Essa ideia remonta a uma sólida tradição poética ocidental que, pelo menos desde Rilke, atribui ao poeta a função de nomeador oficial, aquele cuja força expressiva acorda as coisas para dentro do mundo,[36] numa espécie de antropologia poética que terá em Heidegger, leitor de Rilke, a sua formulação filosófica mais consequente: a ideia de que, através da palavra poética, o ser humano opera uma rememoração do ser, arrancando-o do seu próprio esquecimento e trazendo-o para a luz da existência. Muitos poemas de muitos poetas modernos ilustram bem essa ideia, que – talvez não seja exagero dizer – é a concepção mais difundida de poeta que se tem até hoje. Fora o próprio Rilke das *Elegias de Duíno*, não me lembro de um poeta que formule com mais

34 *Idem*, p. 142.

35 Bosi, 1997, pp. 142-143. Grifo do autor.

36 O poeta chileno Nicanor Parra – conhecido como o principal propagandista da chamada "antipoesia" – chamou pejorativamente essa figura de "poeta pequeno-deus". No limite e de maneira geral, tudo o que se pode chamar de "antipoesia" diz respeito à recusa dessa concepção do poeta como uma espécie de pequeno deus que, ao nomear o mundo, cria-o.

precisão e beleza essa noção da função da poesia do que a portuguesa Sophia de Mello Breyner Andresen, neste poema:

> MUNDO NOMEADO OU DESCOBERTA DAS ILHAS
>
> Iam de cabo em cabo nomeando
> Baías promontórios enseadas
> Encostas e praias surgiam
> Como sendo chamadas
>
> E as coisas mergulhadas no sem-nome
> Da sua própria ausência regressadas
> Uma por uma ao seu nome respondiam
> Como sendo criadas[37]

Com efeito, o capítulo "Poesia resistência" começa exatamente com a ideia de que a poesia possui, na essência, uma espécie de função ontonomeadora. Essa função remonta, como Bosi mostra, às origens da tradição judaico-cristã:

> O poder de nomear significava para os antigos hebreus dar às coisas a sua verdadeira natureza, ou reconhecê-la. Esse poder é o fundamento da linguagem e, por extensão, o fundamento da poesia. O poeta é o doador de sentido. [...] No entanto, sabemos todos, a poesia já não coincide com o rito e as palavras que abriam o mundo ao homem e o homem a si mesmo.[38]

É essa espécie de "queda" – a perda da função ontonomeadora da poesia – que podemos chamar de "mito da unidade perdida", o qual atravessa toda a hipótese da poesia como resistência. Alguns anos

37 Andresen, 2018, p. 198.
38 Bosi, 1997, p. 141.

antes de Bosi, em um ensaio sobre Rilke, José Guilherme Merquior definiu-o assim:

> Todo poema reexperimenta para a humanidade o relance da constituição da linguagem. No instante, e só nesse instante, em que nasceu a linguagem, em que tudo passou a ter "sentido", entre o significante e o significado ocorreu uma adequação absoluta. [...] Cada poema revive, esforça-se por reviver, essa experiência originária. Cada poema se nutre do mito da significação absoluta, primeva, total.[39]

Ainda segundo Bosi, a crise da poesia e o recurso ao mito que vem no seu resgate surgem ao mesmo tempo – são ambos produtos do pré-romantismo e da primeira revolução industrial. Portanto, ambos frutos da modernidade:

> O caminho que leva a redescobrir as fontes não contaminadas, o mito, o rito e o sonho, abriu-se, como se sabe, na Inglaterra e na Alemanha pré-românticas ao tempo da primeira revolução industrial. E abriu-se, de modo ainda mais radical, durante a segunda revolução com simbolistas, dadaístas, expressionistas, surrealistas. É uma longa estrada que percorre as voltas da memória, os labirintos do Inconsciente".[40]

De modo que, assim que as condições da modernidade começam a se instalar e a vida começa a se tornar antipoética – e mesmo *em razão* desse processo, que passa decisivamente pela divisão moderna do trabalho –, a cultura europeia se volta para o passado remoto buscando ali as reminiscências de um tempo não dividido. Trata-se, é claro, de um mito, cuja função é direcionar o vetor da imaginação poética, mas que evidentemente não deve ser levado ao pé da letra como teoria histórica ou antropológica; do contrário, caberia perguntar:

39 Merquior, 1972, pp. 33-34.
40 Bosi, 1997, p. 149.

quando e onde houve uma sociedade inteiramente "poética", e uma tal linguagem que coincidisse inteiramente "com o rito e as palavras que abriam o mundo ao homem"? Por outro lado, sobretudo no capítulo seguinte de *O ser e o tempo da poesia*, "Uma leitura de Vico", Bosi dá a impressão de aceitar como dado da realidade a ideia de que tenha havido uma "idade primordial", quando a linguagem humana – conforme a teoria de Giambattista Vico, cunhada em meados do século XVIII – era mimética, "quase muda, gestos e atos; tempo de deuses ctônicos, de gigantes, de homens-bestas",[41] e na qual a escrita era realizada através de desenhos sagrados, ou hieróglifos. Ainda na esteira de Vico, em tempos posteriores, "heroicos", "já não mais imersos na terrível e sacra naturalidade", "articulam-se palavras--frases, símbolos das relações entre o homem e o seu ambiente",[42] o que faz aflorar a poesia, aqui entendida como ato de significação do mundo, não mais imitando-o com desenhos, mas construindo pontes de sentido entre as coisas através de uma estrutura baseada no princípio da analogia. Por fim, a essa era poética se seguiria a terceira e derradeira, a era da escrita como a conhecemos até hoje, a do alfabeto fonético e da letra, que teriam sido criados para conter os poderes da linguagem poética. Em suma, a era da lógica, da razão e do conceito.

Ora, é claro que a ideia de que os homens e as mulheres que escreviam em hieróglifos estavam "imersos na terrível e sacra naturalidade" é absurda. Igualmente despropositada e sem qualquer base nas evidências arqueológicas e antropológicas que temos hoje é a sugestão de que apenas com a invenção da escrita desenvolveu-se a faculdade racional dos seres humanos. Bosi, no entanto, parece subscrever ao menos até certo ponto a esse conjunto de afirmações descabidas, menos, é de supor, por acreditar nelas como verdades

41 *Idem*, p. 215.
42 *Idem, ibidem*.

históricas, e mais porque, sabendo que se tratava de um mito, acreditava que este tinha um papel de resistência. E, de fato, o mito em geral pode ser um importante instrumento de resistência; esse mito em particular vem, há cerca de 300 anos, resistindo à racionalização do trabalho, à divisão social e subjetiva e à mercantilização das relações. O preço a pagar, contudo, é adotar uma narrativa de tipo edênico, cujo texto fundacional é o *Gênesis,* e cujo núcleo é a ideia de queda do paraíso, e na qual a poesia é associada a uma espécie de estado de natureza primordial.

Resistir através da poesia é, assim, guardar a imagem mítica desse passado não dividido, que pode ser tanto social quanto individual.[43] Em outras palavras, é resistir contra o esquecimento do ser, recolocando, ao nomeá-las, as coisas no seu devido lugar, isto é, como coisas do mundo, como seres que, em sendo, são. Contudo – como é hábito das coisas modernas, que já nascem costuradas à sua antítese –, a emergência da consciência dessa função vem atrelada à sua crise; a tarefa existencial da poesia será, então, resistir "à falsa ordem, que é, a rigor, a barbárie e o caos".[44] Para Bosi, desde a modernidade, no embate com as ideologias do seu tempo, o poema articulará uma dupla estratégia de resistência, resistindo "ao contínuo 'harmonioso' pelo descontínuo gritante" e "ao descontínuo gritante pelo contínuo harmonioso". O conceito de resistência funciona, assim, a partir de uma dupla projeção: do poema, saem dois vetores, um apontando para o passado, outro para o futuro. "Aferrando-se à memória viva do passado" e "imaginando uma nova ordem que se recorta no

43 "A fala mitopoética [...] tenta reviver a grandeza heroica e sagrada dos tempos originários, unindo lenda e poema, mythos e epos" (*idem*, p. 149). Para uma análise de como essa "missão" do literato moderno está associada às transformações sociais da virada do século XVIII para o XIX, ver os estudos de Paulo Arantes sobre os "homens supérfluos" do romantismo (Arantes, 1996, pp. 109-158).

44 Bosi, 1997, p. 146.

horizonte da utopia",[45] o poema moderno recupera o seu poder de desmentir a ordem ideológica vigente, ao mesmo tempo opondo a sua dissonância inventiva àquilo que essa ordem tem de falsa harmonia (desafinando o coro dos contentes, por assim dizer), e conjugando harmoniosamente o verdadeiro e o belo (como na expressão de Keats) para opor-se àquilo que o sistema capitalista tem de caótico, violento e bárbaro: "Quer refazendo zonas sagradas que o sistema profana (o mito, o rito, o sonho, a infância, o Eros), quer desfazendo o sentido do presente em nome de uma libertação futura, o seu ser contradiz o ser dos discursos correntes".[46]

A ideia bosiana de resistência é, no fundo, um conceito do tempo. No inquérito a respeito do *ser* e do *tempo* da poesia, essas duas potências encarnam a mediação com o mundo implicada pela ideia de resistência. Resistir significa aparecer poeticamente em um ser e em um tempo, o que significa dizer que o ser da poesia é um ser temporal, histórico.[47] Em "Poesia resistência", há dois modos de relação com o que o autor chama de "sentimento do tempo": um "defensivo" e um "ofensivo". O primeiro diz respeito ao circuito presente-passado-presente; trata-se de um tempo mítico, no qual o passado é redimido pelo presente:

> Se considero a poesia mítica em função do *sentimento do tempo*, vejo que nela se opera um circuito fechado: a evocação é um movimento da

45 *Idem, ibidem.*

46 *Idem, ibidem.*

47 Entre parênteses, ao mesmo tempo haveria uma constância atemporal do ser da poesia, sempre pronto a atualizar o seu presente de nomeação da vida seja qual for o contexto histórico no qual aparece: para emprestar a terminologia teológica, uma espécie de problema da encarnação, se por "encarnação" entendermos a presença no tempo e na história daquilo cuja substância é atemporal. Há, portanto, no conceito de resistência, também uma lógica do aparecimento, na forma de poesia, do ser no tempo, ou, em outros termos, da verdade na história.

> alma que vai do presente do "eu" lírico para o pretérito, e daí retorna, presentificado, ao tempo de quem enuncia.[48]

O segundo diz respeito ao *epos* revolucionário, no qual vem à tona a figura do poeta-profeta (os exemplos de Bosi aqui são Maiakovski, Neruda e Brecht). Esse tempo profético é composto pelos "modos de resistir dos que preferem à defesa o ataque".[49] Assim:

> O presente solicita de tal modo o poeta-profeta que, em vez de voltar as costas e perder-se na evocação de idades de ouro, rebela-se e fere no peito a sua circunstância. Ao contrário do cantor da lenda já confirmada na memória pessoal ou coletiva, o profeta vive uma dimensão temporal tensa que vai do presente recusado para o futuro aberto, feito de imagem e desejo. Sobretudo desejo. Se o círculo presente-passado-presente evoca o paraíso, o eixo presente-futuro-presente invoca-o.[50]

Em um caso como em outro, cabe ao poema *provocar* o presente, seja *evocando* o passado ou *invocando* o futuro. Na sintética formulação da página 173: "Na resistência aos ídolos, a voz do canto

48 Bosi, 1997, p. 158. Grifo do autor.
49 *Idem*, p. 160.
50 *Idem*, *ibidem*. Essa estrutura temporal será replicada, décadas mais tarde, em *Dialética da colonização*, obra na qual Bosi propõe que os movimentos de progresso e refluxo da formação nacional se ancoram, desde os tempos da colônia, nas possibilidades combinatórias de três tempos verbais da raiz etimológica comum entre as noções de "colônia", "culto" e "cultura": *colo* (dimensão político-econômica), *cultus* (dimensão religiosa) e *culturus* (dimensão intelectual). Como Bosi ressalta, *colo* conjuga o presente do indicativo: ocupo, cultivo, domino; *cultus*, do particípio passado *cultis*, representa a memória simbólica dos sujeitos implicados no processo de colonização e o conjunto de suas práticas e tradições religiosas; e *culturus* conjuga o particípio futuro: o conjunto dos projetos que visam à construção de um futuro e de uma identidade nacional – isto é, a cultura. As dissonâncias e harmonias entre essas três dimensões, que se alternam de acordo com as circunstâncias históricas, vão formando a trama do tecido social do país ao longo dos séculos.

chama a si todos os tempos. Evoca o passado, provoca o presente, invoca o futuro". Evocação, provocação, invocação: em qualquer um dos tempos, mítico ou profético, há um ricochete do presente para fora de si, e novamente de volta ao presente. No tempo da poesia, o presente sai para fora de si, alienando-se de si mesmo e arriscando-se no atravessamento daquilo que, nele, não é presente. Há um dialético tornar-se outro do presente que, na modalidade mítica, torna-se imagem evocada do passado, e, na modalidade profética, imagem invocada do futuro.

No modernismo brasileiro, para dar um exemplo, Manuel Bandeira é um típico poeta mítico, "defensivo", cujo modo de relação com o passado é, justamente, o da evocação (como em "Evocação do Recife", de *Libertinagem*). O mesmo Bandeira em quem era "intenso o desejo de participação", sem que o poeta fosse capaz de atendê-lo, ganha, quando lido sob o prisma da resistência, um novo estatuto político, pois passa a figurar entre aqueles que, através de uma poesia "conatural ao mito, à infância, ao sonho",[51] resistem ao regime dos discursos coisificantes da vida moderna. Se Bandeira não era um poeta participativo, nos termos dos anos 1940, torna-se um poeta resistente, nos termos dos anos 1970. Também o esforço "participativo" de um Drummond, de outra parte, sai reconfigurado nessa leitura como "ofensiva" resistência ao presente bloqueado a partir da invocação de um futuro aberto, como em "A flor e a náusea", de *A rosa do povo*. Tomado nessas duas direções, o esquema temporal de Bosi pode ser resumido no seguinte diagrama:

51 Bosi, 1997, p. 158.

Figura 1. Esquema temporal da poesia enquanto resistência.[52]

No entanto, o esquema de evocação/invocação poética não estaria completo sem que incluíssemos nele uma dimensão de duplicação do presente. Isso pois, nos circuitos "presente-passado-presente" e "presente-futuro-presente", o que emerge tanto da evocação do passado quanto da invocação do futuro é a cisão do presente consigo mesmo. "Provocar" o presente significa desestabilizar a identidade do presente consigo mesmo, algo que talvez guardasse algum parentesco com uma espécie de versão poética do efeito de alienação brechtiano, o que, me parece, escapa a Bosi, que prefere falar em termos de uma reconciliação, embora o retorno do presente a si mesmo, após a sua incursão evocativa ou invocativa, não possa ser um retorno a um mesmo, pois o presente do poema será então um presente visto ou da perspectiva do passado mítico, ou da perspectiva do futuro profético. De todo modo, no tempo da poesia, o presente será sempre ou futuro do passado (encarnação mítica), ou pretérito do futuro (encarnação profética). Parte substancial da operação de resistência da poesia é que, ao arriscar-se no atravessamento de outros tempos, o poema provoca, como efeito colateral, uma dissociação do presente consigo mesmo, fundando, no tempo do sujeito, um novo, outro, mais livre presente.

52 Esta e as demais imagens deste livro foram elaboradas pelo autor.

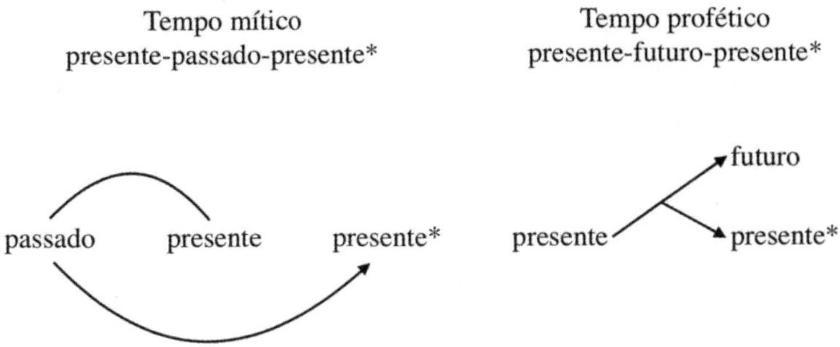

Figura 2. Tempo mítico e tempo profético.

Se ousarmos estender a teoria de Bosi, parece-me ser a essa cisão do tempo presente que chamamos de "sujeito lírico". Na resistência, o sujeito lírico nada mais é que o nome da cisão do presente consigo mesmo, a fenda aberta no real histórico pelo tempo que, inclinando-se sobre o passado ou projetando-se para o futuro, se desidentifica de si. "Sujeito" é, assim, o nome do presente aberto, ou, mais precisamente, o nome da abertura do presente, encarnada num eu.

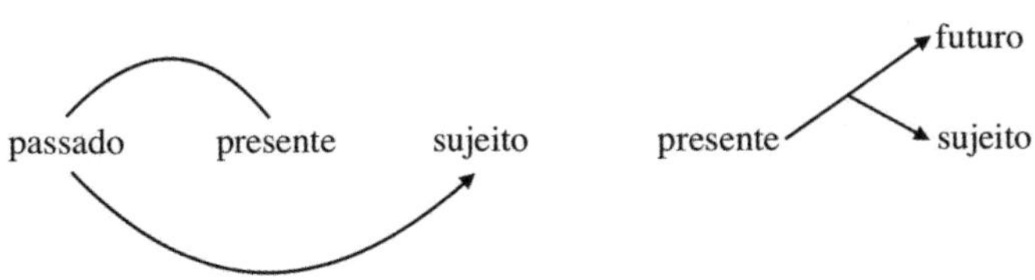

Figura 3. Tempo mítico e tempo profético: produção subjetiva.

Um conhecido poema de Ferreira Gullar, "Traduzir-se", talvez seja na poesia brasileira aquele que melhor põe em cena essa emergência do sujeito na cisão do presente:

TRADUZIR-SE

Uma parte de mim
é todo mundo:
outra parte é ninguém:
fundo sem fundo.

Uma parte de mim
é multidão:
outra parte
estranheza e solidão.

Uma parte de mim
pesa, pondera:
outra parte
delira.

Uma parte de mim
almoça e janta:
outra parte
se espanta.

Uma parte de mim
é permanente:
outra parte
se sabe de repente.

Uma parte de mim
é só vertigem:
outra parte,
linguagem.

Traduzir uma parte
na outra parte

– que é uma questão
de vida ou morte –
será arte?[53]

As "partes" em conflito no poema não se somam uma à outra para formar um todo coeso e indivisível; ao contrário, de início se estabelece que o sujeito desse poema não pode ser um, posto que aquilo que o define é, em primeiro lugar, justamente a sua divisão em dois. No entanto, do mesmo modo que seria um engano procurar ver o sujeito ali onde as partes "se somam", igualmente equivocado seria querer que o sujeito fosse, na sua essência, apenas uma das duas partes. A leitura conservadora ou essencialista do poema gostaria que uma das duas partes representasse o eu verdadeiro – qual seja o eu "poético", aquele que "delira" –, enquanto a outra seria simplesmente o substrato material, cotidiano, a face imaginária do poeta como pessoa comum, indivíduo sem qualquer traço extraordinário, que apenas "almoça e janta", mas não se espanta. Nos termos do poema, o "fundo sem fundo" *versus* o "todo mundo". Nesse caso, a arte estaria no "traduzir-se" que se dá entre um sujeito e outro, levando o falso ou, na melhor das hipóteses, simplesmente desinteressante "eu cotidiano" a se transmutar em "eu poético".

Ocorre que ambos os eus são igualmente verdadeiros; nada indica que nós devemos preferir um ao outro. Ambos existem em pé de igualdade, e o vetor dessa tradução – quem se traduz em quem? – não é dado com clareza. Na verdade, mais preciso seria dizer que nem uma parte nem a outra são, propriamente, o sujeito; o sujeito está, precisamente, no emergir desse traduzir-se que vem à tona em meio ao presente dividido, acentuado ao longo do poema pelo inexorável presente do indicativo. O sujeito não é uma ou outra parte, nem tampouco a sua soma, mas emerge no autorreflexivo ato de "traduzir-

53 Gullar, 1987, pp. 437-438.

-se". Que um verbo no infinitivo (*traduzir*) ao qual se adjunta um pronome reflexivo (*-se*) seja o significante que marca essa entrada em cena do sujeito é um fato rico em consequências. Com efeito, ele vem à tona, na economia sintática do poema, a partir do duplo movimento de síntese e disjunção inscrito na palavra pelo hífen, que registra ao mesmo tempo a justaposição e a separação entre verbo e pronome. À pergunta "qual é o nome do sujeito deste poema?", devemos responder: o sujeito se chama "-", um nome sem nome e sem sentido, mudo, opaco; um antinome não fonético, anterior não apenas a todo nome próprio e a todo substantivo comum, mas também aos próprios elementos sintáticos que têm por tarefa, ao mesmo tempo, unir e diferenciar. É essa marca inscrita na língua, mas não pronunciada – o hífen sem som –, que permite ao sujeito aparecer não como um eu substantivo, mas como pura função da diferença.

Alguém poderia objetar que há outra palavra que reclama para si a função de nomeação do sujeito: "arte", que irrompe no último verso para consumar a rima com o elusivo "parte" que nos acompanhou ao longo de todo o poema. Contudo, ainda que entre "arte" e "parte" tenhamos uma rima perfeita, não se pode ignorar o fato de que esta é, no todo sonoro, uma rima interrompida: a correspondência sonora perfeita entre "parte" e "arte", antecipada talvez desde o início, é conturbada na última estrofe pela introdução, no penúltimo verso, da palavra "morte", que instaura uma rima imperfeita com as outras duas, deslocando uma de suas vogais. Temos então, na última estrofe, a sequência "parte-morte-arte", um esquema rímico no qual as "partes", para alcançar a prometida rima perfeita com "arte", que redimiria a sua divisão e as unificaria sob um novo significante, precisam antes correr o risco de se confundir com "morte", termo que se impõe como antítese à vida dupla descrita no percurso do poema. Também no plano fônico/gráfico, antes da chegada à palavra "arte", o desvio das "partes" através da dissonância estabelecida pela proximidade sonora de "morte" termina por cobrar o preço de uma mutilação, que se produz, significativamente, subtraindo uma letra de "parte". Assim, "arte" não vem nomear a síntese entre as partes, mas tão somente a meta (posta já em dúvida por um "será?") que o desejo de síntese almeja – meta esta que, não obstante, está além da própria diferença irreconciliável entre as partes, da qual o sujeito-hífen é o nome próprio, e operador da autorreflexão tradutiva, atividade marcada pela dúvida, pela falibilidade e pela imperfeição.

O poema de Gullar nos autoriza a capturar o núcleo da ideia de unidade, no qual aquilo que aparece como um deve ser, no íntimo, dois, posto que, para que algo venha a emergir como "um" isolado, diferente e singular, deverá vir ao mundo a partir da diferenciação entre si e o nada (o si genérico de "todo mundo" e o ninguém-nada absoluto de "fundo sem fundo"). Apenas no atravessamento de uma diferença que preexiste àquilo que é por ela diferenciado, o um emerge. Ou, dito de outro modo, toda identidade, todo átomo irredutível e idêntico a si mesmo é, desde já, em razão da própria natureza da identidade, uma cisão.[54] Em "Traduzir-se", isso se vê no fato de que as

54 Hegel o diz do seguinte modo: "a unidade é apenas um momento do fracionamento, é a abstração da simplicidade que defronta a diferença. [...] O que se torna igual a si mesmo defronta, pois, o fracionamento: quer dizer, põe a si mesmo de um lado, ou vem-a-ser, antes, uma fração" [§162] (Hegel, 2021, p. 128. Grifos do autor). Em que pese o fato de que o contexto em que se inserem as observações de Hegel a respeito do problema da unidade diz respeito à sua reflexão acerca da física moderna, as consequências da lógica por ele aplicada no tratamento do tema extrapolam o âmbito das "ciências duras". Mladen Dolar, por exemplo, aproveita o *insight* hegeliano nas implicações que este tem para pensar um conceito de materialismo cujo escopo também vai além das ciências exatas. A boa paráfrase que Dolar faz da lógica hegeliana ajuda a compreendê-la: "O que é o atomismo senão precisamente uma tentativa radical de submeter os corpos, toda a matéria, e mesmo o cosmos, à conta-por-um? A matéria pode ser contada, e os átomos são as partículas indivisíveis que autorizam essa conta. O átomo seria assim o puro elemento mínimo da matéria, além do qual ela não pode ser reduzida, e é isso o que nos permite contá-la como um. Assim, se

duas partes do eu não existem antes que o poema as nomeie. Elas não são essências do poeta, que as estaria descrevendo nas suas distintas propriedades; ao contrário, são criadas posteriormente, pelo próprio processo de nomeação da sua diferença. Esse processo de criação da diferença pura entre partes que só em seguida adquirem as suas determinações específicas é o que estou chamando de "sujeito do poema", ou "eu-lírico", o qual aparece no e pelo poema, e não existe antes. Isso se vê na própria lógica de enunciação do poema: começar dizendo "uma parte" significa dizer, já, que não se está dizendo tudo, que se pressupõe uma "outra"; no ato de dizer "uma parte", instala-se a diferença antes mesmo que se diga no que consiste essa parte, e no que, exatamente, ela se diferencia da outra. Com o risco do exagero, digamos que o poema de Gullar põe em cena um problema central para a poesia moderna: o eu como diferença entre enunciado e enunciação.

Há, no jogo entre unidade e divisão que inferimos a partir do poema de Gullar, uma dificuldade com relação ao modelo que vimos

---

neles há divisão – e há –, então ela pertence não às partículas indivisíveis, mas ao vazio que as cerca e permite que elas sejam finalmente contadas. Chegamos assim a uma entidade da divisão, uma entidade dividida entre si mesma e o vazio" (Dolar, 2012. Tradução nossa). O ensaio de Dolar tem por objeto o conceito de "materialismo democrático" de Alain Badiou, o qual tem importantes implicações políticas. Longe de ser uma questão apenas abstrata, o problema da identidade incide diretamente sobre o debate político contemporâneo. Isso é evidente quando se observam os atuais movimentos categorizados às pressas como "identitários", por exemplo, nos quais fica claro que se autoidentificar com algum predicado, longe de ser apenas uma espécie de experiência de reconciliação consigo mesmo, catalisa uma série de clivagens na vida e no entorno social daquele mesmo sujeito, que tem como consequência, muitas vezes, rompimentos com os laços familiares, profissionais ou de amizade que até então constituíam, de fato, a sua identidade. "Assumir uma identidade" e dedicar-se a uma causa "identitária" é, no interior mesmo da subjetivação política, um processo atravessado por rupturas e cisões não apenas com o seu entorno imediato, mas, em muitos casos, consigo mesmo.

em Bosi, o qual depende de uma concepção de unidade reconciliada para a qual o tempo e o sujeito retornam após a sua errância, evocativa ou invocativa, no outro do passado e do futuro. Esse aspecto diz respeito ao recurso de Bosi à "unidade perdida" como motor de engajamento do trabalho poético; aquilo que o crítico chama de "resistência" está vinculado ao poder da poesia de "reinventar imagens da unidade perdida",[55] o que só pode ser entendido como resquício de certo misticismo em torno da criação poética. Bosi, por sua parte, tem consciência de que o "um" da ideologia e o "um" mitopoético não são o mesmo. Ele reconhece essa diferença, contudo, apenas recorrendo às diferentes práxis às quais o um se incorpora; assim, o poema, enquanto práxis "da paixão, da música e da festa livre das palavras",[56] redime o um tirano e o reconecta novamente às aspirações de plenitude e liberdade que estariam na sua origem, devolvendo o sujeito à reconciliação de "estar um com a totalidade".[57] Apesar do pragmatismo dessa visão, precisamente por depender da distinção prática entre o um poético e o um ideológico, ela não é rigorosa o bastante, pois introduz uma distinção que não se desdobra da necessidade do conceito, mas lhe é exógena. É preciso pontuar, assim, que a história não termina na reunificação com o um mítico; é preciso ver como esse um funciona por dentro, para descobrir ali a sua inconsistência.

Por sua vez, o desejo de "tornar-se um" guarda especial significado hoje quando compreendido como desejo de coesão. Em um mundo cuja forma é fragmentada, que se constitui através de choques descontínuos de imagens e da repetição exaustiva de informação; marcado, de um lado, pela intersecção cotidiana de tempos anteriormente separados – como os tempos do trabalho e

55 Bosi, 1997, p. 155.

56 *Idem*, p. 153.

57 *Idem, ibidem*.

do descanso – e, de outro, pelo descompasso do que há pouco estava unido – como as lógicas de progresso técnico e progresso social, que não mais se determinam mutuamente; e caracterizado pela intermitência compulsória e pela instabilidade generalizada – do trabalho, da moradia, das condições climáticas etc.; neste mundo, tornar-se "um", fazer corpo, assumir uma forma coesa pode significar resistência. E talvez o conceito de Bosi comporte, já na sua formulação original, uma disposição positivamente "conservadora" contra a instabilidade perpétua da pós-modernidade então emergente: uma resistência resistente precisamente no sentido de conservar coesa certa experiência subjetiva que ameaçava se estilhaçar. Ocorre que a não coesão contra a qual o "um" da resistência resiste – esse estilhaçamento da experiência – não começa e acaba nela mesma, mas é suplantada precisamente por um "um" específico e determinado, com o qual a reflexão cedo ou tarde precisa se ver: o um do capital. Resistir é tão mais difícil na medida em que se resiste à desagregação (subjetiva, social) tornando-se um sujeito novamente coeso, miticamente reconciliado – o que a poesia pode ajudar a fazer –, ao mesmo tempo que essa mesma desagregação é produto da univocidade do capitalismo como única forma social possível ou, ao menos, "o menos pior dos sistemas". Isto é, já há, em nossa experiência cotidiana, uma experiência do "um", reforçada pela ideologia do "*there is no alternative*" ("não existe alternativa"). Por baixo da inconstância angustiante das nossas vidas, "fazemos um" com o sistema político-econômico no qual estamos inseridos.

Outra dificuldade é que, como vimos, o mito da unidade perdida ao qual Bosi se refere lembra em muito uma espécie de "queda do paraíso". Como se, no princípio, houvesse qualquer coisa como uma vida poética, uma infância da humanidade para a qual a poesia apontasse, resistindo à perda de sentido e à coisificação da vida provocada pela civilização e pelo progresso. Ora, não é difícil ver como esse éden poético é, ele próprio, uma miragem moderna. Por sua vez, a concepção da história humana contida nesse mito – a ideia de que a humanidade gozava, na sua origem, de uma unidade poética entre vida e sentido, e de que a civilização é responsável pela "despoetização" da vida – é altamente discutível, além de, ironicamente, ter suas origens filosóficas precisamente no iluminismo francês do século XVIII.[58]

No que propusemos acima, a dificuldade dessa pretensão de "tornar-se um" se mostrava insuficientemente elaborada por Bosi, já que, como vimos, os próprios circuitos temporais por ele propostos implicam a duplicação e a cisão do tempo, que a poesia deveria reunificar. Ao mesmo tempo, ainda que não haja nada de errado em cultivar mitos, é preciso considerar que o mito específico cultivado pela teoria da resistência bosiana implica uma série de mistificações quanto à história política humana e, também, quanto à própria poesia. É, em resumo, um mito moderno, talvez o mito moderno por excelência. Por isso, é apenas lendo Bosi contra Bosi que chegamos a ver como o conceito de resistência, cujo horizonte é o retorno à unidade perdida e a recuperação da capacidade de nomeação da vida pelo poema, pela própria maneira como é estruturado, implica ele mesmo a impossibilidade da sua realização final. É a essa autocontradição implícita no conceito de resistência que estou chamando, na falta de nome melhor, de *dificuldade*. Se a coisificação do mundo moderno impede que o poema recupere sua capacidade de nomeação da vida e lhe impõe a tarefa de resistir, a dificuldade da resistência interdita a possibilidade de que ele, mesmo resistindo, se reconcilie consigo mesmo, pois não é apenas a poesia, mas a própria resistência que está cindida. Se resistir é recuperar a unidade perdida do esforço mitopoético, a dificuldade está no fato

58 Graeber & Wengrow, 2022.

de que os caminhos da resistência são, na verdade, os caminhos da autocisão do ser e do tempo da poesia.

No limite, Bosi não dialetiza o conceito de resistência, o qual serve como ferramenta para dialetizar os poemas por ele interpretados, fazendo-os ricochetear de um tempo a outro, mas cujo movimento jamais é reinteriorizado pelo próprio conceito. O esforço de pensar os limites aos quais esse conceito chega, seguindo de perto as suas contradições internas, é, em certo sentido, o de terminar o trabalho do conceito. O resultado não é uma anulação da ideia de resistência, mas a constatação de que ela não termina onde Bosi a deixou. É apenas quando se chega a uma resistência da resistência que a chave poderosa desse conceito é capaz, finalmente, de se abrir para uma interpretação desmistificadora, na qual o horizonte não se limita à reunificação da unidade mítica perdida, mas permite à leitura se lançar à história aberta.

Criação interessantíssima, o conceito de resistência resiste à própria situação que lhe deu condição, estabelecendo com ela uma relação negativa que, no entanto, é o contorno do seu pertencimento histórico. Ou, por outra: só há resistência como conceito na medida em que a consistência da sua ideia é dada pela recusa ao que, inicialmente, é o lastro daquela consistência. Conceituada no momento histórico em que os sentidos de modernidade e de liberdade se revelaram opostos e irreconciliáveis, a resistência quer reconciliar modernidade e liberdade. Daí o conceito se afastar infinitamente da sua consumação, dado que a reconciliação a que ele aspira implicaria anulá-lo, por duas vias: uma, resolvendo a contradição que lhe havia posto em movimento e tirando-lhe o chão histórico, e outra, tornando supérflua a sua mesma aspiração. Resistir deve querer dizer, assim, também resistir a deixar de resistir, já que no centro da ideia de resistência pulsa o desejo de reconciliação que significaria a autodestruição do próprio conceito.

E, no entanto, do ponto de vista histórico, a situação que deu ensejo à formulação do conceito de resistência se desfez – não porque modernidade e liberdade tenham enfim se reconciliado, ou porque essa oposição tenha deixado de valer, mas, ao contrário, porque os dois termos se tornaram tão opostos, e o legado libertário da modernidade se tornou tão distante, que "resistir" perde o sentido ao mesmo tempo que se torna moeda corrente. Na sua origem, o conceito habitava uma posição dupla, ao mesmo tempo posterior à aspiração desenvolvimentista que se esgotava, mas procurando guardar desse período anterior o que nele havia de positivo, e que dizia respeito ao legado emancipador da modernidade. O conceito de resistência, assim, resiste ele mesmo às condições que progressivamente se desmancham debaixo dos seus pés. Não creio que seja distorcer demais as coisas sugerir que o que animava a reconciliação pela unidade na base daquela ideia era o horizonte de modernização nacional, visto por Bosi em chave nova após as turbulências de 1964, horizonte que, como hoje parece ter desaparecido, ilumina por sua vez a limitação, mas também a abertura, daquele que possivelmente foi um dos últimos conceitos fortes da teoria crítica brasileira. Por sua vez, a "hipótese da dificuldade" aqui sugerida é a de que esse ponto da arquitetura conceitual da ideia de resistência, no qual o conceito emperra, ilumina a poesia do presente.

Do ponto de vista da história literária, a passagem da resistência à dificuldade reflete o esgotamento do ciclo modernista de 1920-1970. Essa passagem, como tentei sugerir, não é uma simples substituição de etapa, embora tenha implicado a criação de novas formas – o que por si são outros quinhentos, já que parte da dificuldade é justamente a criação do novo quando a poesia da novidade se tornou o velho, e quando a própria ideia histórica de "novo" ficou barateada pela hegemonia do seu sentido mercadológico. Trata-se, acima de tudo, do encontro com o esgotamento de um processo sem que, no entanto, se tenha saído dele. No plano do conceito, é a chegada ao limite da resistência sem que o imperativo de resistir tenha se tornado supérfluo; no plano histórico-literário, é o impasse da poesia moderna, cujo lastro emancipatório dependia do vislumbre de uma modernidade alternativa, na chave ou da reminiscência ou da profecia, ambas as quais se fecharam quando o capitalismo passou a coincidir com todas as dimensões da vida.[59] Sem que se tenha rompido inteiramente com a modernidade social e literária, ela ficou para trás, não porque foi superada, mas porque, deixando de apontar para um passado ainda não integrado ou um futuro já emancipado, se transformou em presente, simplesmente.

É lugar-comum que no encontro com toda dificuldade haja uma oportunidade de superação. Essa maneira de colocar o problema, porém, é insuficiente para pensar nosso predicado, pois trata como momentos distintos o obstáculo e o salto, quando a realidade da nossa situação é mais difícil: bloqueio e superação são dois ângulos diferentes do mesmo impasse. Não se trata de estarmos diante de uma dificuldade circunstancial, em busca de uma maneira de superá-la; trata-se, mais profundamente, de estarmos diante da própria dificuldade de superação. A dificuldade, no limite, está no desaparecimento da ideia mesma de superação.

59 A situação pós-moderna pode ser entendida "como aquela em que o capitalismo não é mais relativizado por um possível horizonte de superação" (Schwarz, 2012, p. 79).

2
IMPOTÊNCIA, OPACIDADE E VÍCIO DE ORIGEM

1. DIFICULDADE DO FUTURO: A IMPOTÊNCIA DA POESIA

Um exemplo de que a ideia em torno da qual se organiza o pensamento poético engajado vem se deslocando outra vez é o título de uma antologia publicada em 2017 – *50 poemas de revolta* –, que reúne poemas de 34 autores brasileiros e cobre um arco de um século entre o modernismo de 1922 e o presente. Lida agora através do prisma da revolta, a poesia adquiria novos contornos, em sintonia com a então nova conjuntura política. O prefácio dos editores da antologia, por sua vez, abre com a seguinte afirmação: "A poesia é, por si, ato de resistência";[1] o termo, contudo, perdeu o sentido crítico forte, e passa a se referir vagamente a uma gama de traços do "momento obscuro" que o país vivia, subordinando-se enfim ao significante "revolta", que vem ao primeiro plano. Esquece-se de que resistência era, na origem, um modo de a crítica interpretar as obras poéticas, e não necessariamente um modo de a poesia justificar a si mesma; se a passagem de uma poesia *de* resistência para uma poesia *como* resistência é determinante para aquele lance crítico, com ela sobrevém também a ideia de que para resistir basta fazer poesia, qualquer que

1 *50 poemas*, 2017, p. 10.

seja. O que é uma generalização um tanto às avessas do método crítico da leitura a partir do prisma da resistência, segundo o qual poemas não necessariamente engajados se revelam políticos em sua natureza. Ao se deixar de lado as nuances do conceito, qualquer poema se torna político apenas porque é um poema – mas onde está o seu caráter propriamente resistente, isso se perde de vista, e passa a coincidir, genericamente, com a "poesia" como um todo.

A equação *escrever = resistir*, porque guarda o seu sentido no ato da escrita ("a poesia é, por si, *ato* de resistência"), e não na aparição da obra como singularidade autônoma em relação ao seu ato – a dialética da qual dependia a ideia de resistência –, torna discurso o que antes era obra. Efeito colateral, quando a poesia se torna resistência "em si mesma", a situação contra a qual se resiste só pode ser entendida também de maneira discursiva. Certamente um livro de poesia resiste, nas prateleiras de uma livraria, à profusão de livros de autoajuda, de literatura comercial, de repetições ideológicas; um poema lido em voz alta ou postado numa rede social resiste à cacofonia dos discursos publicitários, jornalísticos e narcisistas das mídias sociais que poluem o ambiente da comunicação; e um poema lido na solidão por um sujeito resiste, dentro dele, à pressão dos discursos da produtividade, da meritocracia e da subjetivação neoliberal. Mas, habitando agora um mundo projetado apenas como amálgama de discursos, a poesia como resistência em si mesma corre o risco de se ver outra vez, contra a vontade de qualquer contemporâneo lúcido, numa espécie de Parnaso, em que determinações materiais, conjunturais, políticas e de classe, as quais poderiam fazer e frequentemente fazem forma na poesia, são encobertas por uma concepção não refletida do espaço social como um espaço textual. A poesia passa, então, a ser entendida como "revolta" no momento em que se despoja de toda contradição consigo mesma para ser concebida apenas como "ato" de resistência. Na história da sucessão dos significantes que qualificam a poesia politicamente ativa – participação, resistência, revolta –, o que se vê é uma crescente autonomização da poesia em vista das demandas formuladas pelo seu tempo, ao mesmo tempo que se torna cada vez mais dependente do ato discursivo que lhe deu à luz, até chegar à ideia de que ser poeta é, automaticamente, agir politicamente, o que convém para conciliar as angústias de classe de poetas que podem confortavelmente dizer que resistem porque escrevem. Pode-se resistir escrevendo? Evidentemente que sim. Todo poeta, porque é poeta, é um agente político? Não me parece que seja possível afirmar isso sem mistificação.

Ainda imantada pelos levantes de 2013, e mobilizada pelos protestos contra o *impeachment* de Dilma Rousseff em 2016, a antologia *50 poemas de revolta* saiu em um momento no qual o país reagia às transformações político-institucionais que desmantelavam o sistema de pesos e contrapesos da Nova República. Naquele momento, em parte, a dificuldade de articular as causas populares com base em uma ideia de resistência remontava também ao fato de o Estado estar sendo então dirigido justamente pelo partido historicamente ligado àquelas mesmas causas. Não é a intenção aqui traçar um panorama detalhado da conjuntura de então, mas será oportuno notar que, se em 2013 a esquerda se revoltava contra as más condições de vida nas cidades, em 2016 a resistência passou a ser não contra o governo e a situação, mas pela permanência do governo e em defesa da legalidade, e – o que é mais importante – contra a insurgência que veio do interior do sistema político; no momento em que a resistência finalmente coincidia com o Estado e com o partido então dirigente, esvaziava-se o seu sentido crítico e estreitava-se o espaço de ação dos sujeitos engajados, restritos agora a defender o governo que, apenas três anos antes, era colocado em xeque por aqueles mesmos agentes.

A oscilação entre a resistência e a revolta estava, assim, intimamente ligada à situação política do período deflagrado por 2013. Na sequência seguinte, por sua vez, a revolta deslocou-se abruptamente: foi a extrema-direita que passou a articular, sobretudo a partir de 2018, o sentimento de insurgência popular que a esquerda falhara em mobilizar anteriormente – situação que em larga medida passaria a configurar a dificuldade do período subsequente, a qual a derrota da direita no pleito de 2022 não foi capaz de, sozinha, resolver.

Em seu livro de 2017, *Para que poetas em tempos de terrorismos?* (cujo título ecoa e atualiza o verso de Hölderlin, "para que poetas em tempo de pobreza?"), Alberto Pucheu trabalha sobre o tema da impotência da poesia diante de um contexto político marcado pela violência e pelo acirramento dos conflitos sociais que tomaram o país a partir do processo de *impeachment* de 2016. No poema "O golpe", a violência se descortina a partir, ou mesmo de dentro, de um cotidiano à primeira vista indiferente às turbulências políticas:

O GOLPE

saio na rua e tudo me parece normal
como se nada tivesse acontecido,
a banca de jornal está aberta, a padaria
continua a vender pão com manteiga
na chapa e café quente
para os que ainda estão saindo
para o trabalho ou chegando nele,
as pessoas continuam pegando seus ônibus,
atravessando as roletas, abrindo as janelas,
falando sobre a zica e outros assuntos
menos graves como a tintura para os cabelos
ou o formato do botão da camisa,
os operários da obra em frente ao meu quarto
continuam a chegar nos horários previstos,
eles trabalham com afinco enquanto o vigilante
ouve seu rádio em uma estação a.m.
qualquer, há pais e mães que evitam o tema
nos jantares de família para falarem

do último casaco que foi comprado
para a chegada do inverno ou da cor
do esmalte ou do resultado do jogo
de cartas ou de futebol de ontem,
porque nunca quiseram aprender
a lidar com as diferenças existentes,
preferindo recalcá-las em nome
do que chamam a cada dia de amor
(a maior felicidade do mundo),
acrescentando a frase contraditória
ao dizerem que política não se discute,
em muitas famílias – é verdade – há aqueles
que apoiaram a ditadura, que tentaram
educar seus filhos e netos sob as ordens
mais rígidas, que quiseram a tortura
e os assassinatos de pessoas quaisquer
fazendo com que seus filhos e netos
desejassem em algum grau ser torturados
apenas para obrigar a família a sentir a dor
que outras famílias sentiram e, quem sabe,
por eles, por suas dores agora na pele,
a família mudaria finalmente de posição,
há aqueles que queriam que os que chamavam
de viados fossem mortos, levados em avião
e lançados no meio do oceano,
que diziam que artistas eram maconheiros
e vagabundos, que diziam que os comunistas
(*sic*) comiam criancinhas, que certo estavam
os militares e os jornais que os apoiavam,
cujos donos jantavam ou não em suas salas
de visita mais nobres enquanto o motorista
de seus carros imponentes esperavam [sic] na garagem,
há aqueles que talvez tenham votado recentemente
em bolsonaro, que achavam até poucos dias

atrás a presidenta corrupta, que queriam
se livrar da corrupção, que foram a favor
dos industriais que, dizem, movem o país,
que foram a favor dos cortes dos gastos sociais,
que foram a favor do *impeachment*
[...][2]

Trabalhando nesse livro com longos poemas, nos quais o fluxo verbal se dá através de um processo de acumulação, Pucheu desenha aos poucos a cena política aqui apresentada. Esse "aos poucos" é central para a economia do poema; é apenas no 17º verso que a primeira alusão ao "tema" aparece. Já sabemos pelo título, mas também pela nossa própria experiência de habitar o mesmo tempo histórico do poema, a qual "tema" o verso se refere; não obstante, mesmo ali o poema adia nomeá-lo, concordando formalmente, nessa elisão, com a matéria social por ele descrita, ilustrada pela subtração do assunto dos jantares de família. O flagrante desse gesto subtrativo reverbera de tal modo o nosso predicado político durante o ano de 2016 que é difícil não lembrar como, em larga medida, a discussão em torno do *impeachment* de Dilma Rousseff foi ofuscada durante o seu desenrolar por uma espécie de metadiscussão quanto ao cabimento de chamar ou não de "golpe" o processo de sabotagem do mandato da presidente. À parte as nuances da querela quanto ao uso do termo "golpe" – uso ao qual o poeta subscreve sem reservas, o que implica, como sabemos, uma tomada de posição –, o que importa ver aqui é a dificuldade de abordar a *coisa* em si, isto é, o processo político na sua realidade imediata, dificuldade formalizada pela demora do poema em entrar na matéria e, mesmo ao entrar, por não entrar propriamente. Assim, será apenas no 57º verso que aparecerá de fato a palavra "*impeachment*", até então oculta, mas organizadora

2 Pucheu, 2017, pp. 29-32.

de todo o poema. O termo aparece, no entanto, em meio à erupção verbal e retórica, sem que se chame maior atenção para ele do que para qualquer outra palavra que até então compõe o convulsivo caleidoscópio desenhado pela sucessão implacável dos versos, cujo efeito é engrossar aos poucos, mas decisivamente, o caldo do retrato.

Em seguida, o poema dará uma guinada sutil, mas consequente, no sentido de representar uma série de violências que emergem no interior daquele cotidiano aparentemente intocado pela convulsão política; a mais impressionante dessas imagens talvez seja aquela do filho ou neto que deseja a própria tortura, como último recurso para comover a família impassível. Há uma ideia de progresso nessa matéria poética que se faz na lenta marcha de descortinamento do conteúdo social por ela representado – de uma imagem que, por acúmulo, se constrói. O que se vê como resultado, contudo, é o cenário desolado e no fim das contas sem saída de um país no qual, para lembrar o verso de Caetano Veloso, "tudo parece que ainda é construção e já é ruína". Cabe ao poeta, ao final, em um país vertiginosamente dividido, desejar dissolver-se não em todos, como gostaria a sua aspiração revolucionária, mas "pelo menos" em "alguns de nós":

> [...]
> sinto que a única coisa que ainda posso fazer
> é colocar meu grito, meu nervo, meu sangue
> e meu vômito imediatamente antes do começo
> de qualquer escrito, para que ele venha,
> talvez, assim, carregado de um corpo
> que nem seja ainda meu (o meu corpo),
> mas que seja o corpo, digo, o grito, o nervo,
> o sangue e o vômito de pelo menos alguns de nós.[3]

3 *Idem*, pp. 29-32.

A impotência é o tema nuclear desse livro de Pucheu, escrito durante o espetáculo de desintegração autofágica da ordem política em 2016, o qual tem muitas interpretações a depender de a quem se dirige a pergunta, mas do qual se pode dizer quase unanimemente que as esquerdas foram pouco mais que espectadoras. O quanto houve de resistência ao golpe houve de indiferença por parte daqueles que o conduziam, e que eram seus verdadeiros protagonistas, como ficou claro no famigerado dia da votação. Para o horror e a perplexidade de qualquer um preocupado com as suas consequências, o processo todo correu sem maiores ocorrências.

É essa impotência local, imediata, imposta pelo presente histórico, que aqui se volta contra o próprio poema e se amplifica em impotência da poesia de modo geral, engolfando no seu escopo, finalmente, a impotência – menos local, e historicamente mais larga – da revolução. Em outro poema, apropriadamente intitulado "Da impotência", o poeta reflete abertamente sobre o impasse da poesia em um mundo que não acolhe mais as ambições de transformação radical que estariam na raiz da poética que, não obstante, ele desejaria propor – isto é, uma poética que emerge quando, para evocar uma formulação de Paulo Arantes, a razão encontra a sua vocação prática:

DA IMPOTÊNCIA

[...] como ir além
no impasse de nosso tempo
em que a revolução não é mais possível
e em que a poesia – ainda – sobrevive?
como encontrar, em nosso tempo,
uma saída, uma errância a fazer
os poderes se fragilizarem?
podem os gestos revolucionários,
como a poesia, desejar sua própria impotência

assumindo-a desde o início,
a impotência da primazia do sentido
e dos modos habituais, inclusive os seus,
de se colocar diante dele?
pode haver um levante de impotentes
que saia em linha de fuga pela tangente?
podendo, como poucas instâncias,
fazer uma crítica da revolução
que ela conhece tão de perto,
sabendo-se ela própria
não mais revolucionária no sentido
estrito e já impossível da palavra,
a poesia, desde sua impotência máxima,
incapaz de alterar qualquer coisa
senão, de novo, a primazia do sentido
[...]
e qualquer gesto que ainda se deseja
revolucionário acusa a poesia
de sua impotência assumida
ao último grau, de sua impotência
radicalmente assumida, assumida
até o limite, como a crítica
que a poesia faz, como a crítica
que a poesia constantemente tem feito
a todo e qualquer desejo de poder.[4]

Aqui, apresenta-se uma saída: assumir a impotência, "ao último grau", "radicalmente". A poesia emerge da sua própria impotência como signo da recusa ao poder – recusa esta que, contudo, está em desacordo com as antigas aspirações de uma política revolucionária. O signo "impotência", que na sua acepção corrente quer dizer "incapacidade de agir", coincide espertamente, ao fim, com o seu

4 *Idem*, pp. 15-20.

sentido etimológico original, e reconcilia-se *radicalmente* com a sua raiz: im-potência, não poder. É uma coincidência elástica, próxima ao trocadilho, mas que, não obstante, vem à superfície como signo de uma nova maneira de habitar o mundo de formas impotentes com as quais o poeta se acotovela. A potência, indisponível para o poema "em nossos tempos", deixará de ser a potência de fazer ou criar algo, eterna abertura ao infinito no coração do poema, para se tornar sinônimo de "poder", no sentido de mera execução da violência. É uma solução engenhosa; no entanto, com ela, o poeta abre mão também da outra acepção da palavra "potência", que diz respeito à temporalidade sempre aberta para o futuro, implicada pela ideia de um ato ainda não consumado. É uma saída que, contudo, aponta não para o que virá, mas para o agora, para a recusa imediata da chantagem do poder e, no limite, da política – ao menos tal qual é praticada –, instalando o poema e a poesia em um presente paralisado, no qual a mediação com o real deve ser necessariamente negativa. Falar em "resistir", aqui, não tem mais sentido, ou ao menos não implica o sentido positivo, propositivo, de uma resistência ativa. Diante da enorme dificuldade e do impasse que paralisa o discurso engajado, imperativo das aporias do presente, o futuro se dissolve, recusado, como quem cortasse a própria mão para não perder o braço.

2. DIFICULDADE DO PRESENTE: OPACO ENIGMA

Outro poeta que trabalha com o que se pode chamar de uma poesia política é Fabiano Calixto. *Fliperama*, seu livro de 2020, oferece uma série de formulações que estabelecem uma espécie de arco, ao mesmo tempo, de aproximação e repulsa com um tempo presente que se impõe a contrapelo do desejo do poeta. Abundam no livro fragmentos como este, do poema "Bob Dylan nos iluminará para sempre":

[...]
clima morno na cidade morta
poucas luzes natalinas nas janelas

as sirenes esmagam o silêncio constrangedor
que toma conta do país
[...][5]

Ou este, de "Mantra antifascista para vozes":

aiseop
ameop
[...]
iórtsed es, etabed es oãn omsiscaf[6]

Ou ainda nos versos de abertura de "Memórias de um homem-bala":

não sobrou muita coisa mesmo
pouca gente, pouca vida
uns restos imensos de ruínas
[...][7]

São poemas imantados pelo impasse diante do que, em termos drummondianos, se definia como "país bloqueado". Para a poesia, isso significa ter de se ver com os ferimentos que este presente provoca na sua capacidade de articular as aspirações de outra vida, outro mundo, outro tempo, como em "Living after midnight":

5 Calixto, 2020, p. 136.
6 *Idem*, p. 153.
7 *Idem*, p. 182.

[...]
(há machadadas
...
buracos de bala
no poema)[8]

Fliperama é, ainda, atravessado por uma série de epitáfios e poemas *in memoriam*, dedicados tanto a poetas como Juan Gelman, Donizete Galvão e Victor Heringer, quanto a figuras da história política revolucionária brasileira, como Marighella, além de um conjunto de poemas endereçados a personagens relevantes da biografia particular do autor, figuras em geral femininas, recuperadas da memória e do passado. Esses epitáfios e dedicatórias percorrem o livro e o povoam da memória dos mortos que escreveram, lutaram e cuidaram – opondo-os ao presente em que as palavras estancam, as lutas emperram e a morte impera.

Contudo, é também em alguns poemas de Calixto, e em especial naqueles não imediatamente políticos, que se reflete com mais profundidade sobre a dificuldade da resistência pela via poética, em vista da "opacidade do presente". A expressão deriva de outro poema de *Fliperama*, "Oficina embosteada":

OFICINA EMBOSTEADA

quero compor um soneto de bosta
como poeta algum ousara escrever
um soneto nascituro, chulo de costa
a costa, um monte de merda a feder

quero que meu soneto, jogo duro,
desperte muitos gorfos de prazer

8 *Idem*, p. 153.

e, no seu maligno ar de monturo,
ao mesmo tempo saiba cair e escorrer

esse meu verso fedorento e obscuro
lêmure de lamúria, é de fazer tremer
a louça frágil do banheiro escuro

todos o lembrarão: sem futuro!
cão lambendo o cu, enquanto, maduro,
opaco enigma, se deixa comover[9]

A primeira leitura deixa ver o evidente paralelo paródico com a "Oficina irritada" de Drummond, recolhida em *Claro enigma*, de 1951, ao qual o poema de Calixto segue de perto:

OFICINA IRRITADA

Eu quero compor um soneto duro
como poeta algum ousara escrever.
Eu quero pintar um soneto escuro,
seco, abafado, difícil de ler.

Quero que meu soneto, no futuro,
não desperte em ninguém nenhum prazer.
E que, no seu maligno ar imaturo,
ao mesmo tempo saiba ser, não ser.

Esse meu verbo antipático e impuro
há de pungir, há de fazer sofrer,
tendão de vênus sob o pedicuro.

9 *Idem*, p. 151.

> Ninguém o lembrará: tiro no muro,
> cão mijando no caos, enquanto arcturo,
> claro enigma, se deixa surpreender.[10]

Em Calixto, as aporias e paradoxos drummondianas dão lugar, por vezes, a novos paradoxos, afeitos às conjunturas do presente, e por outras a formulações cujo efeito é justamente a eliminação da contradição drummondiana. É representativo deste segundo caso, em especial, a expressão "claro enigma" de Drummond, que se converte, em Calixto, em um "opaco enigma". "Opaco" é também um léxico intimamente ligado à poética drummondiana[11] – o poema seguinte a "Oficina irritada", em *Claro enigma*, é justamente "Opaco". Aqui, no entanto, o vocábulo substitui a "claridade" que conferia à formulação "claro enigma" o seu magnetismo paradoxal, o qual, precisamente pelo seu caráter contraditório, resistia à interpretação, mantendo-se permanentemente aberto na sua opacidade enigmática. Ao reverter a contradição de um enigma que se desdobra às claras, na expressão original do poeta mineiro, o "opaco enigma" que encerra o poema de Calixto é, por sua vez, apesar do vocábulo "opaco", uma expressão transparente, que caracteriza imediatamente o tempo do poema e remete a um referente histórico diretamente apreensível, mesmo que este diga respeito a um presente que se apresenta tão impenetrável que não mais exerce a atração de um oximoro, mas redunda, apenas; trata-se de um enigma que perdeu precisamente o seu caráter enigmático e convidativo e se encerrou em uma formulação dura, mas fácil de ler.

Se havia já em Drummond uma recusa à poesia, no tratamento do tema e na escolha dos vocábulos ("Eu quero compor um soneto duro"), em Calixto a antipoesia é levada à última potência, com a recusa de tudo aquilo que, em Drummond, a despeito da dureza e

10 Andrade, 2007, p. 261.
11 Bischof, 2005.

da aporia do soneto, ainda permanecia como resíduo lírico, potência poética do sujeito diante da impenetrabilidade da própria poesia (impasse capturado na expressão "claro enigma"). Também a *surpresa* que fechava o poema de Drummond ("claro enigma, se deixa surpreender"), afeto do qual depende grande parte da função lírica, se converte agora em *comoção* ("opaco enigma, se deixa comover"). A diferença entre "surpresa" e "comoção" é significativa: a primeira é fruto, ainda, da experiência do choque, central para o poema de Drummond; por sua vez, se o poema de Calixto opera com um registro de linguagem ainda menos elevado, mais chulo, que o de Drummond (com a escolha de vocábulos como "bosta", "chulo", "gorfos", "escorrer", "fedorento" etc.), o choque causado pelo poema, no leitor, é consideravelmente menor, seja porque o leitor de poesia está acostumado, após um século de modernismo, com o choque poético de registros coloquiais, seja porque, para o sujeito de hoje, aquilo que um dia fora o núcleo da experiência da modernidade – o choque, como definiu Walter Benjamin – na ultramodernidade do capitalismo contemporâneo perdeu, justamente, a capacidade de chocar.

Por outro lado, o que em Drummond é aporia, no segundo terceto ("ninguém o lembrará: tiro no muro"), em Calixto se converte, mais simples, em paradoxo: "todos o lembrarão: sem futuro!". Aquilo que "todos lembrarão", por definição, não pode ser "sem futuro"; algo ter futuro depende justamente de que seja lembrado. Contudo, o poema de Calixto novamente remonta ao desmonte da experiência do sujeito, em uma modernidade que cada vez mais entra em contradição consigo mesma, na qual, no museu de tudo da internet, "até a perda se perdeu",[12] o que remete à temporalidade da sociedade pós-fordista que Mark Fisher descreveu, a partir de uma formulação de Franco

12 Fisher, 2014.

Berardi, como "lento cancelamento do futuro".[13] Com efeito, é marca do nosso tempo presente, em especial nos espaços virtuais, a reprodução compulsiva de fragmentos da realidade, dos quais, por alguns breves momentos, todos se lembram, para que em seguida sejam novamente lançados no limbo das coisas sem futuro. O poema de Calixto talvez ganhe assim maior ressonância quando lido não nas páginas do livro impresso, mas nas telas sempre efêmeras da rede social, meio de reprodução de texto e imagem com o qual estabelece, quem sabe, seu diálogo mais profundo.

Do ponto de vista formal, Calixto também não se preocupa em manter o metro rígido do soneto tradicional, ao qual o "original" drummondiano se mantém fiel. Em "Oficina embosteada", por diversas vezes o poema *escorre* (como anuncia que fará, no final do segundo quarteto) para fora do metro fixo de dez sílabas. Assim, os versos 3, 8 e 10 têm cada um doze sílabas, o 14º tem onze, e o 12º conta nove sílabas poéticas – o único em que o poema se subtrai ao metro tradicional, ao invés de excedê-lo, subtração que acompanha o "ninguém o lembrará" da última estrofe. Também essa instabilidade formal aponta para a instabilidade daquilo que não permanecerá; se é verdade que o ritmo do poema, sobretudo na leitura em voz alta, ameniza esses desvios métricos e se mantém coerente com a expectativa musical dos decassílabos heroicos, com a maior parte dos acentos tônicos nas sextas sílabas dos versos, em razão da sua elasticidade métrica "Oficina embosteada" está, desde o início, já em vias de não ser mais um soneto – ao menos na definição mais rígida de soneto –, isto é, de frustrar a expectativa criada pela sua mancha gráfica e deixar de ser aquilo que, de saída, o definia ao menos como potência – condição que, novamente, remete à instabilidade da experiência temporal atravessada pelo paradoxo de um tempo em que não há futuro, e em que, não obstante, tudo permanece

13 *Idem.*

registrado, ainda que na memória anônima, opaca, de uma vida que se reproduz nos códigos dos algoritmos, no isolamento subjetivo e na fragmentação da experiência social.

No entanto, *Fliperama* busca não apenas articular a dificuldade de um presente opaco, mas mobilizá-la no sentido de uma saída, como em "Zap para Fabiano Calixto", cujo único verso, grafado em itálico, como uma mensagem que cruza o espaço em vias de desaparecer, sintetiza:

ZAP PARA FABIANO CALIXTO

defender a alegria como um destino[14]

Aqui, o destino ao qual está submetido o poeta já não lhe é imposto como o "opaco enigma" do presente fascistizado do país, diante do qual não se pode senão recolher "essas subversões / que irrigam a pele e trincam o osso / das palavras",[15] mas é um destino escolhido, *defendido*. Impõe-se a tarefa de defender – lançando mão do jargão da luta política – a alegria, como um resto que resiste e cintila, aqui e ao longo do livro, apesar ou mesmo em razão da dificuldade, isto é, de um presente histórico que é tudo, menos alegre. A alegria é uma fagulha de abertura que, na solidão autorreflexiva do sujeito que envia uma mensagem para si mesmo, trinca o presente: fecha-o como obstáculo, destino que se impõe; abre-o como alegria, destino que se decide. Com alegria, é possível aspirar à resistência; com ela, "um arco-íris acende / sua luz na treva" e "nasce no céu da boca / um dia de primavera".[16]

Mais além, contra o país mortífero de onde vêm os "buracos de bala" que cravam o poema, outro país é imaginado, o país que

14 Calixto, 2020, p. 111.
15 Do poema "Dear Prudence" (Calixto, 2020, p. 102).
16 Do poema "Contramola que resiste" (*idem*, p. 115).

poderia ter sido e que não foi, exercício elaborado por "Churrasco em Pasárgada". À custa de atravessar as ásperas dificuldades que compõem outros momentos do livro, o poeta reconcilia-se momentaneamente aqui com o passado mítico a partir do qual ricocheteia a profecia de um futuro utópico, alegre e livre – elementos da poesia de resistência no seu desenho bosiano, mas também das esperanças da tradição dialética e do modernismo brasileiros de que a nossa peculiar conjugação de modernidade e atraso nos daria a senha para uma modernidade alternativa e reconciliada. Não à toa o poema tematiza aquele que é talvez o mais importante dos elementos coesivos do espírito nacional: o futebol, atividade na qual – talvez não seja exagero dizer – a cada quatro anos a nação atualiza sua autoimagem mirando-se no espelho das Copas do Mundo. Como para o filósofo japonês Kojin Karatani, para quem a nação não deve ser entendida apenas como projeção ideológica superestrutural, mas como dimensão na qual se desdobram tensões e embates com raízes no real,[17] em Calixto algo de decisivo se joga na aparentemente inconsequente memória coletiva dos triunfos e fracassos da seleção brasileira de futebol.

No poema, a imaginação desejante do sujeito é modestamente disparada pela memória do que pode ter sido um primeiro momento de felicidade infantil, e que coincide, nessa metonímia, com o último instante feliz da nação: os 23 minutos do segundo tempo de Brasil e Itália na Copa de 1982, quando Falcão arranca um empate para os brasileiros. A alegria duraria pouco, e o placar mudaria apenas seis minutos depois, com o gol derradeiro dos italianos. Mas esse gol, o da tragédia, não comparece no poema, e a seleção de 82, que passaria a representar ao mesmo tempo o último suspiro e a crise derradeira do "futebol-arte" consagrado pelo encantador ciclo de 1958-1970, permanece para sempre congelada no tempo, no seu momento de

17 Karatani, 2014.

máxima euforia. Não é difícil adivinhar aqui o desejo de que a seleção tivesse tido um destino diferente naquela Copa. Por metonímia, esse desejo termina por se configurar euforicamente em outra fantasia, mais ambiciosa no seu escopo e consequência: a fantasia de uma nação liberta do seu predicado trágico, povoada por um sujeito finalmente coletivizado ("escancaramos a garganta coletiva"), para, só então, ser possível quem sabe apontar para o que a poesia *poderá* ter sido: antídoto contra a morte.

CHURRASCO EM PASÁRGADA

pensa bem,
5 de julho de 1982
estamos numa lanchonete
de posto de gasolina
TV ligada, meio-dia,
bebemos cerveja, refrigerante,
torresminho com limão, mortadela e biriba,
– mordemos o que podemos

aos 23 minutos do segundo tempo,
a voz de
Luciano do Valle,
[...] Boa abertura! Falcão. Cerezzo passou pra receber. Falcão limpou, vai bater! Bateu! Gooooooooooooollllllllllllllllllllll!!!!!!!!!!!!!!!!!!! Só mesmo Falcão! Com toda categoria, com toda habilidade!

pensa bem,

nós, severinos de mesmas águas de pias,
filhos de mesmas mães e de mesmos finados zacarias,
de mesmas sesmarias, na fila da mesma fria ruína destes dias,
mesmos subúrbios, favelas, vilas, cortiços, periferias,
defendendo a alegria

contra a parada cardíaca
vivendo a vida,
contrariando as estatísticas

pensa bem,

escancaramos a goela coletiva
acendemos as velas
molhamos a caveira
brindamos
nos abraçamos
nos beijamos
choramos

– enquanto isso,
um poema adentra o corpo
e trapaceia a morte[18]

Talvez não haja na poesia brasileira contemporânea exemplo mais bem-acabado de expressão do desejo por um passado mítico quanto esse poema de Calixto. Com efeito, num país fragmentado, zona de fronteira periférica do ultracapitalismo miliciano, o futebol – e em particular a história das Copas do Mundo – constitui um tecido mítico a partir do qual a nação encontra homogeneidade. Suspensa na marca dos 23 minutos de um segundo tempo de jogo de Copa do Mundo, instantes antes da catástrofe, a nação se cristaliza como potência pura do que poderia ter sido, ideia sublimada de beleza, euforia e alegria. "Churrasco em Pasárgada", com seu título espertamente ambivalente que remonta inequivocamente ao modernismo – o reino da utopia poética, a festa popular do fim de semana (todo torcedor, no instante do gol, é um habitante de

18 Calixto, 2020, pp. 58-59.

Pasárgada) –, não é um poema propriamente nostálgico, embora a rememoração de uma alegria que ficou pelo caminho lhe dê certo tom de melancolia.[19] Nele, o passado não é evocado apenas pelo fetiche de evocá-lo; como no ricochete presente-passado-presente* da resistência defensiva bosiana, o passado, transformado em mito, aponta para um presente alternativo no qual a pulsão mortífera da vida sem alegria é trapaceada.

Ao mesmo tempo, um deslocamento decisivo se faz necessário para que o gesto da resistência se mantenha ativo. Já não há espaço para a coincidência sem resto do poema com o mito, e do poeta com o eu reconciliado; ao contrário, sem perturbar o que há de comovente no retrato, tudo se dá como que de segunda mão, sugerido pelo sujeito que, ao mesmo tempo e sem confessar, deixa implícito que a experiência descrita pelo poema já não se dá, ou já não pode se dar de maneira imediata. No limite, em razão da sua estrutura de mediação, "Churrasco em Pasárgada" é uma alusão sobre experiência, miragem de mito, mais do que mito propriamente; o poema está no registro do "seria", e não do "foi" ou do "será". À condição já sempre mediada da poesia em relação à experiência, dada a sua natureza representativa, soma-se uma segunda mediação, interna à economia do poema, capturada no "pensa bem" com que o eu-lírico se repete e se repõe, sempre com um pé fora da felicidade que promete. Tal distanciamento se vê, já, na substituição com a qual ele opera, trocando a nação pela seleção, o cidadão pelo torcedor, numa espécie de jogo de felicidades contrabandeadas, próprio, aliás, da euforia provocada pelos esportes, isto é, uma euforia excepcional, de jogo, depois da qual a vida volta a girar normalmente. Não obstante, a estrofe

19 O poema tem o mérito de, com imagens e dicção inteiramente contemporâneas, refazer sem imitar a experiência banderiana do êxtase no passado, o poema na infância, mais que da ou sobre a infância.

final, com a imagem notável do poema se embrenhando pelo corpo e trapaceando a morte, resguarda ainda que por um instante a crença no poema como um acontecimento capaz de suspender o tempo. Um poema que jogasse como a mítica seleção de 82 – belo, encantador, sublime, capaz de dar forma à vida e ao êxtase: esse parece ser o desejo instigado pelo poeta como potência sempre pulsante, sugestiva do que a poesia pode e talvez deva ser.

3. DIFICULDADE DO PASSADO: O MITO DIVIDIDO

Em seu livro de 2021, *Também guardamos pedras aqui*, Luiza Romão dramatiza a relação entre violência e origem mítica da linguagem. Aqui, já não há mais possibilidade ou mesmo desejo de retorno à unidade mítica de uma função poética original, pois o próprio mito está dividido entre sua função de nomeação (simbólica) e a violência (real) que é sua condição de existência. Embora o livro, como é usual nas obras da poeta, seja imantado pelo engajamento nas questões políticas contemporâneas, essa adesão à luta se dá na recusa de que o poema possa se valer da salvaguarda de um espaço mítico no qual ainda se mantenham disponíveis as suas forças de resistência. Em outras palavras, a poética engajada de Romão não pode mais confiar que o mito seja fiador da resistência política. É, assim, uma poética antimítica, na qual a literatura e a própria poesia, em vez de se erguerem como estandartes da resistência à opressão, participam, ainda que contra a sua vontade, desse mesmo processo de reprodução da violência – como se houvesse (este é o pressuposto do livro) um vício de origem na formação dos mitos. Assim, no poema "Ifigênia":

IFIGÊNIA

a literatura ocidental começou com uma guerra
não a neblina das grandes cidades
faz tanto tempo que talvez ouço quase
a literatura ocidental começou com um massacre
[...]
antes da primeira letra
antes do primeiro grifo
alguém já implorava misericórdia[20]

O que se rejeita nessa poesia é nada menos que aquilo que está formulado na primeira página da *Teoria do romance* de Lukács: a vida "tornada essencial" que caracterizaria a epopeia como "cultura fechada", perfeita coincidência entre ato e alma, sentido e ser.[21] Aqui, tem-se a divisão antes da unidade, e não o contrário; o espaço fechado, coeso, de uma infância da humanidade dá lugar à não conciliação das partes, e o estado de divindade manifesta do mito se revela ambíguo, cindido. Se quisermos, podemos formular essa poética nos termos de uma precedência do social sobre o imaginado, da história sobre a lenda. A essência do mito é o seu conteúdo pré-imaginativo, a não integração dos seus conteúdos históricos que, como um recalcado, resistem, não se deixam ser assimilados em forma. Digamos, uma transparência sem síntese, em oposição à opacidade do mito. A lembrança, outra vez, das reflexões de Hegel sobre a contradição interna do átomo dá a essa poética antimítica o substrato da sua escolha ontológica.

O recurso principal da poeta para estabelecer a identificação incômoda entre literatura e violência é a reencenação do mito – no caso de *Também guardamos pedras aqui*, o mito homérico –,

20 Romão, 2021, p. 7.
21 Lukács, 2000.

sobretudo a sua reencenação nos termos da violência social brasileira do século XXI, como em "Polifemo":

> POLIFEMO
>
> ninguém te cegou não
> não foi ulisses
> aquela noite o policial não tinha identificação[22]

O "ninguém te cegou não" do primeiro verso alude, em primeira leitura, a certa dicção popular de dupla negativa, "ninguém-não", cuja função é rejeitar algo anteriormente dito – no caso do poema, a alegação de que o ciclope Polifemo teria sido cegado por alguém, passagem célebre do canto IX da *Odisseia*, cuja referência fica clara no segundo verso: "não foi ulisses". É, assim, com certa doçura cínica ou mesmo desprezo que o poema começa a recontar a narrativa homérica. Ainda, o "não" que encerra o primeiro verso faz com que o seu acento caia na sexta sílaba, marcando decisivamente o ritmo do poema e permitindo que os dois primeiros versos, se lidos em conjunto, formem um decassílabo heroico: ninguém te cegou *não* // não foi ulisses. O poema abre a cena mítica reproduzindo sílaba por sílaba a estrutura rítmica do verso épico, estrutura tradicionalmente adaptada à matéria narrativa dos grandes feitos.

O "ninguém" do primeiro verso, contudo, adquire a ressonância de um nome próprio quando lembramos que "Ninguém" (em grego, *outis*) foi o nome usado por Ulisses para enganar Polifemo, razão pela qual, enquanto os gregos liderados por Ulisses fugiam, as súplicas do ciclope não puderam ser atendidas, e o culpado pela ferida não pôde ser identificado. É esse "ninguém", Ulisses, que o poema introduz no segundo verso, e é apenas à luz de compreender como homônimos

22 Romão, 2021, p. 31.

"ninguém" e "ulisses" que se desfaz a aparente incongruência entre o verso e a narrativa mítica que sentimos à primeira vista, se sabemos que foi de fato Ulisses quem cegou o ciclope. Desse modo, o poema afirma que "não foi ulisses" o autor da ferida de Polifemo, mas esse "não foi" não deve ser lido como simples revisão da narrativa homérica, e sim como o cinismo da omissão do autor de um ato hediondo.

Extrai-se do mito homérico o jogo entre anonimato e homonímia: a homonímia entre "ninguém" e "ulisses" é a condição do seu anonimato. O que o poema sublinha, no entanto, é que, sob essa figura elusiva de um alguém que aparece enquanto ninguém, a violência se funda. Ou, em outros termos, o princípio da violência é a glorificação do anonimato dos seus executores. Se lembrarmos que é também sob a origem de um "ninguém" que o mito se funda – a narrativa sem autoria definida, passada adiante de geração em geração –, vem à luz uma identificação de forma entre violência e tradição literária.[23] Esse movimento se consuma no terceiro verso, quando a astúcia do estratagema de Ulisses, celebrada ao longo dos séculos como signo da sua esperteza, reaparece sob outra chave, e agora, reencenada no Brasil do século XXI, coincide com o cinismo do policial sem identificação que, confrontado com sua própria conduta criminosa, se vale do anonimato para não ser punido. Reencenando mais uma vez o reaparecimento do herói mítico na modernidade – como já o fizera Joyce –, Ulisses, o herói fundador da literatura ocidental, reencarna aqui, agora, como um policial nas periferias brasileiras, e Polifemo, o tradicional vilão da cena homérica, reaparece como a vítima do mito – a fera ferida sobre quem recaem os golpes dos hexâmetros homéricos. É Polifemo, ainda, a quem cabe a dignidade de ter seu nome elevado a título do poema, fazendo-o soar para além da cena,

23 A leitura ganha novo escopo se lembrarmos que é sobre esse ponto que se funda o conceito de violência mítica proposto por Walter Benjamin.

como os nomes das vítimas do abuso policial no Brasil, anônimos na hora da morte e em seguida lembrados e repetidos como palavras de ordem, transformadas em significantes da luta contra a roda do genocídio e da carnificina.

A dificuldade com a qual o poema de Romão se defronta diz respeito, assim, à impossibilidade de o poema recorrer ao mito como zona poética de liberdade, passado redentor no qual o poema pode se abrigar. Nessa poética, é apenas invertendo o sentido original do mito que qualquer "cultura de resistência" pode emergir. Para a poesia, a consequência dessa operação é a sua orfandade em relação à tradição que poderia justificá-la; para o mito, o resultado é perder a sua unidade original e ser dividido entre símbolo e violência, as duas faces da moeda na qual ele foi, desde sempre, cunhado.

4. CONCLUSÃO

Como se vê nos poemas aqui reproduzidos, não se trata de a poesia ter perdido, hoje, a sua capacidade de "nomear a vida", e mesmo de resistir a essa perda; foi, na verdade, a própria situação contra a qual se resistia que se transformou, situação na qual a poesia reorganiza suas forças. Foram os alicerces sobre os quais a resistência podia ser articulada – recuperação do espaço mítico, presente aberto e projeção do futuro – que perderam os pontos de contato com o real. Para além, a obsolescência da dimensão resistente da poesia é, ela mesma, um dos elementos da sua atual dificuldade. Assim, não apenas a dificuldade se apresenta como chave de leitura produtiva diante dos problemas do contemporâneo, mas esse processo se dá também em larga medida a partir da constatação de que aquela resistência poética passa a ser, exatamente porque se tornou problemática, parte da dificuldade.

Assim, ainda que, no conceito de resistência tal qual formulado por Bosi,[24] seja possível entrever os impasses internos pelos quais a poesia passa ao longo do seu processo de adaptação e reação às condições antipoéticas da vida moderna, essas mesmas condições (tanto do mundo quanto da própria poesia) não são mais as mesmas. Por sua vez, o momento da dificuldade envolve, no seu processo de constituição, não apenas o entrave e a subsequente resposta à interrupção forçosa do trabalho de nomeação da poesia, mas também e sobretudo a nomeação desse entrave em vista do desaparecimento da própria possibilidade de resistência, como a opacidade transparente do poema de Calixto sugere. Em outras palavras, a dificuldade é o processo pelo qual a poesia pensa a si mesma e ao mundo como elementos em relação a uma resistência que já não tem lugar. Esse "não ter lugar" da resistência deve ser pensado nas suas duas acepções: como ação e reação – como figura da luta contra uma determinada situação (ação: resistência contra uma força externa),[25] e como reação dessa mesma situação à luta que procura superá-la (resistência oferecida por um corpo que não deseja se mover). A dificuldade hoje é que ambas as acepções parecem ter entrado em crise, seja porque as temporalidades profética e mítica que amparavam a resistência ativa deixaram de operar em favor da poesia, seja porque o próprio mundo não parece mais oferecer resistências reativas contra a poesia, mas apresenta-se diante dela tão somente com uma silenciosa indiferença.

Do ponto de vista da tradição literária brasileira, o que parece estar esgotado é o fôlego, *grosso modo*, da poesia marginal e seus rescaldos. Fazendo entrada no seio da abertura política ao final da

24 Bosi, 1997.

25 Este ponto atravessa toda a obra de Bosi: dos anos 1970 – "O seu sentido mais profundo apela para a força da vontade que resiste a outra força, exterior ao sujeito. Resistir é opor a força própria à força alheia" (Bosi, 2002, p. 118) – aos anos 1990 – "A cultura de resistência se vê a si mesma como reação não reacionária" (Bosi, 2001, p. 360).

ditadura, na virada das décadas de 1970 e 1980, a poesia marginal havia encontrado novo espaço de afirmação do eu e da liberdade individual em vista das pressões sociais, cuja tinta pesava, para aqueles poetas, sobretudo no âmbito dos comportamentos. Ainda que não se expressasse nesses termos, na abertura da forma poética – na sintaxe, ao coloquialismo e à piada; na experiência, ao cotidiano, à festa e ao desbunde; no léxico, à gíria –, a poesia marginal expressava a abertura social do país que saía dos anos de chumbo e avistava novamente o horizonte. Nos poetas que vimos neste capítulo, ao contrário, o que dá as cartas é a pressão do real, ora mais ora menos impositiva, mas diante da qual o eu e a sua poesia têm de reconhecer ao menos parcialmente que afirmar-se em vista da realidade destrutiva com que o país se apresenta é mais difícil do que pode parecer.

3
O PESADELO DA EXAUSTÃO FORMATIVA

1. O FIM DO FUTURO E A TERRA SEM UNIDADE

A dificuldade é um momento do conceito de resistência no qual este se torna opaco. Como lembra Betina Bischof ao falar de Drummond, a experiência da dificuldade é central para grande parte da poesia moderna, "uma poesia feita de negação – negação em seus temas e motivos, e, principalmente, no seu esforço em estruturá-los em poemas".[1] A leitura de Bischof sobre a obra de Drummond não apenas nos auxilia a pensar a obra do poeta mineiro, mas aponta para um enquadramento do contemporâneo, em que também "a dificuldade torna-se mediadora para que se atinja, mesmo que por um instante, aquilo que se deseja alcançar".[2]

Ao esboçar um panorama da situação atual, em que pesem as simplificações em que pode incorrer o retrato geral, talvez fique clara a razão pela qual a dupla projeção do conceito bosiano de resistência precisa ser revisitada. Com efeito, tanto o retorno ao mito quanto o "presente aberto" e a projeção profética de um futuro promissor não parecem estar mais no horizonte; tampouco o capitalismo contemporâneo – fragmentário e descontínuo nas suas realidades

1 Bischof, 2005, p. 123.
2 *Idem*, p. 35.

sociais e injunções ideológicas – se presta à identificação imediata de um "discurso corrente" ou hegemônico ao qual resistir, sobretudo se consideradas as diferentes condições de dominação social nas distintas partes do sistema capitalista global. A dominação capitalista contemporânea não vem acompanhada de uma cartilha ideológica homogênea, mas é, ao contrário, uma dominação de forma, capaz de se adequar aos mais diferentes conteúdos sociais e contextos culturais. Ao que tudo indica, não estamos mais no terreno das "ideias fora do lugar", se pela expressão de Schwarz entendermos a comédia ideológica produzida pelo conflito entre um modo de produção arcaico e uma cultura da individualidade moderna. Onde antes "a relação produtiva fundamental não era o nexo efetivo da vida ideológica",[3] e as ideias, importadas dos países centrais, se deformavam para se adequar e no fim justificar uma realidade econômica contrária à natureza universalista daquelas mesmas ideias, hoje talvez possa-se dizer o oposto: a despeito da multiplicidade dos modos de vida e culturas locais, o capitalismo converteu-se, na história do seu desenvolvimento, em uma universalidade de forma, e não mais de conteúdo – algo que Slavoj Žižek descreveu como identidade entre o capital realmente existente e o seu conceito. O que é universal, hoje, é a realidade produtiva do capital, e não necessariamente as ideias que a justificam. Tem-se algo como um "lugar fora das ideias", um lugar sem ideia, ou o que Alain Badiou chama de um "viver sem ideia", universalidade abstrata de uma forma plástica e adaptável ao limite. A "realidade local" é agora o universal, e a neblina ideológica é muitas vezes associada não às "ideias importadas", mas às tradições e culturas locais. Não à toa a massificação do consumo vem convivendo, nas últimas décadas, com a valorização da expressão local. O fato é que, nesta quadra, capitalismo e desocidentalização tendem a conviver bem, o que significa que não vivemos em uma época *pós*,

3 Schwarz, 2005, p. 64.

mas *ultra*colonial, na qual não é mais necessária a imposição de uma ideologia modernizadora do Ocidente para garantir que a única forma de vida possível seja a da acumulação capitalista. A despeito da neoliberalização da vida que o radicaliza, o capitalismo prescinde, no limite, da ética e da estética neoliberais. Ao mesmo tempo, essa sincronia do mundo como um lugar que coincide inteiramente com o capital – sobretudo no seu ponto de colapso: o mundo é igual à sua catástrofe – põe abaixo a dessincronia desenvolvimentista com que se pensava o *ainda não* dos países periféricos, marcados pelo atraso em relação ao adiantado centro orgânico do sistema. Na era da emergência com que Paulo Arantes descreve o novo tempo do mundo,[4] o tempo foi espacializado, e o que se tem é apenas o eterno presente corrosivo e sem progresso do capital em toda parte. Desigualdade passa a ser um valor de espaço, e não de tempo, pois já não há mais futuro para onde ir.[5]

Do ponto de vista das formas de produção, já há algumas décadas a situação mudou em relação à dinâmica centro-periferia que marcou a maior parte do século passado. Hoje, não é que o dinamismo do capital se acople às formas velhas de produção, reforçando a espoliação pré-capitalista do trabalho para garantir o progresso técnico necessário à sua acumulação moderna, como havia sido o caso em toda periferia ou ex-colônia desde sempre;[6] na nova condição periférica que surgiu a partir dos anos 1970, como Francisco de Oliveira observou, o novo, mais do que se aproveitar do velho, o produz:

4 Arantes, 2014.
5 Caux & Catalani, 2019.
6 Roberto Schwarz se refere a esse processo quando analisa um poema de Oswald de Andrade e, de modo geral, o modernismo brasileiro em "A carroça, o bonde e o poeta modernista" (Schwarz, 1997, pp. 11-28).

> Se o subdesenvolvimento era uma combinação em que o novo da acumulação de capital utilizava o velho como seu suporte, negando a dualidade de linhas paralelas que nunca se encontravam, mas com uma inegável predominância, pelo menos tendencial, das novas formas de acumulação sobre as pretéritas quase-capitalistas, o que se deu até os fins dos anos 70 com o crescimento do assalariamento, a nova situação caracteriza-se pelo oposto: as novas formas da acumulação de capital *produzem* o velho.[7]

A precarização das condições de vida, a falta de seguridade social, o colapso dos centros urbanos e a intermitência, quando muito, do trabalho formal assalariado produzem, assim, uma forma de vida cujo traço distintivo é a fragmentação e a falta de coesão. Para a grande maioria dos indivíduos, a regra é estar quase sempre fora da regra – condição capturada na expressão cunhada por Robert Kurtz, "sujeitos monetários sem dinheiro", isto é, devidamente integrados ao sistema de produção e circulação de mercadorias, mas excluídos de dele participar em razão da renda cada vez mais deficitária.

O cenário presta contas de uma crescente periferização do terreno social, provocada pelos estágios recentes do processo de acumulação capitalista, não apenas na periferia do sistema, mas também no chamado "mundo desenvolvido".[8] Do mesmo modo, a sensação que sem tem desde há algumas décadas da literatura brasileira como deficitária em unidade, a reclamação da crítica quanto à falta de movimentos literários e à inconsistência de projeto dos poetas, e, no geral, o diagnóstico de que a poesia contemporânea deixaria a desejar, por sua desarticulação, em relação aos momentos decisivos

7 Oliveira, 2007, p. 151. Grifo do autor.

8 A periferização, como mostra Thiago Canettieri (2021), é produto da autocontradição do processo de acumulação do capital na sua fase neoliberal, que elimina o trabalho vivo como elemento de coesão social e faz do desemprego a forma normal de estar em relação ao trabalho, processo ao qual tendem também as sociedades centrais.

do passado – tudo isso talvez reflita, na verdade, formas sociais em si mesmas desagregadas, desarticuladas e inconsistentes, formas estas que não são as mesmas que aquelas nas quais se escrevia entre os anos 1920 e 1970, durante o grande ciclo modernista, o qual, não por acaso, acompanha o apogeu e o declínio do desenvolvimentismo como ideia orientadora das aspirações de integração das nações periféricas.[9]

Assim, parte significativa dos elementos que, nos anos 1970, constituíam o aparato crítico da poesia compreendida como resistência não está mais disponível para nós hoje. Esses elementos foram pelo ralo, de um lado, pela hegemonia do atual capitalismo global e, de outro, pelo esgotamento das aspirações formativas brasileiras – aspirações para as quais as ideias de dialética da colonização e da cultura de resistência de Bosi fazem limite. Primeiro, aquele mito da unidade perdida em larga medida perdeu o sentido de ser, e já não pode mais ser recuperado, nem sequer como imagem, dado que o fenômeno da unidade ela mesma tem cada vez menos correspondente na vida material, cuja forma é inconsistência, inconstância e fratura; segundo, o mundo em que vivemos é um mundo sem futuro – seja em razão das iminentes catástrofes ecológicas, nucleares, pandêmicas etc., seja em vista da dificuldade de enunciação de horizontes de ação

9 O período coincide, de maneira aproximada, com a "revolução passiva" dos "quinhentos anos em cinquenta" com que Francisco de Oliveira descreveu o período que vai de 1930 a 1980, marcado pela aceleração vertiginosa do desenvolvimento do capitalismo brasileiro disparada inicialmente pelo varguismo, continuada por Juscelino e intensificada pelo regime militar (Oliveira, 2018, pp. 40-78). Vladimir Safatle, por sua vez, abordou recentemente a combinação explícita entre desenvolvimentismo e estética modernista. Segundo Safatle, a partir de 1930 "inaugura-se uma associação, até então inédita entre nós, entre poder de estado e vanguarda estética", ensejando uma "dinâmica de recriação do estado e realização de utopia estética" que culminaria com a construção de Brasília nos anos 1960, e com "a afirmação consciente da crença de que cabia ao Brasil uma síntese entre desenvolvimento e criatividade, para falar como Celso Furtado" (Safatle, 2023, pp. 9-10).

política radical e do estabelecimento do capital como única forma de vida possível. Sem querer aborrecer a leitora ou o leitor com a citação, já desgastada, da máxima de Fredric Jameson proposta há quase duas décadas, bastará lembrar que é mais fácil hoje pensar o fim do mundo que o fim do capitalismo.[10] Ou constatar, com Mark Fisher,[11] que grande parte do esforço realizado pelo pensamento crítico contemporâneo se dedica não a pensar como ocupar criativamente os espaços alternativos à ordem capitalista, mas à questão mais elementar: é mesmo possível conceber qualquer zona de atividade e produção humana que não esteja, desde já, capturada pelos modos de produção e subjetivação capitalistas?

Será preciso considerar, contudo, que o futuro que desaparece do horizonte no ultracapitalismo contemporâneo é o futuro tal qual projetado a partir das ideias e experiências produzidas com modelo nas sociedades do centro global, em especial as sociedades europeias que, até o final do século passado, estiveram atreladas à constituição do Estado de bem-estar social.[12] Isto é, aquilo que nos últimos 50 anos dá sinais de estar se dissolvendo não é a abstração de um futuro em si, mas a imagem do futuro submetida à ideia de progresso. Trata-se da dissolução das ambições desenvolvimentista e social-democrata que, no pós-Guerra, regeram, ainda que de modo desigual, as formações políticas e teóricas tanto do centro quanto da periferia: a ideia de que, do lado das sociedades do centro, se teria chegado a

10 Jameson, 2003.

11 Fisher, 2021.

12 Mark Fisher, novamente, serve aqui de farol para pensar as implicações que o ocaso do Estado de bem-estar social inglês teve sobre a noção de futuro das gerações pós-1980 – vale em especial o seu estudo sobre Ian Curtis e a música do Joy Division, no qual o autor demonstra como a abertura do Estado de bem-estar social do pós-Guerra ao financiamento da cultura entre as classes trabalhadoras inglesas foi fundamental para a criação das condições da explosão contracultural dos anos 1960, processo interrompido abruptamente com o thatcherismo nas décadas seguintes (cf. Fisher, 2014).

um estado de equilíbrio entre capitalismo e bem-estar social, e de que, do lado da periferia, com o tempo, a tendência das sociedades capitalistas periféricas ou subdesenvolvidas estava direcionada ao desenvolvimento, razão pela qual essas mesmas sociedades periféricas passaram a ser chamadas, no jargão até pouco tempo corrente, de sociedades "em desenvolvimento".

O fenômeno se teorizava já desde os anos 1990 também no terceiro mundo, onde foi sismografado por Paulo Arantes e recentemente bem parafraseado por Felipe Catalani, a respeito da publicação de *Formação e desconstrução*, compilação de ensaios escritos por Arantes entre 1989 e 1995:

> O que estava explícito, também em intuições de Roberto Schwarz, era basicamente que a formação nacional estava terminada, ou seja, ao contrário do que dizia o mito da "formação interrompida" ou "inconclusa" (de modo que haveria sempre um fio da meada do processo a ser retomado), constatava-se, na contramão da ilusão progressista da Reconstrução Democrática, que já não havia nenhum processo cumulativo a ser efetivado e que o Brasil havia adentrado em uma nova lógica histórica, na qual o futuro já não desempenha nenhum papel significativo.[13]

Ainda, como Caux e Catalani demonstram a respeito da interpretação de Arantes sobre o ensaio de Schwarz, o papel das "ideias fora do lugar" é central, já que a tomada de consciência do processo formativo da periferia é tão somente a constatação de que a formação terminara sem que nunca nada tenha se formado:

> "As ideias fora do lugar" opera ali de certo modo como o ponto de chegada de um processo de formação, uma tomada última de consciência de si mesmo desse processo, que descobre nisso tão somente que ele não saíra

13 Catalani, 2021.

> do lugar. Se um modo de entender a formação é pela tentativa de superar o dualismo [a vigência de princípios contraditórios], a formação acaba (sem se completar) quando sabe que é idêntica ao próprio dualismo.[14]

O Brasil aparece nesse contexto, como na expressão de Fabiano Calixto, como um "opaco enigma", aberto na sua intransitividade revelada. É como se, no atual estágio das coisas, universalizada a forma global do capital e esgotadas as ilusões formativas do desenvolvimento e do progresso, a consciência teórica que já estava no coração da ideia de formação – a saber, o fato de que a formação do Brasil significa a sua incapacidade de se formar – começasse a coincidir com a consciência cultural nacional, impondo-lhe uma dificuldade que é ao mesmo tempo chocante e produtiva. A constatação do Brasil como um país terminado, já formado na sua disformia periférica – um ornitorrinco, como na famosa imagem de Francisco de Oliveira –, dá conta em larga medida da nossa parcela de sensação de perda de futuro: afinal, para onde vai o ornitorrinco, já evolutivamente "formado", ainda que incongruente?[15]

Ainda na década de 1970 a teoria da dependência colocava em xeque a ideia de país "*em* desenvolvimento", cuja noção implicava uma ideia de promessa e sugeria um tempo aberto, em curso, ainda não realizado. A crítica ao "*em* desenvolvimento" das sociedades capitalistas, levada ao limite, deu na hipótese da periferização, segundo a qual não apenas as sociedades desenvolvidas do centro do capitalismo precisavam, necessariamente, manter subdesenvolvidas as sociedades periféricas, mas, mais consequentemente, as estruturas de bem-estar

14 Caux & Catalani, 2019, p. 123.

15 "Em que consiste, pois, o adeus do futuro ao país do futuro? Sua presentificação permanente: não há mais futuro, porque ele já está aí" (Oliveira, 2018, p. 72). O trecho está em um ensaio posterior ao *Ornitorrinco*: "O adeus do futuro ao país do futuro: uma biografia breve do Brasil", de 2006, republicado em *Brasil: uma biografia não autorizada*, em 2018.

social dessas mesmas sociedades centrais – norte-americanas e, em maior grau, europeias – estavam progressivamente desmoronando, fazendo com que as formas de vida e, em especial, de sofrimento nessas sociedades se assemelhassem cada vez mais àquelas estruturas resultantes da disformia do espaço social periférico, condição que as populações marginalizadas das sociedades fora do centro sempre conheceram. Essa periferização do mundo desenvolvido implica, para os sujeitos das sociedades centrais, uma sensação de "fim de mundo" cujo sabor apocalíptico pode, apenas a certo custo de se distorcer, aclimatar-se à periferia, onde as tensões resultantes desse processo são regra há mais tempo. Em linha com a ideia de "fratura brasileira do mundo" de Paulo Arantes, o "sem futuro" das sociedades centrais é, na verdade, o presente das sociedades periféricas, o qual tende a se expandir geograficamente rumo ao centro. No caso da literatura brasileira do século XXI, a sensação de ausência de futuro não se traduz só na apocalíptica premonição do desmoronamento do mundo, mas coincide decisivamente com a constatação de um presente desde já, e talvez desde sempre, desmoronado.

2. A DIALÉTICA EMPERRADA

Sem uma perspectiva material, a reflexão sobre uma cultura de resistência corre o risco de perder seu contato com o real, como se as culturas existissem apenas na dimensão das ideias. Não à toa, a *Dialética da colonização* de Alfredo Bosi tem por linha mestra a proposição não apenas das tipologias culturais que emergem na formação nacional brasileira, mas sobretudo a ideia de que a cultura e os seus tipos são um modo de relação com o território, que se desdobra sempre em nó com o *cultus* e o *colo*, dos quais a *cultura* é substancialmente diferente, mas aos quais está intrinsecamente ligada.

A relação problemática entre o local e o universal é o principal objeto de estudo da tradição crítica brasileira. Em diferentes modulações, é sobre esse antagonismo que se desdobram as leituras de Schwarz sobre o século XIX, o conceito de formação na sua forma mais bem-acabada, em Antonio Candido, e a ideia de dialética da colonização proposta há 30 anos por Alfredo Bosi.[16] A novidade deste último, contudo, é que o dualismo que atravessa a experiência intelectual brasileira desde o final do século XVIII – que está no árcade Cláudio Manuel da Costa, nos românticos, em Nabuco, em Sílvio Romero, n'*Os Sertões*, no modernismo e no ensaísmo dos anos 1930 – não se formula como oposição entre realidade local e cultura ocidental, como de hábito, mas como embate entre transformação social (do lado das aspirações universais) e razão economicista (do lado dos interesses particulares). De acordo com Bosi:

> A dialética da colonização [...] não é tanto a gangorra de nacionalismo e cosmopolitismo (que se observa também em culturas europeias) quanto a luta entre modos de pensar localistas, espelho dos cálculos do aqui-e-agora, e projetos que visam à transformação da sociedade recorrendo a discursos originados em outros contextos, mas forrados de argumentos universais.[17]

Sai do primeiro plano, assim, a origem geográfica das ideias – que não é, contudo, esquecida –, e vem à frente a oposição universal/particular vista do ponto de vista da luta política. Em "Discutindo com Alfredo Bosi", Roberto Schwarz resumiu as sucessivas encarnações dessa dialética na história brasileira, fruto das combinatórias entre

16 Paulo Arantes estudou esse tema em *Sentimento da dialética na experiência intelectual brasileira: dialética e dualidade segundo Antonio Candido e Roberto Schwarz* (1992).

17 Bosi, 2001, p. 382.

colo, *cultus* e *cultura* que descrevemos acima. Seguindo o percurso proposto por Bosi, Schwarz destaca os três momentos-chave:

> Jesuítas e índios *versus* bandeirantes e senhores de engenho, nos séculos XVI e XVII; o novo Liberalismo, da geração de Nabuco, *versus* interesses do café, na campanha da Abolição; o positivismo social dos republicanos gaúchos *versus* estreiteza das oligarquias paulistas e mineiras, durante a República Velha: nos três casos – os pontos altos, segundo Bosi, da nossa dialética da colonização – assistimos à arremetida de projetos universalistas nacionais de transformação social (com as ressalvas devidas ao caso das missões jesuíticas) contra o particularismo dos grandes negócios, que acaba prevalecendo.[18]

Nos momentos "fortes" da dialética da colonização, a história da formação nacional seria assim marcada pelo embate, reprimido e retornado, entre as aspirações de transformação social *versus* os interesses estreitos das elites mercantis e/ou negocistas. Nos termos em que Schwarz a traduz, trata-se de uma reencenação da dialética entre colônia e nação. A tese seria a mesma conhecida pela tradição desenvolvimentista: há no Brasil uma herança colonial nas formas de exploração do trabalho e exclusão social, as quais cabe à nação moderna superar para que o país se forme. Schwarz sublinha, contudo e decisivamente, que – à diferença de Caio Prado Jr., Sérgio Buarque de Holanda e Celso Furtado, "que haviam escrito na órbita da Revolução de 30 e da industrialização"[19] e para quem, *grosso modo*, essa dialética deveria ser superada pelo esforço de integração nacional-desenvolvimentista (seja em acepção progressista, seja revolucionária) – a inserção de Bosi nessa tradição se dá nos anos 1990, quando a história já liquidara não apenas as aspirações jesuíticas, o "liberalismo radical de Nabuco" e a modernização

18 Schwarz, 1999, p. 66.
19 *Idem*, p. 66.

industrial varguista, mas também, com 1964, o desenvolvimentismo e o socialismo como soluções nacionais – restando então, na esteira da Teologia da Libertação, o universalismo cristão do amor ao próximo e a vinculação aos cultos sincréticos populares como o único horizonte de humanização da sociedade brasileira. O giro que Bosi dá à aspiração de modernização brasileira é, assim, como Schwarz sublinha, de teor moral, o que não significa diminuir sua validade nem ignorar sua consideração das estruturas socioeconômicas de exploração.

Sob essa luz histórica, a questão da universalidade dos projetos que, nos três momentos pelos quais o livro passa, guiavam as ambições de transformação social, nas figuras dos jesuítas, dos liberais e dos positivistas, é ambígua. Segundo Bosi, como vimos, todos "visam à transformação da sociedade recorrendo a discursos originados em outros contextos, mas forrados de argumentos universais".[20] Não se trata, assim, apenas de glorificar as aspirações universalistas derrotadas do passado, mas de encontrar as suas limitações, e reconhecer que foram derrotadas não apenas pelos interesses econômicos das elites predatórias, mas por suas próprias contradições internas. A história que Bosi conta não é de acumulação, mas de um progressivo decréscimo de expectativas, e já quando Bosi escrevia o livro, no início dos anos 1990, essa dialética perdia voltagem.

Passaram-se mais de 30 anos desde que Bosi publicou *Dialética da colonização*, e a solução pelo amor cristão parece cada vez mais distante e digna de desconfiança. A cristianização derradeira do debate político brasileiro veio nas eleições de 2022, com todos os golpes baixos possíveis, no embate (generalizando grosseiramente) entre católicos e evangélicos. O que se viu estava muito longe de uma discussão acerca dos valores universais do cristianismo. Contudo, a valência religiosa dada à eleição presidencial, que escandalizava

20 Bosi, 2001, p. 382.

parte da esquerda e do campo progressista, não parecia, sob essa luz, de todo descabida – era, na verdade, uma espécie de realização às avessas da aposta bosiana de que estes seriam os termos nos quais a dialética se colocaria a seguir, na próxima volta da história brasileira. Uma espécie de consumação da moralização do debate a que Bosi almejava, mas em negativo.

A *Dialética da colonização* é, assim, uma espécie de canto do cisne da tradição crítico-dialética brasileira, escrito e inscrito em um momento no qual a utopia de integração nacional esgotava suas forças, o desejo de formação que animara parte do pensamento brasileiro já não podia mais se encontrar consigo mesmo, e a investigação em torno dessa ideia já não encontrava mais objeto no presente.[21] Que o tema do livro seja justamente a dialética da qual dependiam os inquéritos teóricos dessa tradição, e que essa dialética se torne agora objeto, e não apenas método, é sinal de que, do ponto de vista mesmo da composição do livro, aquilo que era instrumento (teórico, mas também utópico) tornava-se então documento.

Assim, creio ser persuasivo sugerir que, a partir da terceira década do século XXI, não apenas a dialética da colonização anda em baixa, mas parece ter sido definitivamente aniquilada, com o chamado neofascismo sendo o prego final no caixão das ambições de "integração nacional". De um lado, não é imediatamente identificável quais agentes representariam, no Brasil de hoje, as aspirações universais de transformação social: o Partidos dos Trabalhadores, com sua frente ampla de "união e reconstrução" que se sagrou vitoriosa em 2022, aliviando momentaneamente as angústias? Os históricos e heroicos movimentos da sociedade

21 Diga-se de passagem que o *Sentimento da dialética* de Paulo Arantes, que toma ainda mais claramente como objeto essa experiência crítica, é do mesmo ano de 1992. Também de 1992 é o famoso prefácio de Roberto Schwarz ao livro de Robert Kurtz, *Colapso da modernização*.

organizada, como os dos trabalhadores sem-terra ou sem-teto? As novas organizações de militantes ligadas às pautas raciais ou de gênero?

No que se chama de "sociedade do precariado", atravessada pelos modos de sofrimento neoliberais e pela informalidade do trabalho, organizar e representar as aspirações universais da antiga luta dialética tem se tornado uma tarefa cada vez mais difícil, sobretudo diante do esforço de conjugar as perspectivas muitas vezes contraditórias das diferentes esquerdas hoje em atividade.[22] De outro lado, o pacto entre uma extrema-direita vinda dos porões da ditadura e parte significativa das elites econômicas do país, nas eleições de 2018, complicou ainda mais o jogo de forças. A antiga aliança entre capital e forças armadas trocou, desde há pelo menos um ciclo eleitoral, os seus capitães: a elite industrial desenvolvimentista deu lugar ao capital financeiro, em um flanco; no outro, saíram das primeiras fileiras os oficiais de alta patente e entraram o capitão do quartel e os herdeiros dos porões, que, ao longo das três décadas seguintes ao fim da ditadura, aperfeiçoaram sua *expertise* dedicando-se à atividade miliciana nos grandes centros urbanos – sobretudo, como se sabe, no Rio de Janeiro.

Talvez a novidade do nosso momento histórico se encontre no fato de que, a partir de 2018, pela primeira vez o lado da "razão capitalista" institucionalizou uma consciência prática radical da dialética colonial, e, aproveitando o enfraquecimento do adversário à esquerda no ciclo 2013-2018 – bem como o desaparecimento dos competidores no seu próprio campo à direita, fruto do mesmo processo –, lança-se sobre a antiga dialética da colonização de modo, a um só tempo, a realizá-la e aniquilá-la de uma vez por todas –

22 Sobre esse impasse, ver o estudo de Edemilson Paraná e Gabriel Tupinambá (Paraná & Tupinambá, 2022), no qual se pode encontrar uma topologia das tensões entre as diferentes esquerdas em atuação hoje.

desdialetizando-a, por assim dizer. Não ajuda, por sua vez, o fato de que, na volta anterior, entre os anos 2000 e 2010, o esforço de superar a dialética da colonização – conjugando, para nos referirmos aos três termos de Bosi, política econômica, cultura popular e projeto de desenvolvimento – tenha sido efetuado pela esquerda no poder, então sob o signo da política de conciliação.

Com efeito, desde que Bosi escreveu *Dialética da colonização*, uma nova figura emergiu na história das tentativas de integração nacional: o lulismo. Do mesmo modo que nos embates anteriores descritos por Bosi, o projeto lulista de capitalismo humanizado também possui suas próprias contradições e limitações internas, as quais já foram amplamente esmiuçadas. Notemos apenas que, em seu estudo sobre a política brasileira da primeira década do século, André Singer chama atenção para a transformação que o lulismo operou no interior do petismo, mudando a chave, segundo o autor, da política historicamente anticapitalista do partido para uma reorganização das forças no sentido do que o autor chamou de uma "reforma gradual".[23] Por sua vez, como contraponto à interpretação de Singer, que se organiza em torno da noção de "realinhamento eleitoral" e do conceito de "lulismo", Marcos Nobre propôs como chave para entender o Brasil do pós-ditadura a noção de "imobilismo", ancorada no conceito de pemedebismo.[24] Tanto o conceito de lulismo de Singer quanto o de pemedebismo de Nobre procuram compreender, em que pesem as suas diferenças interpretativas, o horizonte das políticas de conciliação e do presidencialismo de coalizão dos governos pós-redemocratização.[25]

23 Singer, 2012.

24 Nobre & Singer, 2012. Para uma análise mais detida do embate, ver Nobre, 2013, pp. 172-189.

25 A política de conciliação se funda, por sua vez, sobre a reconciliação das forças antagônicas da ditadura, a partir dos anos 1980 (cf. Teles & Safatle, org., 2010).

No contexto que nos interessa mais imediatamente, é possível compreender a política de conciliação dos anos 2000 como, em larga medida, uma tentativa de superar a dialética bosiana – não a sangue, mas a apertos de mão cordiais. Como se sabe, esse processo encontrou seu limite, e o que sobrou no ciclo seguinte foram os restos: os agentes à direita excluídos do projeto conciliatório da Nova República, que, na nova conjuntura, passaram a dar as cartas. A derrocada dessa tentativa e o novo ciclo histórico que a sucedeu ainda estão em aberto, mas já dão o sinal da periferização da sociedade brasileira, que se consuma quando, a partir de 2018, os conflitos marcados pela guerra miliciana que até então se davam nas margens das periferias das cidades se projetaram pela primeira vez sobre o interior do poder institucional central.

Vista desse ângulo, a esquerda, agora identificada como "progressista", luta para conservar os termos nos quais a antiga dialética da colonização se dava – termos de uma realidade sabidamente violenta, mas dentro dos quais ela, com a universalidade dos seus valores, ainda tem algum lugar. Entre os símbolos dessa luta de resistência estão a cultura e em especial a arte moderna brasileira. Não à toa, entre os atos de vandalismo e objetos destruídos durante o 8 de janeiro de 2023, aquele que provocou maior choque foi o esfaqueamento de um quadro de Di Cavalcanti. Os quadros, edifícios, livros e canções que compõem a arte moderna brasileira aparecem assim, para nós, como um vasto repertório composto de preciosos objetos que, na sua forma, cristalizam a brutal dialética na qual ainda temos um papel.

3. O ETERNO PRESENTE DO PESADELO

Até onde posso ver, este é o cenário da dificuldade com a qual a cultura politicamente orientada se defronta hoje no Brasil: como organizar o campo das aspirações universais em um momento em que a dialética da qual essa organização dependia se encontra suspensa, de um lado, por décadas de compromissos e, de outro, pelas políticas recentes de destruição fascistizante? E quando, mais dramaticamente, o paradigma desenvolvimentista que organizou o capitalismo durante praticamente todo o século XX – e paralelamente podia organizar, negativamente, uma cultura de resistência – deu lugar a uma cada vez mais intensa periferização do Brasil e do mundo, isto é, à identidade entre capitalismo e vida social? Sobre este segundo problema, Edemilson Paraná e Gabriel Tupinambá mostram como a tensão entre progresso e retrocesso – os dois polos da dialética bosiana – não dá mais conta, hoje, de englobar a totalidade do espaço social:

> O conflito que essa inversão traz à tona não é aquele entre forças reacionárias e progressistas [...], mas antes um conflito entre aqueles cujas vidas se jogam dentro da tensão entre progresso e retrocesso e aqueles cujas vidas são o *caput mortuum* desse processo, ou seja, o conflito subjacente se torna entre os que têm e os que não têm história.[26]

Há, no fundo, uma crise da política em jogo – tanto do ponto de vista institucional quanto no sentido mais amplo. Essa não é, como se acostumou a chamar, apenas uma "crise de representatividade", mas uma manifestação do próprio terreno social da sociedade contemporânea. Do ponto de vista institucional, Francisco de Oliveira enxergou nesse impasse o fenômeno do "tornar-se irrelevante" da política no século XXI, em decorrência da corrosão social e econômica provocada pelo, na sua expressão, "totalitarismo

26 Paraná & Tupinambá, 2021, p. 172.

neoliberal".[27] Crítico, à esquerda, tanto dos governos FHC quanto dos governos petistas, Oliveira sustentava, no início dos anos 2000, que os problemas da sociedade brasileira não haviam sido superados dialeticamente, mas rebaixados a níveis inferiores ou anteriores às contradições que os ensejavam, por políticas de Estado realizadas a partir de "medidas provisórias", única maneira, segundo o sociólogo, de governar em uma situação em que a previsibilidade política e econômica é quase nenhuma. A "negociação", palavra--chave da política brasileira no século XXI, implicava, assim, uma projeção, no nível da política institucional, de um "cotidiano social" que "havia se transformado [...] numa constante negociação da não forma mercantil, que impõe sobrevivências praticamente gângsteres – o narcotráfico, por exemplo, e sua consanguínea violência – e as precárias formas das políticas assistencialistas". Igualmente, "os ricos, as classes superiores [...] também transitavam numa permanente negociação entre a bandidagem e a forma legal". Já em 2005, quando Oliveira fazia essas observações, "negociação" nomeava, mais profundamente, a impossibilidade de negociar, de chegar a um "contrato formal"; e "conciliação" nomeava a impossibilidade de conciliar os polos incongruentes do cotidiano disfórmico do "ornitorrinco".

Num primeiro momento, seria de supor que, nesse cenário no qual os termos tradicionais da luta não mais se põem, a poesia de resistência encontraria nova força: nos anos 2010-2020, em vista do projeto não mais de embate ou conciliação, mas de aniquilação, levado a cabo pela nova orientação da antiga aliança entre capital e forças armadas, caberia, do lado daqueles que aspiram à igualdade e à transformação social, resistir – no sentido que em 2011 Antonio Candido emprestava ao termo, quando famosamente declarou em entrevista que "o socialismo é uma doutrina triunfante"; "triunfante",

27 Oliveira, 2018, pp. 77-78.

aqui, queria dizer algo pouco triunfal: significava que a função histórica do socialismo, entendido no sentido mais amplo possível, era impor freio à tendência barbarizante do capitalismo, que "não tem face humana" e, deixado correr solto, tende à exploração sem limite. Candido pensava naquele momento em um conceito de socialismo elástico e de largo arco histórico, que englobava "comunismo, socialismo democrático, anarquismo, solidarismo, cristianismo social, cooperativismo" etc.[28] Contudo, embora de um realismo difícil de contestar, na prática não se pode fazer muito com a definição de Candido, e, na circunstância concreta brasileira, um novo problema se colocava: resistir em defesa de quê? Acima de tudo, da existência, é certo; mas, para além da luta de resistência pela diversidade sempre ameaçada de formas de vida, deve-se resistir também em defesa de um lugar na antiga dialética da colonização? Em favor dos antagonismos cuja capacidade de explicar a realidade social o processo histórico justamente se ocupou de liquidar? Nesse contexto, ainda, parte da dificuldade de resistir está em se ver diante do aparecimento de uma nova forma da resistência na esquerda – uma resistência conservadora:

> O resultado prático do apego a uma imagem anacrônica do progresso [...] é justamente a objetivação de uma posição "conservadora", que busca "resistir" aos ataques e mudanças inesperadas e "defender", a qualquer custo, as instituições liberais-representativas, o Estado democrático de direito, a "tolerância", a "pluralidade", o "multiculturalismo", o "cosmopolitismo" etc. Ao serem tragicamente empurradas para a posição de defensoras de uma ordem que se desmancha, as esquerdas terminam por reforçar sua posição relativa de alvo potencial do ressentimento que se acumula em decorrência dessa desintegração mesma.[29]

28 Candido, 2011.
29 Paraná & Tupinambá, 2021, p. 190.

No fundo, a própria ideia de resistência comporta um sentido de conservação, próximo ao que Candido tinha em mente. Quando a chave da atuação política muda, *grosso modo* passando da participação, na primeira metade do século, para a resistência, na segunda, é sinal de que os polos se inverteram, e aqueles que antes trabalhavam para transformar a sociedade, seja acelerando o passo do progresso, seja desnaturalizando a ordem burguesa, agora trabalham para resistir à inércia destrutiva e, ponto central, transformadora dessa mesma ordem. Schwarz recobra rápida mas decisivamente essa inversão de papéis, identificando o ponto de virada, mais uma vez, na constatação pós-1964 de que a ditadura não era propriamente conservadora, mas progressista.[30] Não à toa, acrescentaríamos, a cultura de resistência tal qual pensada por Bosi foi concebida como hipótese conceitual nos anos 1970, quando a "certeza da esquerda, segundo a qual o partido do movimento era ela própria, ao passo que seu adversário seria *conservador* ou *passadista*, perdia o pé na realidade".[31] Se, de um lado, o país se desindustrializou nas últimas décadas, retraindo a marcha do progresso técnico, de outro, aquela inversão dos polos políticos só vem se intensificando, e alcançou níveis antes inimagináveis com a nova disposição das forças políticas nacionais a partir da virada de 2016-2018.

Contudo, a existência de uma resistência conservadora à esquerda não é, como pode parecer, apenas uma excrescência política, nem deve ser lida como mera capitulação, sob pena de se perder o pulso do real. Se é verdade que a esquerda que voltou ao poder em 2023 só pôde fazê-lo ao se identificar integralmente com o famigerado Estado democrático de direito, reforçando-se como alvo do ressentimento da

30 Evidentemente, "progressista" aqui não tem o sentido com que se usa o termo hoje para se referir vagamente à centro-esquerda. Progressismo, aqui, quer dizer a aceleração da marcha rumo à industrialização, à urbanização e ao desenvolvimento técnico.

31 Schwarz, 1999, p. 128. Grifos do autor.

população espoliada por esse mesmo Estado, o fato é que a partir de 2023, mais do que nunca, era o governo quem segurava o país contra a desintegração e a entropia social. Além disso, a desintegração não é um dado apenas nacional: desintegrar-se é o modo de pertencer ao atual estágio do capitalismo, que terminou no final do século passado de abolir as fronteiras que ainda permaneciam à margem da sua expansão e agora se dedica, nessa nova fase, ao extrativismo predatório do seu cercadinho global[32] – o que implica reconhecer que resistir por dentro do Estado à insurgência da ultradireita, que se apresenta como agente acelerador do extrativismo econômico e social, ainda que seja uma tarefa trágica, não é trivial. Daí que, como disse Paulo Arantes em entrevista de abril de 2023, apoiava-se o governo pelo simples fato de ser um governo, o que naquela situação não era pouco.

No âmbito da cultura, os anos 2000 produziram também a emergência de uma nova literatura vinda das classes trabalhadoras que ascenderam durante os governos petistas, fenômeno a que Alberto Pucheu chamou de "geração Lula", escrita por jovens poetas nascidos no início dos anos 1990, "moças e rapazes que vêm de famílias pobres, do subúrbio, da periferia, de favelas, que foram e são os primeiros de suas famílias a terem condições de estudar em universidades públicas".[33] Ao mesmo tempo, o fim do processo formativo brasileiro, na virada do século, e a sua capitulação ao totalitarismo neoliberal – se evitável ou não, atribuível ou não a uma "chance histórica" desperdiçada, é outra discussão – tiveram por efeito também, como já se observou, a produção de novos impasses quanto aos modos e capacidades de resistência política:

32 "A desintegração nacional não é uma questão nacional, mas sim uma inviabilidade global das industrializações retardatárias" (Schwarz, 1999, p. 160).

33 Pucheu, 2019, p. 133.

> A despeito das políticas sociais quantitativamente reforçadas nos governos do PT, estes também teriam contribuído para o avanço da "sociabilidade antipública" - entre outras coisas, desarmando a capacidade de resistência e de luta de uma parcela nada desprezível das classes trabalhadoras - e, nesse sentido, para a desvalorização da política institucional e/ou parlamentar, mas também da política em sentido amplo.[34]

Se, de um lado, novos sujeitos entram na cena cultural, renovando-a e arejando o escopo da representação social na literatura[35] – processo tornado possível em parte graças aos programas sociais dos governos de esquerda, no que a cultura acompanhava os deslocamentos de classe do período –, de outro, a cena na qual esses novos sujeitos entravam estava atravessada, até certo ponto em razão da natureza desses próprios programas, pelo rebaixamento do horizonte de expectativas da política institucional.[36] Bastará lembrar que, nas revoltas de 2013, um dos dilemas dizia respeito justamente à participação dos partidos nas manifestações, sinal que foi lido à época como crise de representatividade, mas que indicava mais profundamente algo que a crítica social vinha apontando havia tempos, a saber, que a própria esfera política havia encontrado o seu

34 Braga & Querido, 2018, p. 18.

35 E da arte de modo geral; seria possível falar em uma "geração Lula" na prosa, na música, no teatro, nas artes visuais etc.

36 Vale dizer, a despeito do muito que se fez e se segue fazendo no sentido de organização e luta, especialmente entre os trabalhadores da cultura. Talvez o teatro, possivelmente em razão da natureza já coletiva da sua produção, tenha sido a arte que mais representou resistência contra essa desmobilização; em São Paulo, por exemplo, os movimentos dos teatros de grupo produziram, na contramão da análise acima apresentada, uma crescente politização e mobilização no início dos anos 2000, sobretudo em torno do movimento Arte Contra a Barbárie, que na primeira década do século teve o êxito de consolidar a Lei de Fomento ao Teatro, até hoje assediada por opositores e objeto de constante disputa política dentro da categoria.

limite, e que a mobilização seria a partir de então marcada pelo que, numa leitura mais otimista, se poderia chamar de *multiplicidade de pautas*, e numa mais pessimista, de *desorientação*.

Ao mesmo tempo, a geração pós-2013 produziu uma renovação poderosa das lutas antirracistas e feministas, as quais a partir da segunda década do século passaram a pautar o debate político e social, e que tiveram e têm tido centralidade na vida cultural, levando ao reacionarismo da direita em relação a essas pautas, na chamada *nova guerra cultural*. Se, contudo, não há dúvida de que essas lutas traduzem os conflitos de classe no Brasil,[37] a representação institucional desses movimentos encontra repetidamente impasses, limites e interferências, não necessariamente em razão da ineficiência dos movimentos sociais, mas porque, como apontou Francisco de Oliveira, "o conflito de classes não passa mais pela política partidária".[38] Caberia pontuar, por outro lado, que a redescoberta da política a partir de 2018 pela extrema-direita fez com que novamente, embora com chave agora apenas negativa, os antagonismos e ressentimentos de classe voltassem a ser refletidos pelos ciclos eleitorais.

A cultura e a política no século XXI formam, como se vê, um cenário de desconcerto. O lugar que cabia aos conservadores na defesa do Estado democrático de direito passa a ser ocupado pelos "progressistas", e a insurreição antissistêmica é agora desejo e prática da extrema-direita; nota-se que algo está fora da ordem, ou, mais precisamente, que a ordem é a falta de ordem. Sabe-se que o país, ou

37 Como mostram, por exemplo, os poemas de André Luiz Pinto analisados por Pucheu (2019), nos quais o poeta, nascido em 1975 e, segundo o crítico, autor-ponte entre a geração Lula e a anterior, articula origem de classe e forma social escravocrata, apontando o óbvio muitas vezes ignorado de que, no Brasil, antirracismo é luta de classes e vice-versa: "Prazer, esse sou eu / filho de doméstica / numa época em que / patrões cismavam / em chamar de filhas / as mucamas" (Pinto *apud* Pucheu, 2019, p. 140).

38 Oliveira, 2018, p. 159.

antes, que o planeta não vai bem, mas como frear a "locomotiva do progresso" que, ao que tudo indica, está levando todos em direção ao abismo? A própria ideia de progresso, graças ao aceleramento exponencial do desenvolvimento tecnológico, perdeu o lastro de desenvolvimento social que a acompanhava no século passado, e agora se confunde estranhamente com uma fantasia: novidades como as inteligências artificiais e sua notável capacidade de processamento de informação ou as promessas de missões tripuladas aos planetas mais próximos são apresentadas à população pelo grande capital internacional como os sonhos ilimitados da espécie humana, quando são, na realidade, as fantasias prometeicas – ainda que tecnicamente viáveis – de uma casta de bilionários cuja concentração de renda não sofre abalo apesar das crises globais sucessivas. Steve Jobs talvez tenha sido o inventor da tendência de apresentar os saltos técnicos de um novo produto lançado no mercado como se fossem uma espécie de sonho pessoal realizado, e como se todos sonhássemos com ele – como se a mente do bilionário sonhasse o sonho de todos os homens. Não à toa, Jobs tornou-se, após a sua morte, o modelo do bilionário contemporâneo, imitado por seus pares na estética juvenil, despojada e austera com que se apresentava em público, e saudado como genial, inovador, insubordinado e sonhador.

Ao mesmo tempo, enquanto o capitalismo sonha a exploração interplanetária e a fusão entre o humano e a máquina, a realidade adquire contornos de pesadelo, no desarranjo ecológico e social que se dá, agora, não mais como alerta, mas como evidência. Entre nós, um dos poemas mais impressionantes publicados nos últimos anos é "Luzia do Brasil", de Ricardo Domeneck, incluído no livro *O morse desse corpo*, o qual imagina esta situação:

LUZIA DO BRASIL

algo, um resto,

uma sobra,
luzia da terra,
luzia enterrada
essa migalha
se do passado
ou futuro
não
se sabe,
mas segue-se
dando nomes
luminosos
a façanhas
e ossadas
dessa terra,
a brasa
na lama,
a luz
no fundo
da terra,
cava-se
até não
sobrar,
arranca-se
até não
restar,
e eis
que aqui
jaz
luzia, osso
ou caroço,
resíduo
ou semente,
não
se sabe,

será cálcio
ou caule
num sulco
ou túmulo,
mas ainda
luzia, luzia,
a primeira,
a primeira
que restou,
a última
que sobrou,
seus restos
os primeiros,
os últimos
do solo
que se faz
território
a que um dia
dariam outro
nome luzidio,
brasil, e luzia
que certo
não
sonharia
essa noção
de trapos
e bagaço
e lama
e detritos
e pó
que se
chamou
colônia,
império,

república,
estado-
-nação,
não,
luzia
não
sonhou
brasil
nenhum,
quiçá
brasil
seja
tão
só
o pesadelo
repetindo-se
no vão
do tempo
dentro
do crânio
de luzia[39]

Luzia, como se sabe, é o nome dado ao fóssil humano mais antigo já encontrado na América do Sul, com cerca de 13 mil anos. Escavado em Minas Gerais em 1975, o esqueleto pertenceu a uma mulher de idade entre 20 e 24 anos, e é uma das mais antigas e bem preservadas evidências de habitação humana no continente sul-americano. O esqueleto de Luzia, de valor inestimável para os estudos das migrações e povoamentos humanos, quase foi completamente destruído em 2018, quando o incêndio do Museu Nacional do Rio de Janeiro dizimou 200 anos de acervo científico e

39 Domeneck, 2020, pp. 32-34.

histórico. Embora o poema de Domeneck não se refira de maneira explícita ao episódio do incêndio, não é de todo improvável que tenha sido motivado por ele, já que, à época, a notícia de que Luzia havia queimado causou considerável indignação no país.[40] Que o esqueleto de Luzia sobreviva a 13 mil anos de erosões e eventos geológicos, mas não passe impune a algumas décadas no Brasil moderno, é talvez a chocante constatação que pode ter disparado o poema, cujo título "Luzia do Brasil" tem certamente algo de irônico, já que ao longo dos versos pesa mais o que separa Luzia e o Brasil do que o que os une.

O elemento mais significativo dessa separação é a terra, a qual, no tempo de Luzia, era solo habitado, mas que modernamente se converte em território – terra sobre a qual age um Estado, "a que um dia dariam outro nome luzidio, brasil". Nos versos curtos e ágeis, como uma cascata de lama e horror, 500 anos de história nacional atravessam de maneira veloz a vista – Colônia, Império, República, Estado-nação –, história que passa ao largo do que poderia há tantos milênios ter sido imaginado por alguém como Luzia. Impossibilidade de imaginação que, espertamente, de outra parte, o poema contradiz ao final, com a forte imagem do país moderno como pesadelo "repetindo-se no vão do tempo" dentro do crânio ancestral.

Tem-se, assim, uma imagem do país como pesadelo, certamente ligada ao repertório de representação dos anos do governo

40 Em estudo recente, Edimilson de Almeida Pereira fez importantes observações sobre a relação entre a circulação de notícias de tragédias nas redes sociais e a produção poética em reação a elas, sugerindo haver surgido nos últimos anos um novo tipo de poesia, que não é nem propriamente de circunstância, nem recobra acontecimentos já marcados na memória coletiva, já que o que os caracteriza, assim como as notícias que lhe servem de tema, é justamente a impossibilidade de constituir memória duradoura (cf. Pereira, 2022b).

Bolsonaro, marcados, entre outras catástrofes, pelo descaso com a pandemia de covid-19, durante a qual a imagem do corpo enterrado surfou ao primeiro plano da autorrepresentação nacional.[41] Luzia – que, como o poema sugere, não se sabe se representa o passado ou o futuro – liga o tempo ancestral à moderna história de conversão do território de colônia a nação, capturada como que de uma vez, num tempo suspenso, repetido à maneira de um pesadelo no interior do qual o sujeito poético se vê desconcertado, atônito e impotente. Já não há qualquer fantasia formativa possível aqui, e nada aponta para um acúmulo do desenvolvimento moderno como horizonte de integração nacional; que país construir, se o que se tem como matéria-prima é este sonho terrível, apenas nominalmente luminoso – "Brasil", cuja etimologia remete ao mesmo tempo ao extrativismo da vegetação e à luz de uma brasa? Outro nome luminoso, Luzia, "luz no fundo da terra", é, aqui, apenas a luz desenterrada da constatação da aporia de um país cuja forma final, no tempo, é a do pesadelo para sempre repetido, desde já formado na sua incongruência e terror. Interessa notar ainda que a imagem do Brasil como pesadelo no crânio de Luzia – que, tendo vivido há 13 mil anos, não poderia sonhar com a história do Estado brasileiro moderno – implica uma concepção de tempo apocalíptico, já realizado. Nem mito, nem profecia, o pesadelo no crânio de Luzia se parece mais com o juízo final de um país que, ao avançar na história, está paralisado no tempo, e cuja paralisia é o seu avançar na história.[42]

41 Imagem semelhante aparece no livro seguinte do poeta, *Cabeça de galinha no chão de cimento* (2023), ao fim do poema "Construção e ruína": "Hoje cá estamos, com o cimento / que nos abotoa até o pescoço. / Olhamos a paisagem lacrimosos. / Que belo país! À linha dos olhos / enxergamos já os sinais de fogo / e além dele um colosso deserto. / Ah! nosso colosso, nosso colosso" (Domeneck, 2023, p. 79).

42 O mesmo olhar apocalíptico ou pós-catastrófico pode ser encontrado em alguns dos poemas da antologia *Um Brasil ainda em chamas*, organizada

Porém, nem tudo é desespero, ou não apenas. Ágil e revelador, o poema não tem propriamente a forma de um impasse. Embora a sua construção imagética termine na imagem infernal do pesadelo, e a figura que ele faz do tempo seja a de um presente estagnado, repetindo-se no mesmo lugar, sua sintaxe é móvel, sua música é aliterativa e seu léxico é reluzente, encontrando correspondências entre sons e sentidos que provocam iluminações breves, mas sucessivas, no leitor.

Isso se dá em gangorras sonoras – brasa-lama; lama-luz:

[...]
a brasa
na lama,
a luz
no fundo
[...]

... em repetições que não causam náusea, mas efeito de acumulação e progressão, à *la* Cabral:

[...]
até não
sobrar,
arranca-se
até não
restar,
[...]

---

por Wilson Alves-Bezerra e Jefferson Dias, publicada em Portugal em 2022 (cf. Alves-Bezerra & Dias, org., 2022).

... em ambiguidades e oscilações produtivas na caracterização do objeto, que subtraem e repõem os dois polos da imagem da terra – túmulo e sulco, morte e nascimento:

> [...]
> luzia, osso
> ou caroço,
> resíduo
> ou semente,
> não
> se sabe,
> será cálcio
> ou caule
> num sulco
> ou túmulo,
> [...]

... na alternativa apenas virtual mas consequente entre os homônimos Luzia-nome-próprio e luzia-verbo:

> [...]
> luzia, luzia,
> [...]

etc.

Talvez isso se dê porque a constatação do eterno presente carregue consigo, apesar da exasperação diante da falta de alternativa, uma iluminação: saber-se livre da antiga ilusão de que o caminho do desenvolvimento levará a algum lugar é, afinal, algo de consolador, o que dá lastro às iluminações, estas de natureza poética, que o poema produz. De fato, só será possível fazer qualquer coisa uma vez compreendido que a monstruosidade da sociedade brasileira não é fruto do seu atraso, como se pensava no passado, mas da simultaneidade desigual que é a forma atualíssima do capitalismo na periferia.

De todo modo, ainda que o reconhecimento do impasse seja essencial para a sua superação – se é que a ideia de superação ainda tem lugar, o que não é certo –, ele é, no fim das contas, impasse, dificuldade. Razão pela qual, ao tentar se localizar nesse novo e desconcertante espaço, a experiência do eu-lírico será, não raramente, de deslocamento e falta de lugar, como no poema "Cesta básica", do mesmo livro:

CESTA BÁSICA

o calor que aumenta
sobre esse couro
e a cada verão faz-se
mais insuportável

no globo os incêndios
periódicos crescentes
queimam de hemisfério
a hemisfério

resseca-se agora o ar
nesse domingo
do descanso facultativo
para uma parcela

o proletariado segue
suas crises de lealdade
da bastilha
ao palácio de inverno

querendo pertencer
a alguma tribo
a alguma classe
vou ao cemitério

próximo ao túmulo
de bertolt brecht
faço um piquenique
de condimentos

e abro a cesta
que não enfeixei
trançando bambu
em bambu

estendo a toalha
feita desse algodão
que não plantei nem colhi
que não tricotei nem tingi

nela distribuo
para mim os víveres
os tomates que não
plantei nem colhi

como não afundei
na terra
que não adubei
os bulbos das cebolas

não amassei no braço
como minha mãe
nem fermentei
a massa do pão

não o cobri
com as cobertas puídas
para que crescesse
como um filho

não o assei
no gás minguante
rezando
que não acabasse

não cozi a farinha
nem cosi a camisa
de ninguém
para ninguém

há anos não bebo
água com as mãos
em cuia
a honra da infância

que fiz
eu
por outro
vivo?

e o filhote de vira-lata
salvo em noite friíssima
da praça sem nome
diante da escola

em bebedouro
aquela cadela gorda
e leal
morreu há vinte anos[43]

43 Domeneck, 2020, pp. 64-66.

Se em "Luzia do Brasil" o sujeito se limitava a organizar o desvelamento, ou escavação, da visão apocalíptica de um Brasil-pesadelo, em "Cesta básica" ele está individualmente implicado no lugar de classe que ocupa em um mundo no qual a divisão do trabalho o aliena das coisas que consome. As estrofes se sucedem como imagens dotadas de autossuficiência, e qualquer efeito de acumulação tem por motor a interrupção entre uma e outra estrofe, forma que lembra uma montagem cinematográfica ou, mais precisamente, a maneira como *posts* nas redes sociais se sucedem sem continuidade. Se há continuidade no tempo do sujeito, linha condutora do poema que vai ao cemitério e faz um piquenique, há descontinuidade entre o uso que ele faz das mercadorias e o seu processo de produção. A conhecida figura do poeta de classe média, não implicado na produção das mercadorias (lembremos o Drummond de "A flor e a náusea", "preso à minha classe e a algumas roupas"), se renova, estupefato, ao lado do túmulo do poeta comunista Bertolt Brecht, ao constatar que nada fez "por outro vivo". O cemitério, local onde o tempo está parado, é, com efeito, escolha feliz de cenário para o poema, que encena a imobilidade do sujeito na sua incapacidade de, para citar mais uma vez Drummond, enfrentar a "grande máquina" onipresente e sempre operante do capitalismo global, que não apenas aprofunda a divisão do trabalho e aliena os sujeitos uns dos outros e dos frutos da produção alheia, levando o proletariado às "crises de lealdade" em meio às quais a tarefa política encontra dificuldade, mas que também queima o planeta, "de hemisfério a hemisfério" com "incêndios periódicos crescentes".

Novamente, o tempo é o eterno presente do capital, que incide sobre o sujeito alienando-o dos seus semelhantes, com seu sistema de produção, circulação e exploração, produzindo uma classe média lírica e desorientada para quem o proletariado é anônimo, e aparece apenas como vulto evanescente na força de trabalho cristalizada em mercadoria. Em chave negativa, a confissão poética é o que restou para o eu-lírico como maneira de tentar resolver a irrelevância do seu lugar de classe.[44]

44 Esse problema ganha novo tratamento no livro seguinte do autor, *Cabeça de galinha no chão de cimento*, de 2023, no qual a experiência da ancestralidade, da ascendência e da hereditariedade é determinante para a localização social do eu-lírico. O corpo, que em Domeneck sempre foi o lugar do erotismo e do encontro amoroso, se converte na "carne" em que aporta a história dos privilégios e das injustiças, e de onde aflora a resistência da rememoração. Assim em "Terra no corpo": [...] "Do pai, principalmente / a possibilidade dos convites / às salas de jantar da casa-grande // Da mãe, o tingir / castanho da pele / de gente cabocla / do interior, sobrenome / proletário de qualquer / zé-ninguém, e o passado / esquecido de ocas, / estupro de mulheres / ameríndias e africanas / apagado e silenciado / pela história, / mas não pela carne. / A carne lembra-se / e lembra" (Domeneck, 2023, pp. 13-14).

4
ORGANIZANDO CACOS

1.

Na apresentação da antologia *Uma alegria estilhaçada: poesia brasileira 2008-2018* (2020), o organizador Gustavo Silveira Ribeiro sublinha o renovado papel da poesia nacional na segunda década do século, momento em que esta, “disseminada nos mais variados espaços”, ocupava “posto-chave dentre os discursos sociais contramajoritários do país”.[1] A afirmação desperta curiosidade sobretudo porque contrasta com a voga da “perda de lugar” da poesia que marcou a recepção crítica nos anos 2000, bem como se contrapõe aos critérios de representação social que passaram a dar o tom a partir, justamente, do período antologizado, e através dos quais parte da crítica se reconciliou com parte da produção poética. Há, nos pressupostos introdutórios elencados pela organização, decisão de constelar interesse histórico-político *e* qualidade estética na escolha de autores e poemas, sem – questão de princípio – abrir mão de um ou de outro, dado que

> [...] se não transforma a própria política, o poema político é apenas reprodução pouco efetiva de discursos já antes (e às vezes sofrivelmente) formulados. O impulso participante, por mais justo ou nobre que seja,

1 Ribeiro, 2020, p. 10.

não garante, por si só, a viabilidade do texto poético; a denúncia da opressão e o agenciamento de vozes historicamente denegadas – por mais urgentes que sejam em todos os planos da vida social brasileira – também não.[2]

O poema se concebe, assim, como "evento disruptivo da linguagem e do pensamento",[3] concepção "eventual" que contrasta com a tendência recente de público, mercado editorial e autores de dar por suficiente, como poesia, certa noção vagamente social do trabalho com as palavras, que desvaloriza a ideia de valor na avaliação literária e, com ela, põe a perder o apreço pela singularidade da obra:

> Diante de uma quantidade muito grande de material e de inúmeras demandas por visibilidade que passaram a circular, concomitantemente, na internet, a crítica tem às vezes preferido (e o autor dessas linhas se inclui no diagnóstico) a apresentação descritiva dos autores e das tendências em detrimento da leitura teoricamente orientada, a comparação ativa, a recusa e o enfrentamento árduo do texto poético em busca do estabelecimento (sempre problemático, é certo) do valor e de uma medida mínima em torno da qual se possa negociar com os diferentes projetos, os timbres distintos, as experiências mais ou menos singulares que vão aparecendo.[4]

A novidade nada nova do critério de avaliação é quase extemporânea em face da velocidade com que se assimilaram, no mesmo período, noções como "lugar de fala" e "representatividade", cuja importância o organizador reconhece, mas que sozinhas, como lembra, não garantem boa poesia. Contudo, o que há poucos anos poderia ser reacionário, hoje, em vista do capote político que o país deu,

2 *Idem*, p. 11.

3 *Idem*, p. 10.

4 Ribeiro, 2020, p. 13. Para um estudo sobre o problema da ideia de valor na crítica literária contemporânea, ver Durão, 2019, pp. 77-88.

ganha voltagem e surge como lembrança de que muito do que parecia revolucionário podia ser, na verdade, ideológico. Extrapolando o que o crítico não diz e repisando uma posição que, esta sim, pode soar reacionária, digamos que um dos lados da fluidez das identidades, da desnaturalização da linguagem e da multiplicidade de formas de vida não faz contraponto ao neoliberalismo, mas é uma maneira de se situar na sua realidade de empregos voláteis, aluguéis impagáveis, baixas remunerações e falta de seguridade social; é fato, contudo, que isso diz mais respeito à assimilação das pautas pelo capitalismo do que aos movimentos e militantes propriamente engajados.

No plano da poesia, essa disputa de critérios com a qual o livro abre é, com efeito, parte do cenário de desconcerto que ele próprio procura registrar; a antologia, que cobre o cenário poético nacional entre duas datas capitais da vida social do século – a crise de 2008 e as eleições de 2018 –, fotografa uma década em tudo vertiginosa, que não por acaso tem como epicentro as manifestações de junho de 2013, cujo sentido histórico, ainda por compreender, passa por considerar os efeitos retardados da crise de cinco anos antes, bem como pelo debate quanto às implicações que teve ou não no período que culminou no pleito de cinco anos depois. O título, nesse sentido, soa apropriado: o que havia de otimismo e esperança na década anterior, a antologia sugere que estaria agora estilhaçado – por ilusório ou derrotado, não vem ao caso –, e os fragmentos lançados por aquela quebra de expectativa abrupta que a nova década trazia, esses teriam o maior interesse poético. Vem desse estilhaçamento, também, a "guinada realista"[5] com que o crítico define a produção da década retratada – realismo no sentido de representar a realidade social e política dos sujeitos e do país, mas também de cair na real.

Há, com isso, uma exigência de que o poema seja poema, antes de tudo, o que para o crítico quer dizer: que siga resistindo, no sentido

5 Ribeiro, 2020, p. 15.

que empresta ao termo Alfredo Bosi – "ao contínuo 'harmonioso' pelo descontínuo gritante" e "ao descontínuo gritante pelo contínuo harmonioso"[6] –, resistindo, isto é, contra a hegemonia dos lugares-comuns, perturbando "as velhas palavras, os hábitos mentais" e "os blocos sólidos de ideologia",[7] mesmo e sobretudo quando se trata das novas poéticas que se voltam contra o silenciamento das vozes historicamente oprimidas:

> A viabilidade desses poemas decorre da sua impureza e do caráter híbrido de sua fatura, e não da autoridade vivencial de quem os escreve, ainda que a biografia seja um dado incontornável nessa operação. A própria exposição de vozes e corpos historicamente suprimidos pelo sexismo, pelo racismo, pelas interdições de classe, formação ou origem regional, um dos mais importantes horizontes do trabalho arqueológico que tem sido feito a partir da poesia, e não apenas no Brasil, só se faz possível pelo trabalho de deslocamento que os poemas, sua forma-força de interrupção e desgaste, produzem na repetição infernal do mesmo (as velhas palavras, os hábitos mentais, os blocos sólidos de ideologia que se movimentam imperceptíveis) que o senso comum, os discursos oficiais e as instituições e grupos de poder assimilam e reproduzem sem cessar.[8]

Não deixa de ser notável que o esforço da crítica tenha que se concentrar quase exclusivamente na *defesa* do poema como objeto singular, produtor de sentidos novos e perturbador da ordem. Algo que até pouco tempo atrás era lugar-comum hoje passa por firmeza de princípio e corre mesmo o risco de idiossincrasia. Risco que o crítico conhece, e o qual busca inocular sobretudo com o uso de apartes, em geral entre parênteses ou hífens, cuja função é incorporar

6 Bosi, 1997, p. 146.
7 Ribeiro, 2020, p. 12.
8 *Idem, ibidem.*

à argumentação uma série de tréguas com o campo com o qual está estabelecendo interlocução crítica – o hoje hegemônico liberalismo progressista. Alguns exemplos: "em busca do estabelecimento (sempre problemático, é certo) do valor";[9] "a partir das assim chamadas (erroneamente) políticas identitárias";[10] "a necessária clareza conceitual ou o rigor judicativo – por mais difícil ou precário que isso possa ser"[11] etc. Assim, firma-se um chão comum que não hesita mesmo em conceder terreno e reconhecer a pertinência de uma eventual objeção quanto ao caráter "problemático" dos seus próprios critérios. O gesto, espécie de armistício em meio à polêmica, lembra que somos todos aliados, embora entre a posição do crítico e aquela de outros organizadores e curadores, menos interessados no juízo estético das obras e mais em "dar voz e visibilidade a tudo (ou quase tudo) sem o dado discricionário da leitura crítica",[12] haja mais diferenças do que semelhanças. Assim, "na contramão de certa tendência contemporânea", o que se pretende é, no limite, reafirmar que "a limitação do julgamento comparativo pode ser saudável", já que se deve reconhecer que "o número de trabalhos de interesse é limitado" e que "nem tudo o que está sendo publicado no país deve ser celebrado".[13]

O argumento vai mais ou menos na seguinte direção: abrir mão do critério qualitativo na avaliação literária e acreditar que a inclusão geral e irrestrita de tudo garantirá uma literatura relevante tem como resultado, na verdade, o oposto do que se pretendia, já que o esvaziamento do juízo crítico faz com que o campo da cultura seja dominado por um *status quo* reforçado, o que – este é o x da questão – se dá mesmo e sobretudo se isso é feito "em nome de qualquer

9 *Idem*, p. 13.
10 *Idem*, p. 12.
11 *Idem*, p. 16.
12 *Idem, ibidem*.
13 *Idem, ibidem*.

aspiração democrática ou inclusiva".[14] A contundência da posição, se não passa despercebida, pode não ter todas as suas consequências extraídas, já que a passagem na qual estas se formulam é rápida e talvez propositalmente sutil; ainda assim, a meu ver, o ponto está todo na esperta articulação entre "aspiração democrática" e *status quo*. É esse, afinal, o nó ideológico que faz pano de fundo para os argumentos do crítico, bem como para a enumeração dos seus critérios de seleção poética.

No prefácio a *Logiques des mondes*,[15] o filósofo Alain Badiou explica o conceito de "materialismo democrático", expressão pela qual caracteriza a injunção ideológica do capitalismo contemporâneo, que é outro nome para "pós-modernidade", cuja equação é "existência = indivíduo = corpo", capturada na fórmula "não há senão corpos e linguagens":

> Hoje, a crença natural se concentra em um único enunciado: *não há senão corpos e linguagens*. Digamos que este enunciado é o axioma da convicção contemporânea, e proponhamos nomear essa convicção de *materialismo democrático*. [...] "Pós-moderno" é um dos nomes possíveis do materialismo democrático contemporâneo.[16]

Em oposição, Badiou propõe a sua própria fórmula: "não há senão corpos e linguagens – mas há verdades". Como se sabe, em Badiou, o poema, e a arte em geral, é um dos locais dessas verdades, posição que em tudo coincide com a de Ribeiro, para quem a poesia não se reduz ao democratismo da participação igualitária entre todos numa mesma arena cultural neutra, mas é, ao contrário, evento singularizador, e mesmo violento, que impõe um tipo de adesão muito mais *decisiva* do que *inclusiva* – o que, no vocabulário de Badiou, se diria como

14 *Idem*, p. 17.
15 Badiou, 2006.
16 *Idem*, pp. 9-10. Grifos do autor; tradução nossa.

"fidelidade do sujeito ao evento de verdade". A disputa se dá, no limite, entre uma concepção de poesia que a enxerga como discurso e uma que a vê como acontecimento.

É claro que Badiou é francês, o que faz com que a sua equação de identidade entre "democracia" e "Ocidente"[17] diga respeito a uma posição ela mesma interior à tradição ocidental, tradição cuja problematização é em tudo diferente daquela exigida do crítico na periferia do sistema, para o qual a inserção no Ocidente sempre representou ambiguidade e dificuldade, já que "ocidental" é para nós algo que veio de fora, e já que, na América Latina, democracia não é um dado inexorável da realidade, mas é, antes, uma matéria em nada sólida que ameaça a toda hora se esvair por entre os dedos. Isto é: aquilo que para Badiou – o materialismo democrático – é ideologia na medida em que organiza a vida real, da organização do sistema político à cultura, para nós é duas vezes ideológico: uma, pois informa o discurso progressista dominante – dos meios de comunicação às instituições culturais, dos programas sociais à publicidade inclusiva –, e duas, pois no limite não coincide inteiramente com a vida nem com a realidade social e política do país, que não é suficientemente materialista (no sentido de inclusão de corpos e linguagens dissidentes à ordem), nem inexoravelmente democrática. É isso que explica, possivelmente, a contundência menos enérgica com que o crítico brasileiro se contrapõe ao que, não obstante as suas diferenças, conta ainda com grau considerável de simpatia e mesmo impele à reincidente declaração de afinidade, como se vê nos apartes.[18] Daí,

17 *Idem, ibidem.*

18 Não que a posição do filósofo seja simples ou fácil de sustentar na França pós-moderna; Badiou não é, mesmo no seu país natal, um filósofo de aceitação ampla, se comparado aos seus contemporâneos de geração Deleuze, Derrida ou Foucault, em parte porque sua posição é, desde os anos 1980, de embate com as obras desses mesmos autores, os quais formam o núcleo filosófico duro de boa parte do que se pensa à esquerda hoje no Ocidente, e mesmo

em todo caso, que as declarações de posição de Ribeiro soem como contracorrente, porque de fato o são, tanto pela sua inserção num debate cultural em geral ressabiado dessas posições quanto pelos pressupostos filosóficos que as fundamentam.

2.

Em *Uma alegria estilhaçada*, cada poeta aparece com uma seleção de dois poemas, aos quais se segue um brevíssimo comentário do organizador em que se elucidam as linhas de força principais de cada autor. A atenção dos comentários voltada quase inteiramente para a fatura poética e as técnicas de composição produz um rico panorama crítico dos modos de fazer poesia em prática hoje. Com o risco de sintetizar demais o que, na antologia, porque está estilhaçado, se oferece de maneira mais aberta ao leitor, identifico três atitudes gerais nos poetas antologizados.

Uma primeira atitude é de linhagem modernista, que busca a "retomada do ideal de comunicação e clareza que atravessou tantos momentos [...] da lírica de Bandeira, Drummond e Gullar, entre outros", nos quais é decisivo o "desejo de nomeação", "dizer a si, o real, o mundo das coisas informes com a maior precisão possível", podendo usar "para isso versos de sabor tradicional (alongados, autônomos, de ritmo discreto, mas eficiente) e um repertório pleno de metáforas e jogos de imagens";[19] ainda, são poemas "sem hermetismos ou longa insistência na metatextualidade", que mesmo em certos casos se fazem da "recusa à hiperconectividade e à aceleração do tempo que têm sido a regra dos dias que correm".[20] De modos distintos, essa poesia de

fora dele. Mas o arcabouço ideológico contra o qual a sua filosofia insurge goza de uma existência, por assim dizer, sem contradição, ao passo que no Brasil as coisas são mais complicadas.

19 Do comentário a Daniel Francoy, p. 48.

20 Do comentário a Júlia de Carvalho Hansen, p. 89.

vigor moderno procura capturar o grande movimento do mundo, num esforço de imagem total do qual não se excluem, por outra parte – como não se excluíam na tradição modernista –, a atenção à particularidade, o retrato preciso e a existência concreta do sujeito, os quais podem ensejar bons momentos de "estranhamento profundo" diante do mundo.[21] A filiação moderna aparece também, aqui e ali, na dicção "entre o coloquial e o severo";[22] e, mesmo quando é "pessoal e memorialística", é uma poesia que se abre para o mundo, as guerras, os crimes e as catástrofes globais, estabelecendo o trânsito, tão moderno, "entre a casa e a rua, a existência privada e o espaço público":[23]

> [...]
> Ainda nas piores horas, jamais pensamos:
> é chegado o massacre.
> E tampouco, otimistas, julgamos:
> somos os sobreviventes da matança.
> A tarde avança sem fraturas e se corvos
> voam em torno do sol
> é o cortejo de uma carcaça anônima.
>
> (Daniel Francoy)[24]

> Já estive tão certa de mim.
> Hoje me levanto vertiginosa como uma fibra de trigo
> como um girassol plantado ao acaso um catavento
> o meu pensamento roda com o passar do tempo
> em que ficamos sem nos ver.
> [...]
>
> (Júlia de Carvalho Hansen)[25]

21 Do comentário a Marcelo Ariel, p. 113.
22 Do comentário a Otávio Campos, p. 122.
23 Do comentário a Tatiana Pequeno, p. 137.
24 Ribeiro, org., 2020, p. 47.
25 *Idem*, p. 87.

[...]
No ar
gritos mudos
a noite branca da fumaça envolve tudo
alguém no bar da esquina
pensa em Hiroshima
nas vozes
horror e curiosidade acordaram a cidade
se misturando
dentro do inferno olhos clamam
por telefone
o ministro é informado
– O fogo os consome...
[...]

(Marcelo Ariel)[26]

Você tem muita consciência
do seu corpo e de tudo que ele toca
Eu volto a casa pensando
nas coisas telúricas e em outras formas
de te comer sem que te esgote
[...]

(Otávio Campos)[27]

[...]
abro o portão e me despeço devagar do
bairro e o pico do grajaú amanhecendo
quando viro a esquina o cheiro do café
reescreve em mim a luz amarela e o dia
comunica aos meus pelos um bom presságio.

(Tatiana Pequeno)[28]

26 *Idem*, p. 109.
27 *Idem*, p. 119.
28 *Idem*, p. 134.

Outra atitude é antilírica, ou antipoética, daqueles em quem há "um pendor reflexivo" nos textos, mas "fundado em arraigado ceticismo", e "para quem o pensamento abstrato e a conceituação filosófica são questões decisivas para a fatura poética";[29] ou nos quais, "através de jogos lógicos da língua", se "privilegie o desconcerto do mundo" e se procure percebê-lo "sem idealizações, na sua inteireza e na sua crispação", levando por sua vez o poema a se fazer como "uma volta sobre si".[30] Mesmo quando em versos curtos e entrecortados, essa poética não faz da fragmentação sua matéria principal, tanto quanto se aproxima, ainda que erraticamente, de um núcleo definido que se procura capturar, o qual, no mais das vezes, é da ordem da ideia. À diferença da primeira atitude, contudo, há aqui constatação de dificuldade, bloqueio que interrompe a atividade de nomeação com o qual se luta, ora vencendo-o, mais frequentemente o reconhecendo como intransponível e fazendo disso matéria da reflexão, mas sempre à custa de rifar a imediatidade entre palavra e vida, negatividade que é o seu assunto principal:

O que é
fechado à mente
o fundo comum
a tudo
o todo
causa de si
princípio da própria reprodução
o inteiramente outro anteparo amorfo
do trabalho
e da forma metabolismo evolução
o que de mais íntimo se rememora

29 Do comentário a Daniel Arelli, p. 44.
30 Do comentário a Guilherme Gontijo Flores, p. 75.

em ti
[...]

(Daniel Arelli)[31]

[...]
Assim como não há nada
de inculto de estéril
de morto no universo
nada de caos nada
de confusão além
da aparência mais
ou menos assim
como talvez num
tanque a certa
distância se veria
o movimento confuso
e turbulento por assim
dizer dos peixes
no tanque sem discernir
os próprios peixes.

(Guilherme Gontijo Flores)[32]

Uma terceira atitude, certamente a dominante, que, com o pecado da redundância, eu chamaria de "contemporânea", é marcada por descontinuidades, não linearidade, fragmentação, multiplicidade e diversidade de formas, temas e tons; no limite, uma poética profundamente desconfiada de noções como coesão e unidade: uma poesia "de desvios, acidentes e pequenas alegrias", marcada pelo "corte estudado do verso" e o "desejo de desenvolver formas minimais";[33] ou, por vezes, de "ver o mundo ao redor, ater-se aos seus mínimos

31 Ribeiro, org., 2020, p. 41.
32 *Idem*, p. 74.
33 Do comentário a Ederval Fernandes, p. 54.

detalhes [...] e depois ordená-lo com rigor e leveza, movendo-se entre contrários".[34] O espaço entre fronteiras e a oscilação livre entre distintos modos de expressão, vocabulários e registros são preferíveis à identidade com uma forma ou tom unívocos, fazendo com que essa seja uma poética que diagonalmente atravessa diferenças: pode estar instalada na interseccionalidade do poético com o ensaístico, que "busca cruzar as fronteiras dos gêneros e dos saberes" e usa recursos do fragmento e da colagem,[35] ou na fronteira entre línguas,[36] bem como na "interface lúdica na qual se misturam autor e leitor"[37] ou a "pequena e a grande História", que "se cruzam e se confundem",[38] traçando frequentemente um panorama em que a contradição é o motor da poesia, na qual a exploração das formas se dá "de modo descontínuo, sem o que se possa identificar como um centro organizador", marcada pela "ruptura da linguagem e do pensamento linear".[39] Tal efeito de não unidade e recusa do Todo pode se dar tanto verborragicamente quanto de maneira minimalista, que "prefere a elipse e o fragmento aos excessos discursivos" quando o poema incide, preciso, sobre "retalhos de afetos, histórias e cenas cujo significado não se revela de todo".[40] Outras marcas do metamorfismo dessa poesia são o caráter "prolífico, avesso a qualquer tipo de estabilização e normatividade", os poemas "próximos, às vezes, do aforismo e do ensaio", e o autor que "refaz sistemática e continuadamente a sua obra, variando, de livro para livro, a linguagem, os ritmos, as formas da sua poesia", levando por vezes ao estilhaçamento da gramática normativa,[41] ou à

34 Do comentário a Ana Estaregui, p. 24.
35 Do comentário a Júlia Studart, p. 100.
36 Do comentário a Maíra Mendes Galvão, p. 117.
37 Do comentário a Érica Zíngano, p. 65.
38 Do comentário a Leila Danziger, p. 107.
39 Do comentário a Carla Diacov, p. 39.
40 Do comentário a Josoaldo Lima Rêgo, p. 84.
41 Do comentário a Reuben, p. 126.

incorporação fragmentária do "vocabulário hipermoderno, colhido na terminologia tecnológica das redes sociais e dos agenciamentos culturais do mundo atual".[42] Sincretismo formal, linguístico e de experiência que também se apresenta como pulsão decolonial, na qual o "substrato não Ocidental" forma um "amálgama de tradições e formas, verdadeiro caldeirão multicultural no qual se combinam e refazem elementos díspares":[43]

[...]
avanço com o bafo
o ranço da boca
baco
palavras tabasco
malabares arabesco

a chuva não alaga
ruelas becos favelas
da fala
[...]

(Ederval Fernandes)[44]

[...]
deixar que se manifestem
as vozes
que há muito vivem na garganta
falar
executar os movimentos leves
e pesados dos braços
que nadam, cavam, saltam
caminhar quando caminhar

42 Do comentário a Rita Isadora Pessoa, p. 132.
43 Do comentário a André Capilé, p. 33.
44 Ribeiro, org., 2020, p. 53.

dormir quando escurecer o dia
comer quando tiver fome
estar
no lugar exato do corpo
[...]

(Ana Estaregui)[45]

[...]
como um *flash*
amarelo
a última cor do
mundo de
borges um
instantâneo de
Mali a longa túnica
branca as 21
cordas a vibração
do seu apetrecho
de felicidade
[...]

(Júlia Studart)[46]

carta selenográfica aponta em mare imbrium noturno a guarda
por enorco dragão (ou trono), assentada em provisões ou projeção
de uma horda de ex-votas, avivada pela moraça pelágica
[...]

(Maíra Mendes Galvão)[47]

estou tentando encontrar um poema
um rascunho de um poema que escrevi há alguns anos
onde falo que queria desmantelar

45 *Idem*, p. 22. Grifos da autora.
46 *Idem*, p. 99.
47 *Idem*, p. 115.

a literatura
a pauladas e colocar ela
os restos dela desmantelada
num saco de plástico
como se fosse um outro tipo de plasma
[...]

(Érica Zíngano)[48]

pela manhã
em minha porta
sobre o carpete de entrada
no caderno *Mundo*
do jornal
[...]

(Leila Danziger)[49]

um
filho mergulha salta
ao brilho à fundição das dimensões
um filho flutua
um ovo vingado a mil segredos
um filho entoa o nome de um pai de um deus
liquidifica no caldo filho a família mãe todos os fios
um filho existe desde quando
um filho de sangue dizem de sangue
sangue do meu sangue
não
[...]

(Carla Diacov)[50]

48 *Idem*, p. 61.
49 *Idem*, p. 102.
50 *Idem*, p. 35.

o rastro de uma moto
é barulhento e triste

rifa-se um destino
e não há nada a fazer
[...]

(Josoaldo Lima Rêgo)[51]

emissões pélvicas d luz
1 corpo danifica-se p/ chegar a si msm
o tempo danifica-se
observa a ti msm discretamente
= faz c/ qqr pessoa
olha d esguelha
qqr pessoa
[...]

(Reuben)[52]

[...]
– a imagem que te vem
é de um leviatã composto de destroços   e vento
que se move
de um ponto   a outro
[...]

(Rita Isadora Pessoa)[53]

[...]
ó há terra para todos

é de lá meu papagaio
uê que espalha o mundo no lajedo

51 *Idem*, p. 83.
52 *Idem*, p. 124.
53 *Idem*, p. 129.

tão grande, tão poderoso
que não pode vencê-lo a calma
a violência de teu silêncio
[...]

(André Capilé)[54]

Claro que isso é um panorama geral da coisa, e que, de um lado, os poetas não se integram totalmente a essas categorias, e, mais significativamente, muitos dos poetas da antologia não exibem apenas uma dessas atitudes, ou mesmo não exibem propriamente nenhuma – é o caso de Ismar Tirelli Neto, cujos versos, de retórica e sintaxe muito próprias, às vezes desconcertantes, provocam, de acordo com Ribeiro, "descompasso" e "desajustamento" "em relação às expectativas do leitor de poesia mais ou menos bem-informado sobre as tendências da época",[55] e cujas interrupções sintáticas e profusão de imagens não são propriamente fragmentadas, e dão sensação de aproximação progressiva com o objeto:

Quando no mundo metem-me um sexo é; um sexo *não*;
vetor vazio; cilindro de papel; um idioma de papel;
membro coalho aqui; para sustar a espécie; sexo de
subtração; um sexo, não um arado
[...]

(Ismar Tirelli Neto)[56]

E de Julia de Souza, cuja dicção, no trecho abaixo, me parece perfeitamente equidistante das atitudes moderna e contemporânea: de um lado, retoma traços da subjetividade dos anos 1970, "com sua espontaneidade e graça calculada, sua ênfase subjetiva, com a mistura entre o registro da experiência e a notação leve de matiz

54 *Idem*, p. 27.
55 *Idem*, p. 80.
56 *Idem*, p. 79. Grifo do autor.

metapoético", e, de outro, da objetividade, "do esforço de concentração e busca de imanência" dos anos 1990. Na precisa formulação do comentário, cruzando os dois marcos temporais: "a encenação de si, necessariamente voltada para o espaço público, e a ênfase descritiva e plástica, de fundo realista e estritamente privado".[57]

> [...]
> como de costume
> eu não tinha escutado
> as trovoadas à noite
> como de costume
> eu não tinha previsto
> o ponto de ebulição
> que as coisas atingem
> na abertura da noite
> [...]
>
> (Julia de Souza)[58]

Em que pesem as imprecisões produzidas por tomá-las assim no atacado – e sobretudo com a ressalva de que os trechos dos poemas que dei como exemplo não se esgotam no enquadramento sugerido –, as três atitudes que propus, moderna, antipoética e contemporânea, articulam, cada uma, um modo distinto de apreensão do real, os quais são, respectivamente: unidade, subtração e multiplicidade, ou, por outra, clareza, negatividade e contradição. Em cada uma, mais significativamente, se expressa uma maneira particular de lidar com um impasse decisivo para o presente histórico, o qual não sei formular senão deste modo um tanto patético: há algo que se pode chamar de verdade, ou tudo são discursos? Mais precisamente: qual a relação entre verdade e linguagem? Sei que o problema da verdade anda

57 *Idem*, p. 94.
58 *Idem*, p. 93.

contando com o mais profundo descrédito, e só o fato de o enunciar já parece tirar do baú um vocabulário que desperta, na melhor das hipóteses, cansaço e, na pior, irritação. Ademais, a ideia de verdade se presta, é justo dizer, aos mais terríveis enganos; isso posto, não me parece de modo algum que esse problema esteja resolvido, já que é exatamente essa noção que protagoniza, ainda que negativamente, o relativismo que a dá por vencida, e já que esse mesmo relativismo não parece ter a palavra final sobre como se dão os problemas sociais, políticos e subjetivos hoje, nem muito menos, como se vê na antologia, esgota a sua articulação.[59]

Na primeira atitude, que chamei de "moderna", e que só com má vontade se pode chamar de "regressiva" ou "passadista", quando é na verdade a que produz alguns dos melhores poemas do conjunto, está no centro a recusa de lançar às favas a modernidade, e a adesão ao que havia de libertador, aglutinador e mesmo subversivo na hoje tão vilipendiada – nem sempre para o bem – ideia de totalidade. Uma totalidade, é bom que se diga, que não tem nada de totalitária, pois diz respeito à singularidade do momento poético, o qual convive bem com outras singularidades, de outros momentos. Isto é, não se trata de uma vontade de resolver tudo e descobrir a Verdade, mas de capturar *uma* verdade, aquela particular, daquele instante, fiando que o leitor reconhecerá no poema o que é da ordem do absoluto que ele próprio, leitor, também carrega consigo. Confiança total na poesia, como se vê, que nos instala no interior de algo como uma modernidade que, contra todas as chances, segue pulsando atualizada, como que lembrando que, em meio ao caos e à fragmentação da vida social e subjetiva contemporânea, algo de singular e absoluto permanece

59 Em anotação de 1929, Paul Valéry notava que a modernidade se caracteriza não mais por uma busca pelo verdadeiro, mas por uma "metafísica do fazer", na qual o que vale é modificar o real (Valéry, 2022, p. 101). Hoje, aqueles que insistem na impertinência de buscar a verdade são muitas vezes os mesmos que insistem na inutilidade de se transformar o real.

possível, e o qual – ponto-chave – a poesia pode ainda nomear. Daí unidade e clareza: as verdades existem, e podem ser ditas. Corre-se o risco, contudo, de certo requentamento de formas já conhecidas, e a dicção pode por vezes soar pouco autêntica e mesmo descompassada com um tempo em que a própria dúvida sobre a possibilidade de nomear a vida não é mera ladainha de poetas, mas estrutura uma encruzilhada histórica que, se fica totalmente de fora da poesia, a aliena do seu presente.

Essa experiência de nomeação é o que já não goza da mesma certeza e prestígio na segunda atitude, que é antipoética no sentido, exatamente, da desconfiança quanto à possibilidade de expressão do real, ainda que o desejo por o expressar esteja ali. É subtrativa, pois algo de essencial permanentemente se recolhe, como que se afastando do sujeito, que o persegue com mais ou menos fé de que pode alcançá-lo, embora sempre com consciência de que não pode. É, pela mesma razão, marcada pela experiência de uma negatividade inexorável, um hiato entre palavra e coisa, sujeito e mundo, verbo e vida, e a sua força está em circundar esse vazio e, da sua superfície, extrair algo que se pode chamar de *um insaciável aproximar-se da verdade, sem nunca a alcançar.* Em outras palavras: a verdade existe, mas não pode ser dita, ou não inteiramente dita, dado que a incompletude é o horizonte final desse universo, e o plano que se habita é fractal, infinito e eternamente divisível.[60] Aqui, o horizonte perigoso é o niilismo pouco produtivo, o misticismo filosófico ou, por outra parte, o hermetismo e o apaixonamento do poema mais por si mesmo que pela experiência que se está cifrando.

A terceira atitude que busquei delinear é distinta das duas outras; da primeira, pois recusa a ideia de unidade e, com ela, a de nomeação unívoca, instalando-se na multiplicidade inconsistente

60 Procurei desenvolver esses temas com mais cuidado no trabalho *A grande comédia da antipoesia* (Edusp), sobre a obra do poeta chileno Nicanor Parra.

da pós-modernidade e dali extraindo uma expressão que se marca, também, pelas muitas maneiras diferentes e simultâneas de dizer uma coisa, outra, e sobretudo as fronteiras entre uma coisa e outra – algo como um cubismo linguístico, ou, talvez mais precisamente, um *action painting* tipo Pollock. E se distingue da segunda na medida em que, não aceitando inteiramente a aproximação com alvo definido de uma ideia que encapsule uma totalidade de experiência, ainda que em negativo, quando usa a reflexão, a proposição filosófica ou a fórmula, o faz como um entre outros discursos, submetido ao mesmo plano governado pela multiplicidade e pela contradição. Em suma: não existe nunca uma única verdade, mas sobre isso há muito o que dizer. Por ser a mais próxima da nossa experiência cotidiana contemporânea – diversidade, fragmentação, não todo, contradição etc. –, é a que corre mais risco de ser ideológica.

5
A DÚVIDA COMO TRADIÇÃO

1. DEMIURGOS E DESCONFIADOS

O poeta austríaco Rainer Maria Rilke não inventou, mas foi quem talvez melhor formulou as concepções de poesia e de poeta que, de uma maneira ou de outra, chegaram até nós como legado da modernidade: poeta seria aquele que, pela força da sua expressão, representa toda a humanidade na tarefa de devolver às coisas, nomeando-as, uma existência que nem mesmo elas sonhariam em ter intimamente. É assim que a figura do poeta aparece nas *Elegias de Duíno*, em especial na nona elegia. Na tradução de Dora Ferreira da Silva:

> [...]
> Mas porque estar-aqui é excessivo e todas as coisas
> parecem precisar de nós, essas efêmeras que estranhamente
> nos solicitam. A nós, os mais efêmeros. *Uma vez*
> cada uma, somente *uma vez*. *Uma vez* e nunca mais.
> E nós também, *uma* vez, jamais outra. Porém este
> ter sido *uma* vez, ainda que apenas *uma* vez,
> ter sido *terrestre*, não parece revocável.
> [...]
> Estamos *aqui* talvez para dizer: casa,
> ponte, árvore, porta, cântaro, fonte, janela –

e ainda: coluna, torre... Mas para dizer, compreende,
para dizer as coisas como elas mesmas jamais
pensaram ser intimamente.
[...][1]

O poeta na sua acepção moderna é, assim, aquele que redime o mundo inerte das coisas sem linguagem ao nomeá-las, e, ao fazê-lo, redime a humanidade mostrando que temos afinal um propósito – redimir o mundo. Em contraste, poderíamos chamar de "antipoesia" toda poesia que desconfia desse destino manifesto do poeta e da humanidade. Veja-se por exemplo este poema de Ferreira Gullar, que, diante da morte de outra poeta – Clarice Lispector –, formula uma tese em tudo oposta àquela de Rilke:

MORTE DE CLARICE LISPECTOR

Enquanto te enterravam no cemitério judeu
de S. Francisco Xavier
(e o clarão de teu olhar soterrado
resistindo ainda)
o táxi corria comigo à borda da Lagoa
na direção de Botafogo
E as pedras e as nuvens e as árvores
no vento
mostravam alegremente
que não dependem de nós.[2]

O vazio deixado pela morte de Clarice é sentido por Gullar como uma obstinada independência das coisas em relação aos seres humanos; é nesse eclipse da poeta e da poesia que a verdade alegre

1 Rilke, 1972, pp. 51-52. Grifos do autor.
2 Gullar, 1984, p. 402.

do mundo vem à tona. Vistas desse ângulo, a ênfase cai sobre aquilo que, nas coisas, resiste alegremente a depender de nós, e garante que o mundo exista num estado de autossuficiência que tem, afinal, efeito consolador. Ao recusar a ideia de que as coisas precisam de nós, o poema de Gullar recusa certa ideia de poesia – ideia esta que faz fundamento para boa parte da obra do próprio Gullar, para quem o poema, como o autor gostava sempre de lembrar, nasce fortuitamente, produto espantoso das circunstâncias não previsíveis ou controláveis pelo poeta.[3]

Há no Brasil toda uma tradição moderna que eu arriscaria chamar de antirrilkeana ou, mais precisamente, antidemiúrgica, da qual esse poema de Gullar participa. Não apenas em razão do eventual uso de recursos que na superfície parecem antipoéticos – a piada, o trocadilho, o cinismo –, mas porque, mais profundamente, articulam uma outra posição do poeta diante da linguagem, do ser e da sua relação.[4] O maior poeta dessa tradição desconfiada talvez seja Drummond, a respeito de quem Betina Bischof formulou a expressão "razão da recusa"; com efeito, há por toda a obra do poeta mineiro uma refinada ironia diante da poesia tal qual a nona elegia de Rilke concebe, ironia que com alguma frequência se converte em confronto ou recusa explícita. "A máquina do mundo" é, provavelmente, a maior

3 Por sua vez, é preciso notar que, em certo sentido, as coisas – as pedras, as nuvens, as árvores – dependem do poema para mostrar que não dependem. Apenas a formulação da tese contrária àquela que ampara o poeta rilkeano não é o bastante para anulá-la; por mais que nomeie negativamente as coisas, nomeando a parte nelas que resiste a ser nomeada – a sua parte, precisamente, antirrilkeana, que, ao contrário da elegia, "não depende de nós" –, o poema não obstante trabalha para chamar as coisas ao seu verdadeiro ser: nesse caso, o ser-limite, já com um pé para fora da própria poesia, que não precisa ou não pode ser dito.

4 Ao mesmo tempo, correndo em paralelo, há outra corrente forte do modernismo brasileiro, de caráter órfico. A essa tradição, que tem uma raiz no simbolismo, pertence a linha que vai de Jorge de Lima a Hilda Hilst, bem como a poesia mística de Cecília Meireles e Murilo Mendes.

expressão dessa recusa e, se assim se pode dizer, o grande poema anti ou pós-rilkeano. O que se tem em "A máquina do mundo" é o poeta que, diante do convite feito para que os seus sentidos se apliquem "sobre o pasto inédito / da natureza mítica das coisas",[5] rejeita não apenas o conhecimento absoluto do universo, mas também e sobretudo a capacidade de formulá-lo, fazendo do seu poema não a expressão direta daquela verdade, mas a descrição perfeita do ato de recusar. No poema, a verdade aberta pela máquina é sempre apenas aludida:

> [...]
> olha, repara, ausculta: essa riqueza
> sobrante a toda pérola, essa ciência
> sublime e formidável, mas hermética,
>
> essa total explicação da vida,
> esse nexo primeiro e singular,
> que nem concebes mais, pois tão esquivo
>
> se revelou ante a pesquisa ardente
> em que te consumiste... vê, contempla,
> abre teu peito para agasalhá-lo.
> [...][6]

Mesmo ao se dirigir em discurso direto ao "noturno e miserável" caminhante da estrada pedregosa, a máquina só se refere à verdade oferecida indiretamente, através de pronomes demonstrativos ("*essa* riqueza"; "*essa* total explicação da vida"; "*esse* nexo primeiro e singular"), que indicam como aquilo que se revela está além do que as palavras podem dizer. Com efeito, a riqueza, a explicação e

5 Andrade, 2007, p. 302.
6 *Idem, ibidem.*

o nexo revelados pela máquina são acessíveis apenas aos sentidos imediatos, isto é, ali na experiência efetivamente vivida: "Abriu-se em calma pura, e convidando / quantos sentidos e intuições restavam [...] / convidando-os a todos, em coorte".[7] E mesmo quando o sujeito retoma a palavra para enumerar ao leitor a sequência de maravilhas entrevistas, permanecemos no regime da indicação indireta: "*o que* nas oficinas se elabora, / *o que* pensado foi e logo atinge" etc. Ao final do prodigioso elenco de imagens a que somos apresentados, somos lembrados, mais uma vez, que tudo isso não está senão "submetido à *vista* humana":

> [...]
> As mais soberbas pontes e edifícios,
> o que nas oficinas se elabora,
> o que pensado foi e logo atinge
>
> distância superior ao pensamento,
> os recursos da terra dominados
> e as paixões e os impulsos e os tormentos
>
> e tudo o que define o ser terrestre
> ou se prolonga até nos animais
> e chega às plantas para se embeber
>
> no sono rancoroso dos minérios,
> dá volta ao mundo e torna a se engolfar
> na estranha ordem geométrica de tudo,
>
> e o absurdo original e seus enigmas,
> suas verdades altas mais que tantos
> monumentos erguidos à verdade;

7 *Idem, ibidem.*

é a memória dos deuses, e o solene
sentimento da morte, que floresce
no caule da existência mais gloriosa,

tudo se apresentou nesse relance
e me chamou para seu reino augusto,
afinal submetido à vista humana.
[...][8]

Se o caminhante viu com os próprios olhos a "total explicação da vida" que a máquina lhe abria, o fato determinante é que entre o que ele viu e o que ele pode dizer há um hiato – e esse hiato, quero sugerir, é a razão da recusa com que o poema se encerra. "A máquina do mundo" é um poema magistralmente bem escrito sobre um poema que o poeta se recusa a escrever, seja porque já não acredita mais ser possível escrevê-lo ("pois a fé se abrandara" [...] "como defuntas crenças convocadas / presto e fremente não se produzissem / a de novo tingir a neutra face"), seja porque a oferta vem tarde demais ("como se um dom tardio já não fora / apetecível") e o que era necessário viver para escrevê-lo terminou por torná-lo supérfluo.

Com efeito, Rilke aparece nominalmente em *Claro enigma*, exatamente em chave de recusa, no negativo poema "Aspiração":

Já não queria a maternal adoração
que afinal nos exaure, e resplandece em pânico,
tampouco o sentimento de um achado precioso
como o de Catarina Kippenberg aos pés de Rilke.
[...][9]

8 *Idem*, pp. 302-303. Grifo nosso.
9 *Idem*, p. 262.

Aquilo a que o Drummond da virada dos anos 1940 para 1950 aspira é, ao contrário, a "fiel indiferença", "pausada bastante para sustentar a vida".[10] Analisando a recepção de Rilke na poesia brasileira do pós-Guerra, Vagner Camilo comenta o interesse especial que esse poema suscita para ilustrar precisamente a posição desviante de Drummond em relação à influência rilkeana que marcava a geração de 45. Segundo Camilo, "a evocação a Rilke em 'Aspiração' faz-se não no sentido da adesão incondicional ao rilkeanismo, mas pela negação".[11] Comentando e contextualizando a primeira estrofe do poema, Camilo continua:

> Ainda na 1ª estrofe – a de maior interesse aqui pela referência expressa a Rilke –, o que se nega juntamente com a "maternal adoração" é o "sentimento de um achado precioso" que a esposa de Anton Kippenberg, dono da prestigiosa casa editorial Insel-Verlag e editor de Rilke, nutriu em relação ao poeta austríaco, sobre quem, aliás, ela escreveu um estudo de referência. Quem sabe, Drummond conhecesse a tradução francesa desse estudo, que saiu, em uma edição ilustrada, em 1944. A atitude de *frau* Kippenberg configura, em boa medida, algo daquele fervor e convicção que marcaram a atitude do leitor de Rilke. [...] É essa atitude devocional que os versos de "Aspiração" buscam, afinal, recusar. Com isso, trata-se também de uma recusa à concepção do poeta como oráculo ou ser de exceção, "curandeiro da alma", [...] detentor de uma verdade maior que interessa a todos e justifica a reverência e a idolatria de Catarina Kippenberg para com o poeta. [...] Essa atitude de constante ou "fiel indiferença" pode ter algum eco nos escritos do próprio Rilke, que falam de uma "indiferença íntima" [...] ou se voltam criticamente contra essa ordem de sentimento em poemas como "A morte do poeta" e a 5ª elegia duinense. Drummond, todavia, segue na contramão do rilkeanismo e sua acolhida curativa que, mesmo quando põe ênfase

10 *Idem, ibidem.*
11 Camilo, 2017, p. 75.

na negatividade, é para descartar a suspeita e assegurar a veracidade daquela promessa de salvação existencial.[12]

Nessa posição de desconfiança ou suspeita, que Camilo identifica expressamente como antirrilkeana, a dúvida quanto à capacidade da poesia de nomear o mundo se transforma, ela mesma, em procedimento poético. Dadas a importância de Drummond e em especial a influência exercida por *Claro enigma*, não é de espantar que o antirrilkeanismo drummondiano teve desdobramentos na poesia brasileira subsequente. Assim, creio ser plausível ler dentro dessa mesma tradição a obra de uma poeta contemporânea, também mineira, Ana Martins Marques. Uma dúvida análoga à de Drummond se expressa, por exemplo, em "Lembrete", do livro *Risque esta palavra*, poema no qual, assim como em "A máquina do mundo", também está em jogo uma sequência enumerativa, em que o efeito cumulativo das imagens contrasta, na estrofe final, com o aviso para que o poema esteja à altura da multiplicidade maravilhosa do mundo:

LEMBRETE

Lembrar que
enquanto andamos
por estas ruas banais
sob um céu inestrelado
templos brancos como ossos
repousam entre oliveiras
quase igualmente antigas

uma mulher desfaz
sobre a nudez noturna
sua trança pesada

12 *Idem*, p. 76.

um pequeno lama
cabeceia de sono

e há leões e laranjas
falcões e hangares
anêmonas e zinco

um bando de antílopes
atravessa um pedaço de terra
como este
deixando-o depois
vazio de sinais

em silêncio um homem prepara
menos comida do que ontem

um a um
partem os barcos
de passeio

chove intensamente
sobre teleféricos

uma mulher vê
a cidade acender-se
à medida que anoitece
e para acalmar-se
conta as janelas
iluminadas

arrumam-se armários
roupas de pessoas mortas
envelhecem corpos jovens

envelhecem também
os automóveis
e as máquinas agrícolas

com uma rede veloz
recolhem-se do mar
peixes luminosos
que então serão deixados
afogando-se
na areia

alguém conhece
pela primeira vez
a enguia, o sexo, a escrita

pensar que devemos estar
à altura
disso[13]

A advertência contida nesse lembrete tem como pano de fundo uma distribuição de proporções inversa àquela do poeta demiúrgico rilkeano, para quem o mundo, em termos de intensidade de existência, está aquém da palavra.

Já num livro anterior da autora, *O livro das semelhanças*, essa inversão entre as escalas do mundo e do poema aparece:

POEMA DE VERÃO

Você está sob a luz
de certos poemas cheios de sol
sua mão faz sombra sobre a página
encobrindo algumas palavras

13 Marques, 2021b, pp. 35-37.

a palavra menina agora está à sombra
a palavra retângulo
a palavra brinquedo
as outras palavras ficam pairando
no poema como partículas de poeira
brilhando na luz
você gostaria de escrever poemas assim
em que se encontrasse de repente
o esqueleto alvo de um animal pequeno
ou em que um jovem casal dormisse
dentro de uma picape vermelha
ou ao menos em que houvesse uma raposa
vinho de maçã, cadeiras desdobráveis
e onde as cervejas fossem postas para esfriar
dentro de um rio
você gostaria de escrever um poema
em que acontecessem tantas coisas
e as palavras vibrassem um pouco
num acordo tácito
com as coisas vivas
em vez disso você escreve este[14]

A imagem da mão que faz sombra sobre as palavras impressas nas páginas de um poema serve de ilustração para o que viemos sugerindo até aqui. O que é da ordem do mundo e da vida faz sombra sobre o que é da ordem da escrita e da linguagem; não é a palavra que nomeia a coisa, revelando-a, mas a coisa, o corpo e a vida que encobrem a palavra, obscurecendo-a. Vistas desse ângulo, as coisas são dotadas de uma existência dada, e não precisam da linguagem para entrar no mundo – ao contrário, são as coisas que recebem as palavras no seu reino de semelhanças e diferenças, e o poema precisa

14 Marques, 2015, p. 27.

pedir licença para entrar no âmbito vivo onde já habitam, como se desde sempre, os esqueletos, raposas, casais, picapes, cervejas etc. O expediente da enumeração, frequente na autora, com seu ar de aleatoriedade mundana e profundidade simples – semelhante ao que compõe praticamente todo o "Lembrete" que vimos antes –, contribui para a sensação de variedade e riqueza de mundo que compõe a poesia de Ana Martins. Nessa poesia, tanto quanto se trata de "penetrar surdamente no reino das palavras", para evocar Drummond outra vez, trata-se também de penetrar o reino barulhento das coisas e dos acontecimentos, buscando estar à altura do mundo. E se trata sobretudo de fazê-lo armada apenas com palavras – portanto, pouco armada, pois as palavras, como estamos vendo, não são confiáveis, se obscurecem sob a sombra sem poder fazer nada. O que se deseja é uma poesia atravessada por acontecimentos, em que as palavras "vibrem" num "acordo tácito / com as coisas vivas"; uma poesia na qual as palavras se vivifiquem pelo contato com as coisas, e não, vale insistir, em que as coisas acordem para a existência no contato demiúrgico com as palavras. Trata-se, essa profusão de experiências extraídas da vida concreta e de todo dia, de uma linha de força da poesia contemporânea, visível também em poetas da mesma geração como Angélica Freitas, Fabrício Corsaletti e Bruna Beber. Em Ana Martins, esse aspecto é particularmente modulado pela dúvida, pela desconfiança e mesmo, como nesse poema, pela dissimulação, já que ao final somos lembrados de que a tarefa é mais difícil e dúbia do que parece, e de que esse poema que se escreveu não está à altura daquele outro, hipotético e desejado, que se prometia.

O tamanho menor da linguagem diante da vida volta a aparecer algumas páginas depois, no poema sem título "Pintores que pintam apenas títulos de quadros...". Aqui, o ângulo varia, e se antes víamos o jogo de forças pela perspectiva da vida – da mão que sombreava as palavras, do eu que deseja compor um poema –, agora adota-se o ponto de vista hipotético e divertido de uma realidade feita só, ou quase só, de linguagem:

Pintores que pintam apenas títulos de quadros
fotógrafos que só fotografam fotografias
atores com seus figurinos de palavras
com sua maquiagem de palavras
num cenário de palavras
viajantes de mapas, turistas de nomes de cidades
enamorados de nomes de homens
enamorados de nomes de mulheres
pais de nomes de crianças
até que seus próprios nomes morrem nas campas[15]

Por mais que gozem de certa simpatia, esses artistas e cidadãos do reino das palavras, feitos inteiramente de linguagem e se reproduzindo apenas como nomes, sofrem de uma flagrante falta de mundo. São pobres criaturas bidimensionais; suas vidas – se é que se pode chamar assim – são marcadas por feitos meramente repetitivos. O reino das palavras, se for o reino *só* das palavras, é o reino do sempre mesmo, do nunca novo; nele habitam patéticos nomes que fazem nascer nomes, e que morrem nomes. Nomes que – ironia máxima – morrem "nas campas", isto é, gravados sobre as pedras usadas para cobrir os túmulos. Morrem, portanto, para fora, sem ser enterrados; nem na morte penetram no mundo. A imagem do nome na lápide é das mais fortes para contrastar com a ideia do poeta demiurgo, o nomeador redentor. O nome na lápide está ali para, por toda a eternidade, marcar precisamente a ausência física e material daquele que o sustentou em vida. É o nome antipoético por excelência, palavra solta, trancada fora do mundo, significante que flutua à procura de alguém ou alguma coisa para se acoplar. (Talvez

15 *Idem*, p. 62.

os fantasmas que nas lendas populares assombram os cemitérios sejam exatamente isso.)

2. TRÊS DIFERENÇAS E DUAS ALEGRIAS

A dúvida quanto à pertinência da capacidade das palavras para nomear as coisas é tornada tema, ainda mais explicitamente, um pouco adiante, no sintético poema "Faca":

FACA

Como chamar faca
tanto aquela
enfiada na fruta
quanto aquela
enfiada no peito?
como chamar fruta
tanto o sol polpudo da laranja
quanto a lua doce da lichia?
como chamar peito
tanto o peso oco do meu coração
quanto o peso oco do seu coração?[16]

O desajuste entre nome e coisa produz, na poesia de Ana Martins, a constante experiência de habitar uma zona fronteiriça, em que a palavra não cobre inteiramente a coisa que nomeia, nem a coisa se resume na palavra que quer cobri-la. A palavra "faca" é pouco para o tanto de facas que há no mundo, e mesmo a ideia do objeto, o objeto ideal *faca*, é pouco diante da multiplicidade de usos com os quais se pode empregá-lo; ainda que seja a mesma faca, sob a

16 *Idem*, p. 93.

mesma palavra, enfiá-la na fruta ou no peito é fator de produção de diferença.[17] Com as frutas dá-se algo semelhante, só que nesse caso o que escapa à uniformidade em que a palavra "fruta" desejaria resumir todas as frutas é a diferença natural entre o "sol polpudo da laranja" e a "lua doce da lichia" – duas imagens que, cada uma por si, são exemplos de precisão e beleza, e que ademais instauram talvez a mais antiga diferença possível, aquela entre claro e escuro ou dia e noite, transmutando a laranja em sol e a lichia em lua. Chamo essa segunda diferença de natural, consciente de que a laranja-sol e a lichia-lua são construções simbólicas, cuja existência é fornecida pelo poema; contudo, creio não estar enganado ao sugerir que essa distribuição simbólica de predicados se sustenta sobre uma diferença que o próprio poema atribui ao mundo natural, ainda que seja determinante para a revelação dessa diferença um deslocamento da perspectiva sob a qual usualmente se observam os objetos. Isto é, ainda que evidentemente a laranja não seja literalmente um sol e a lichia não seja literalmente uma lua, cada uma tem em si atributos tão diferentes (polpuda, doce), que basta mudar ligeiramente a luz na qual as vemos para constatar que tampouco elas cabem juntas sob a mesma palavra "fruta". Embora sejam ambas "frutas", a laranja e a lichia pouco se parecem uma com a outra, posto que, sob certo ângulo, a laranja se parece mais com um sol, e a lichia se parece mais com a lua. Se uma faca era diferente da outra apenas circunstancialmente, a laranja e a lichia são substancialmente diferentes; daí se poder falar em diferença natural, que diz respeito às coisas tais quais elas *são*, e não apenas a como são empregadas.

Por fim, um terceiro modo de estabelecer diferenças completa o poema: insuficiente aqui é a univocidade da palavra "peito"

17 Esse processo de diferenciação do mesmo faz lembrar a hipotética "teoria dos números singulares" a que aspirava Valéry, na qual coexistem "diversos 3, diversos 5" (Valéry, 2022, p. 112).

para discernir entre o "peso oco" do "meu" e do "seu" coração. Ao contrário do que se deu com as palavras "faca" e "fruta", contudo, os dois versos que representam a polaridade a ser diferenciada são praticamente idênticos: "*tanto* o peso oco do *meu* coração" / "*quanto* o peso oco do *seu* coração" – grifo nosso. A diferença entre um verso e outro, excetuando o sinal de interrogação que arremata o segundo, se resume a duas palavras (tanto/quanto; meu/seu) que têm uma diferença mínima de umas poucas letras, e que rimam perfeitamente. Sem ser a diferença dos distintos usos a que se presta o mesmo objeto, nem a diferença natural entre as substâncias de cada coisa, essa é uma diferença diferente das duas anteriores, pois se dá na singularidade absoluta entre um e outro indivíduo: meu ≠ seu. E, à diferença do que se passava entre a laranja e a lichia, uma claramente identificada como "sol" e outra como "lua", aqui não há nada que qualifique um e outro sujeito a não ser o fato de serem, afinal, *um* e *outro*. Vê-se, assim, que a diferença mínima é também a mais radical e irreconciliável: a não coincidência do que é praticamente o mesmo. Há algo de paradoxal nesse minimalismo absoluto, que a expressão "peso oco" capta, indicando que não só o vazio pesa, mas que diferentes vazios pesam diferentemente. Se na diferença natural estávamos no âmbito do simbólico, aqui estamos no âmbito puramente virtual da diferença absoluta entre duas coisas iguais.

Em resumo, se quisermos insistir na leitura do poema como uma topologia de três tipos de diferença, podemos chamá-las, como estamos fazendo, de *diferença prática*, *diferença natural* e *diferença absoluta*. A primeira, entre as duas facas, é a diferença prática, aquela entre os diferentes usos dos objetos; a segunda, entre as duas frutas, é a diferença natural, dada pelos próprios objetos, independentemente do uso que se faça deles ou não; e a terceira, entre os dois peitos, é a diferença ao mesmo tempo mínima e total entre dois sujeitos, ou, mais genericamente, entre duas singularidades.

Por sua vez, é preciso notar que em momento algum esses poemas de Ana Martins, desconfiados que são da capacidade da linguagem para dar conta do mundo, sugerem que se deva simplesmente abandonar certas palavras, ou substituir umas por outras. O dado dramático dessa experiência com as palavras está no fato de que, afinal, a palavra "peito" *sim* nomeia o meu *e* o seu coração, como "fruta" nomeia perfeitamente a laranja e a lichia, e a faca que entra na fruta e no peito é, ao menos até certo ponto, a mesma faca. O resultado é que, nessa poesia, habitamos um mundo em que ao mesmo tempo é e não é possível nomear as coisas. Os nomes funcionam *e* não funcionam. Por consequência, a própria poesia ao mesmo tempo é e não é possível.[18]

Recuando um pouco mais até o segundo livro da autora, *Da arte das armadilhas*, o problema está colocado em dois poemas como "A descoberta do mundo" e "Resistência à teoria":

A DESCOBERTA DO MUNDO

Procuro alcançar-te
com palavras
com palavras
conhecer-te

como quem
com uma lanterna e um mapa
crê empreender
a descoberta do mundo

levanto-me
estou sozinha no escuro
com os dois pés
no cimento frio

18 Lembremos novamente do poema finalmente escrito ao final de "Poema de verão".

(onde estás
no que escrevi?)[19]

RESISTÊNCIA À TEORIA

Um galo de lã
não tece a manhã

flores de tecido
não brotam no vestido

mapas no fundo
não são o mundo

com nenhum nome
se mata a fome

as uvas tampouco
nascem na vinha
sob a luminosidade
da palavra dia

(podes ver
o amor
brilhando
entre as letras?)[20]

Ambos os poemas têm estrutura similar entre si, terminando com uma estrofe entre parênteses que formula da maneira mais clara possível a dúvida que primeiro os pôs em movimento. Em

19 Marques, 2011, p. 34.
20 *Idem*, p. 56.

cada um dos parênteses – e, de fato, ao longo dos dois poemas como um todo – pulsa em primeiro plano a ausência daquilo que as palavras não capturam. Enquanto "A descoberta do mundo" se refere especificamente ao âmbito da escrita, "Resistência à teoria" trata de todo o aparato humano de produção de imagens: flores de tecido, mapas e palavras formam um mesmo conjunto de simulacros, inutilmente tentando decifrar o mundo. A estrofe que encerra esse último poema, por sua vez, é obstinadamente ambígua e se deixa ler tanto negativamente (não há amor algum brilhando entre as letras) como positivamente (apesar da dificuldade de representar o mundo, ainda assim, resistindo, o amor brilha entre as letras). As duas leituras são possíveis, dada a indecisão provocada pela articulação da frase "podes ver...?".

Como acabamos por empreender esse sobrevoo de trás para frente sobre a obra da autora, não há por que parar aqui e não voltar ao primeiro livro, *A vida submarina*, publicado em 2009 e reeditado em 2021. E, com efeito, precisamos voltar todo o caminho até essa obra de estreia para encontrar uma experiência inequívoca de coincidência entre palavra e mundo. A essa feliz coincidência a poeta dá o nome singelo e significativo de "alegria". Mas, como todo remédio também pode tornar-se um veneno, as coisas se complicam quando constatamos, ao final do mesmo poema, que "alegria" é igualmente o nome daquela dessincronia que estamos desde o início perseguindo. Alegria é, afinal, o signo sob o qual nasce esta poesia da desarticulação e do desajuste duvidoso:

ALEGRIA

Nos dias em que o dia
parece coincidir com o teu desejo,
aguardas entre coisas que aguardam,
e entre coisas que ardem, ardes.

Aprendeste com os bichos os nomes dos bichos
e com o mar
o amor enorme do mar.
E então estás alegre como um pátio
como uma coisa de barro
posta sobre a mesa.
Tens nas mãos um livro quente
de coisas para cantar.
Toda a geografia do verão.
Dispões de palavras suficientes
para o mundo de que dispões,
e a tua idade coincide com a idade que tens,
e as horas do dia equivalem
às horas do teu corpo acordado,
e a isso chamas alegria.
Mas há também dias de desenfreado desencontro
em que as tuas mãos incendeiam o que tocam
e a tua boca ultrapassa as palavras
e o teu amor não sabe do que é amor
e o teu corpo está agudo e esbarra
e não cabe no mundo,
corpo de limalha e noite sibilante.
E a isso chamas também alegria.[21]

À medida que a obra da autora vai amadurecendo, ao longo dos anos e dos livros, algo dessa alegria inicial parece nunca desaparecer por completo, fazendo com que a descoberta do desajuste seja por si própria prazerosa, mesmo nos poemas que sentem e formulam de maneira mais aguda a limitação da sua capacidade de entrar no mundo. No entanto, a experiência de que sujeito e circunstância coincidam naquela alegria de "coisa posta sobre a mesa" se torna

21 Marques, 2021a, p. 83.

mais rarefeita, e, com o passar do tempo, aquela segunda alegria, a do desajuste, é que domina. Há na obra toda da autora um cada vez mais "desenfreado desencontro" entre linguagem e mundo, resultado da máquina de produzir diferenças que são os seus poemas – mesmo e sobretudo naqueles d'*O livro das semelhanças* – e que a poeta vai aperfeiçoando a cada novo livro.

Ora, o que significa falarmos em descompasso, desajuste, dessincronia etc., para além daquilo que, nessas questões, interessa apenas a poetas e críticos de poesia? Se há, qual é o lastro desse mal-estar, ou, mais precisamente, desse estar no mundo sempre um tanto de lado, nunca coincidindo inteiramente com o próprio desejo? A pista talvez esteja em atentarmos para o período coberto pela poesia de Ana Martins até aqui. Com efeito, entre a alegria de que falávamos agora, que aparece em livro em 2009, e o auge do descompasso, n'*O livro das semelhanças*, de 2015, vemos a intensificação do desajuste entre linguagem e mundo, o qual podemos agora formular como o progressivo descolar entre desejo e realidade. Os "dias em que o dia / parece coincidir com o teu desejo" se tornam mais raros; mais frequente vai se tornando a experiência da não coincidência, que, como não devemos esquecer, é também alegre, embora de uma alegria, talvez possamos dizer, em tom menor.

Sem nunca ou quase nunca abordar esses temas de maneira explícita – e pouco os tocando implicitamente –, o percurso poético de Ana Martins tem a chave para o processo de fundo concreto do desmoronamento da ilusão dos anos Lula-Dilma. Se, na análise política mais fria, já desde 2003 se podiam encontrar críticos desconfiados dos rumos que o governo progressista vinha tomando e tomaria, é igualmente verdade que o sentimento de otimismo trazido pela ascensão das camadas mais pobres, pelo *boom* econômico e pela relativa paz social de que gozavam setores das classes médias durou até o início dos anos 2010. Tal otimismo via agora, no que antes eram as desigualdades e os desajustes da sociedade brasileira, o signo da diversidade cultural a ser finalmente celebrada pelo Estado, numa espécie – como Vladimir Safatle observou de maneira perspicaz – de estatização do programa tropicalista.[22] No pré-2013, no entanto, a miragem começava a desvanecer, e uma tensão já se instalava, aqui e ali, com o novo ciclo de manifestações de rua iniciado já em 2011, bem como com as tardias mas eventuais consequências da crise econômica global de 2008. Aquilo de que a poesia de Ana Martins passa a desconfiar de maneira cada vez mais aguda talvez tenha a ver com a ideia, que também entrava em crise naquele momento, de que era possível intervir diretamente na realidade, integrando dia e desejo, hora histórica e programa social. Nesse sentido, a progressiva fragmentação (na forma) e desolação (no tom) da poesia da autora reflete em escala menor, no microcosmo da relação entre a poeta, sua linguagem e as coisas à sua volta, algo que também é da ordem dos processos de amplo escopo.[23]

22 Safatle, 2023, p. 7.

23 Lembremos como, na campanha presidencial de 2022, todo o programa de Lula girava em torno da promessa de retorno ao tempo em que o país coincidia alegremente consigo mesmo; para ilustrar com um exemplo, em entrevista ao Programa do Ratinho durante as eleições daquele ano, após Lula dizer que aumentaria o salário mínimo, o apresentador pergunta "como?", ao que o então candidato responde: "aumentando". Não se trata aqui de fazer chacota da resposta de Lula; na verdade, ela é muito mais verdadeira do que as relativizações usadas por economistas neoliberais para justificar as "dificuldades" de melhorar as condições econômicas do povo. O que importa ver, contudo, é a simplicidade quase milagrosa do raciocínio contida na promessa de coincidência entre desejo e prática. Por sua vez, todo o programa do terceiro mandato do presidente, a partir de 2023, girava em torno da ideia de que o Brasil, ao elegê-lo, havia "se reencontrado consigo mesmo", e de que a tarefa então seria reintegrá-lo, embora se soubesse que isso só pode se dar de maneira simbólica – e talvez nem isso –, dado que a realidade dava prova atrás de prova de que estava irreversivelmente cindida. O que se repetia, como se vê, era a promessa de que um dia retornaríamos àquela primeira alegria.

3. O ACONTECER IRREVERSÍVEL

A partir de *O livro das semelhanças*, a fragmentação da realidade na qual o desejo da poeta se encena já não tem mais volta. Chamam atenção os cacos, pedaços e estilhaços que aparecem no livro, como em "Tenho quebrado copos" – "tenho recolhido cacos / tenho observado brevemente seu formato / pensando que acontecer é irreversível"[24] – ou no poema-seção "Visitas ao lugar-comum", dividido em 14 peças curtas nas quais a poeta aborda uma série de expressões idiomáticas como "quebrar o silêncio" e "quebrar promessas":

VISITAS AO LUGAR-COMUM

1

Quebrar o silêncio
e depois recolher
os pedaços
testar-lhes o corte
o brilho
cego

[...]

14

Quebrar promessas
e ao recolher os cacos
discerni-los
entre aqueles

24 Marques, 2015, p. 101.

do silêncio
quebrado[25]

Essa concepção da linguagem como um conjunto de estilhaços é central na obra de Ana Martins, e tem seu desdobramento mais consequente (até aqui) no longo poema *De uma a outra ilha*, lançado como plaquete em 2023. O poema-livro, composto de uma série de fragmentos de extensão variada, é complexo e se faz de três camadas temáticas principais: os trechos da poesia de Safo que chegaram até nós, as igualmente fragmentadas e incompletas informações biográficas acerca da vida da poeta grega, nascida na ilha de Lesbos, e as também feridas e quebradas vidas dos imigrantes que atravessam o Mediterrâneo, em especial aqueles que terminam por esperar longos períodos em postos de imigração improvisados, construídos em países como a Grécia e em ilhas como Lesbos. Chamam atenção de imediato, de um lado, a extraordinária articulação que a poeta faz dessas camadas e, de outro, a profunda humanidade das imagens que o poema constrói nos seus momentos mais altos, sobretudo aqueles em que pinta os detalhes das vidas dos imigrantes, seus gestos, sentimentos, frustrações e expectativas. No todo, *De uma a outra ilha* é um conjunto de vastas linhas de correspondência, no qual uma camada está a todo o momento significando ou, talvez seja mais preciso dizer, traduzindo a outra, "como a rocha vulcânica / traduz a lava do vulcão".[26]

Essa rede de sobreposições de temas e imagens é suplantada pela ideia-guia de ilha, que faz as vezes de tema, no que se refere a Lesbos, e de princípio formal, com os hiatos pontuados pelos asteriscos que ao mesmo tempo ligam e separam os fragmentos de poemas, servindo tanto para construir pontes inusitadas entre as diversas linhas

25 *Idem*, pp. 51 e 56.
26 Marques, 2023, p. 28.

temáticas quanto para permitir que se realizem guinadas súbitas de sentido, mudando de assunto ou de foco, como se saltássemos de uma ilha a outra:

[...]
        palavras como ilhas
cercadas de silêncio
por todos os lados

*

Palavras
em frangalhos
como se também a língua
tivesse passado
pelo domínio de Eros
        que *dilacera*
– o *quebra-*
-membros
– e da fala
        estilhaçada
restasse
um arquipélago
[...][27]

Se há diversidade de temas que se entrecruzam, o que conduz esses entrecruzamentos é a tensão, a todo o momento reativada no assunto e na forma, entre algo ou alguém na sua singularidade e o vazio que o separa do que, sendo-lhe alheio, não lhe é inteiramente estranho. Desse modo, o poema consegue uma rara sensação simultânea de isolamento e comunicação, análoga à proximidade

27 *Idem*, p. 8.

que sentimos lendo a lírica amorosa de Safo, distante de nós dois mil anos e um oceano. Quão distante também não está a maioria dos leitores daqueles imigrantes que aportam na ilha de Lesbos e, ao mesmo tempo, graças às semelhanças que a poeta vai semeando, quão próximos também não nos sentimos – nós, como ilhas, do outro, que também é uma ilha? Desses outros que

> [...]
> arrancaram com as mãos as próprias raízes
> e com dificuldade partiram, carregando-as
> como mulheres levando a barra dos vestidos
>
> *
>
> que tudo perderam
> mas não a memória do tempo
> em que algo ainda tinham
> e a carregam consigo
> como um segundo coração
> [...][28]

No que diz respeito à investigação que estamos fazendo aqui quanto aos descompassos entre a linguagem e as coisas, *De uma a outra ilha*, em razão tanto do seu fôlego de poema longo quanto do largo quadro histórico-social do seu tema, empresta à questão um novo nível de complexidade. É que agora, e um tanto à diferença dos livros anteriores, na mesma medida em que a fragmentação da experiência se torna mais evidente, aquela dúvida de que falávamos parece se dissipar. Não deixa de causar surpresa, contudo, que a tendência à superação daquela desconfiança que, anteriormente, chamamos de "antirrilkeana" nos leve afinal de volta para Rilke,

28 *Idem*, p. 20.

mais precisamente para o jovem Rilke, cujo ensaio de 1898 "A melodia das coisas" é uma chave mais do que mestra para a poesia recente de Ana Martins:

> A arte não faz senão mostrar-nos a confusão na qual sempre nos encontramos. Ela nos inquietou, em vez de nos fazer silenciosos e calmos. E provou que cada um de nós habita uma ilha diferente. [...] Para passar de uma ilhota a outra há somente uma possibilidade: perigosos saltos, nos quais se arrisca mais que os pés. [...] Seja o canto de um candeeiro ou a voz da tempestade, seja o respirar da noite ou o gemido do mar que o rodeia – sempre desperta por trás de você uma vasta melodia, tecida por mil vozes. [...] Se quisermos, portanto, nos iniciar nos segredos da vida, é preciso pensar em dois aspectos: um deles, a grande melodia, da qual participam coisas e aromas, sentimentos e passados, crepúsculos e desejos; e então: as vozes de cada um, que complementam e aperfeiçoam todo esse coro.[29]

Para além da metáfora idêntica – a ilha e o mar – e do título do livro que salta quase literalmente do ensaio, aqui se vê a mesma relação entre fragmento e todo – "primeiro plano" e "fundo", nos termos de Rilke – que encontraremos em *De uma a outra ilha*. Com efeito, esse é ao mesmo tempo o poema mais fragmentado e o mais coeso da autora – e não parece menos significativo (é verdade também que em razão do tema) que aquela alegria inicial pareça converter-se agora numa sutil melancolia. Na forma, o livro é a aceitação dos descompassos; já não busca, para em seguida lamentar não a alcançar, a feliz coincidência entre dizer e viver, mas concretiza, ao mesmo tempo que tematiza, a constatação de que a realidade está aos pedaços. Mais: de que ela sempre esteve estilhaçada; de que o caco, o incompleto e o resto são as suas unidades elementares. Por sua vez, trata-se de um poema cujos assuntos e a estrutura são feitos de

29 Rilke, 2011, pp. 125-127.

fragmentos isolados, mas cujo procedimento consiste em, justamente, costurar uma ilha à outra. De maneira muito interessante, ao descobrir que a "lei" da realidade é a arbitrariedade absoluta da sua produção de fragmentos, o poema, alargando o seu escopo histórico e temático, alcança uma nova coesão. Esse papel coesivo é desempenhado por três elementos: o mar, o tempo e, de maneira menos explícita, mas igualmente consequente, a voz.

Acima, dissemos que o poema varia constantemente de assunto e objeto; é preciso agora acrescentar que ele varia surpreendentemente pouco de tom. A voz que articula as múltiplas camadas do livro parece ser sempre a mesma – a voz da autora que já encontramos nos poemas anteriores, sempre equilibrada entre a coloquialidade dos gestos e das imagens e alguma solenidade de tom. Sem ser monotônico ou entediante, o tom do livro é de tal modo constante nas suas sutis variações a ponto de ser tentador compará-lo com o som das ondas se quebrando na praia. Com efeito, tanto o mar quanto o próprio tempo são as duas figuras no poema responsáveis por carregar os fragmentos – de poemas, de objetos, de terra, de vidas –, ao passo que permanecem sempre os mesmos na enormidade da sua indiferença:

> [...]
> O mar não escolhe entre a nau
> e o naufrágio
>
> como para a primavera é indiferente
> o mel ou a abelha
> [...][30]

30 *Idem*, p. 12

A aproximação entre, de um lado, a voz poética que articula os fragmentos de palavras e, de outro, o mar e o tempo que levam, destroem e preservam um tanto aleatoriamente os fragmentos da realidade humana e natural é o grande lance formal de *De uma a outra ilha*, e que torna a sua leitura ao mesmo tempo comovente e assombrosa:

> [...]
> O trabalho dos séculos:
> depositar camadas de coisas
> sobre a terra
> e depois fazer delas
> de novo terra
>
> disfarçar que o mundo é pobre
> sobrepondo-lhe
> adereços
>
> O trabalho dos séculos:
> guardar contra si mesmo
> contra seu próprio apetite
> restos de edificações
> esqueletos de pássaros
> inventários de barcos
> um único brinco
> porcelana trincada
>
> depois destruir
> de novo
> tudo
> [...][31]

31 *Idem*, p. 24.

Não se pode deixar de notar que mar, voz e tempo são, por sua vez, figuras da natureza. E que ademais, como vimos, estão inteiros e indiferentes ao estilhaçamento das partes que neles se propagam. O que costura os retalhos poéticos que formam o livro é algo que não participa dessa mesma condição de fragmento. E não participa pois não pode ser dividido; pois mar, voz e tempo são infinitos – o primeiro e o segundo, simbolicamente; o terceiro, literalmente. Assim como a voz é a potência infinita que garante que as palavras possam ser emitidas, o tempo é a dimensão para todos os efeitos eterna da qual emergem os acontecimentos, e o mar é a imensidão que liga as ilhas; na edição, esse aspecto é reforçado pela composição da capa interna da plaquete, que traz a reprodução dos fragmentos de Safo sobre um fundo azul que vaza por entre as lacunas do pergaminho, dando a impressão de estar vendo uma foto aérea da cadeia de ilhas do mar Egeu. Ao apresentar a realidade estilhaçada, mas contra o pano de fundo dessas três grandezas, Ana Martins evita que o poema se construa apenas como colagem de elementos díspares, o que teria como resultado uma forma artificiosa. O poema evita isso substancializando, explicitamente nas figuras do tempo e do mar, o infinito contra o qual os fragmentos aparecem; como consequência, a sua forma tem aspecto mais orgânico do que construído. Digamos que há, literalmente, um fundo de verdade na coleção de cacos que forma o poema – algo que o muito mais modesto "Visitas ao lugar-comum" não tinha, com seus curtos fragmentos numerados, os quais se sucediam por arbitrariedade da composição e formavam um todo plano, inventivo no uso das expressões populares, mas sem ponto de fuga que lhe desse maior profundidade de perspectiva.

Quando, hoje, se reitera com frequência e com razão que tudo é construção e que nada é natural, é interessante ver como Ana Martins consegue alcançar um efeito de organicidade trabalhando quase que exclusivamente com retalhos – sejam reais, como os de Safo, ou simulados, como nas lacunas, elipses e suspensões que a poeta insere aqui e ali. Evidentemente, há uma grande dose de cálculo e composição na feitura de *De uma a outra ilha*; o notável, contudo, é que o seu resultado seja a sensação de que estamos lidando com forças da natureza muito maiores do que nós, as quais decidem arbitrariamente sobre o destino futuro dos nossos esforços. Ao contrário de ser naturalizadora e alienante, no entanto, essa forma com fundo natural costura por trás aquilo que pertence a domínios díspares da história, da cultura e da geografia, mostrando como o mesmo mar onde se jogam as vidas dos imigrantes não europeus é aquele das viagens das narrativas poéticas antigas, e a mesma Grécia, berço da civilização ocidental, é um dos palcos do seu colapso, na catástrofe política e humanitária contemporânea. Desse modo, criam-se conexões onde em princípio não se as via, e se dentro da economia do poema essas conexões são estabelecidas, em última instância, pelo fato de que todos os fragmentos se combinam e se equivalem diante da arbitrariedade representada pelo tempo e pelo mar – figuras de um deus maior, o acaso, que governa o poema –, é certo que algumas conexões são mais enfatizadas do que outras, no que o gesto organizador da autora vem ao primeiro plano. Vem para a frente também a constatação da dose de arbitrariedade envolvida na preservação ou destruição dos fragmentos, que, por sua vez, escapa aos desígnios da artista ou de quem quer que seja. Assim, no belo trecho que encerra o livro:

> [...]
> Aconteceu de as coisas se destruírem
> mas que algo delas não se destruísse.
> Aconteceu de os lugares se espatifarem contra o tempo
> mas que algo deles perseverasse no tempo.
> Aconteceu de algo acontecer
> deixando um rastro do acontecido.

> Aconteceu com uma pegada de animal,
> com o resto de um rosto num pano esgarçado,
> com pentes, panelas, uma unha de urso.
> Aconteceu com o que mais se amou
> e com o que menos se amou
> e com o mais útil e com o mais inútil
> e com uma árvore e com um camundongo e com um coral
> e com uma pedra e com um pneu e com um poema.[32]

É esse feito de coesão – que preserva os fragmentos enquanto fragmentos, mas os contamina da infinitude contra a qual eles surgem, e que guarda a autonomia construtiva da poeta ao mesmo tempo que revela que tudo se dá no escuro, e que ninguém sabe o que, de tudo isso, sobreviverá –, é essa conjunção de contrários que permite ao poema superar o predicado da dúvida. Não mais se almeja um horizonte reconciliado onde se possam dizer adequadamente as coisas – onde as palavras vibrem num "acordo tácito com as coisas vivas"; até onde se pode ver, tudo é pedaço, como os poemas de Safo, irremediavelmente lacunares, ou como os sofrimentos e as esperanças dos imigrantes, apenas parcialmente adivinháveis. A ausência é um dado incontornável das coisas, que já chegam para nós incompletas; por essa razão, não há nome que possa cobri-las por inteiro, pois, no limite, a própria linguagem vem, por assim dizer, fundida com o seu não. É exatamente por isso, no entanto, que tudo se equivale e corresponde – tudo são ilhas; fragmentos maiores ou menores, mais ou menos bem preservados, são, afinal, fragmentos: nau ou naufrágio, para o mar é indiferente. E a poesia, que é a arte das semelhanças, como a poeta nos lembra, floresce na equivalência universal dos fragmentos.

32 *Idem*, pp. 32-33.

Ao fim e ao cabo, a poesia é possível porque tudo é de uma arbitrariedade inexorável, e pode bem ser que, dadas as condições favoráveis e imprevisíveis, um poema chegue até nós e nos comova. No tempo de larga duração em que as coisas ocorrem, a única constante é o acaso que governa os acontecimentos. E, se parece que esse movimento de apreensão da totalidade representa uma mistificação da história, das lutas, das imigrações em massa e das sociedades e culturas humanas, é preciso lembrar que talvez este seja o momento de arriscar a ampliar a lente para capturar não a inexorabilidade das coisas tais como elas se apresentam agora, nesta quadra histórica – quando as mercadorias circulam e as pessoas não –, mas, ao contrário, a arbitrariedade e a sem-razão do atual estado do mundo, e, em consequência, a liberdade que teríamos para mudá-lo, recombinando-o.

6

UMA EPOPEIA SEM *EPOS*

Dizer que a poesia lírica está em crise é um lugar-comum há pelo menos cem anos; datam das vanguardas das primeiras décadas do século passado o impasse e as saídas para lidar com a opacidade com que a lírica se apresentava, diante da necessidade de representação dos problemas pertinentes à vida material. É conhecido que a incapacidade da lírica para dar forma às questões emergentes do entreguerras e, mais consequentemente, após a Segunda Guerra Mundial (lembremos a questão que se colocava após a sentença de Adorno: é possível a lírica após Auschwitz?)[1] levou poetas em todo o mundo ocidental a reavaliar a posição do sujeito poético e a desconfiar, finalmente, dos modos de subjetivação lírica. Michael Hamburger deu a esse fenômeno o nome de *antipoesia*, caracterizada por ele a partir de uma nova austeridade com a qual a poesia de autores como Brecht, Neruda, Drummond e Marianne Moore passaria a representar a relação entre o eu e o mundo.[2] Contudo, a lírica já vinha em crise desde pelo menos os anos 1920, e nas obras de alguns desses e outros poetas uma solução alternativa à austeridade já se elaborava: a saída pelo épico. O peruano César Vallejo, a quem Hamburger considera um poeta ainda não totalmente austero, é provavelmente o autor que melhor

1 Em 1949, Adorno famosamente sentenciava: “escrever um poema após Auschwitz é um ato bárbaro”. Adorno, 2002, p. 61.

2 Cf. Hamburger, 2007.

representa o que podemos chamar de descaracterização épica da lírica. Em face da Guerra Civil Espanhola, desconfiado da capacidade que a individuação isolada no absoluto da sua interioridade teria de representar as questões colocadas pelo conflito, Vallejo, embora não escrevesse epopeias propriamente ditas, recorre à poesia de fundo épico como maneira de capturar o real do seu tempo histórico, solução cristalizada de maneira mais comovente no seu *España, aparta de mí este cáliz*; em 1936, essa representação emocionada e fragmentada dos combates e agruras dos anônimos combatentes republicanos era a epopeia possível de ser escrita. Há, desde fins dos anos 1930, em diversas partes, um renascimento do épico, ou, no mínimo, do desejo pelo épico. No Brasil, é evidente o papel que o recurso épico ocupa em obras como *Sentimento do mundo* e *A rosa do povo*, de Drummond; pense-se, por exemplo, em poemas como "Com o russo em Berlim" ou "Carta a Stalingrado", nos quais a coincidência entre o destino pessoal e o destino coletivo oferece, ainda que brevemente, saída para o impasse do limitado horizonte individual do sujeito lírico, cujos olhos "são pequenos para ver" as disputas que se travam no "mundo grande".[3] Em 1950, com *Canto general*, Neruda encena a marcha coletiva dos povos, refazendo a história dos conquistadores, dos libertadores, dos traidores e dos usurpados das Américas. Finalmente, não foi sem consequências que Brecht chamou a sua arte de "épica", ainda que isso tenha vindo a adquirir significado específico na sua obra. Nesses e em outros casos, o que impede que a poesia se veja

3 "Um vento varre o mundo, varre a vida. / Este vento que passa, irretratável, / com o russo em Berlim" (Andrade, 1973, p. 138). O soldado russo que entra triunfante em Berlim, vencendo a guerra, ecoa a maneira como Lukács define a epopeia, segundo o qual "o herói da epopeia nunca é, a rigor, um indivíduo. Desde sempre considerou-se traço essencial da epopeia que seu objeto não é um destino pessoal, mas o de uma comunidade" (Lukács, 2000, p. 67). Épica é essa dissolução triunfal da individualidade no destino coletivo.

paralisada na sua capacidade de seguir nomeando a vida[4] é o fato de, como alternativa à perda da universalidade da subjetivação individual lírica, relativizada pela perspectiva revolucionária da luta de classes e tornada obsoleta pela escala do horror de duas guerras mundiais e pela ascensão do fascismo, haver nessa poesia moderna de fundo épico, ao menos para os poetas politicamente engajados com projetos de libertação popular, um outro horizonte criativo, no qual, caso a caso, a elaboração de metáforas, a alquimia imagética e a poetização da vida ainda encontram sentido e ressonância.[5]

A lírica moderna nasceu, no século XVIII, sob o signo de uma contradição, pois a dimensão social que cria condições para o seu advento é ao mesmo tempo hostil à sua pretensão de universalidade. Essa dimensão é aquela que Jürgen Habermas chamou de "esfera pública",[6] a qual realiza a mediação entre o Estado e a vida privada, sem se reduzir a um ou a outro. O conceito-chave que determina as condições de aparecimento na esfera pública é o de opinião; assim, pode-se dizer, se quisermos uma fórmula sintética, que a esfera pública é aquela na qual só existem indivíduos e opiniões. A novidade histórica representada pela sociedade burguesa, e que dá ensejo à emergência de uma esfera pública, é o fato de que, com o capitalismo, pela primeira vez a classe dirigente da sociedade não coincide inteiramente com o Estado. Que surja uma dimensão, na emergente sociedade burguesa, na qual os indivíduos possam fazer circular suas expressões singulares sem que estas se confundam com os interesses das instituições de Estado ou sejam recolhidas à mera reprodução dos

4 Para usar a expressão de Alfredo Bosi (1997).

5 Por sua vez, trata-se a rigor, como sugeri acima, de um desejo pelo épico, pois em grande parte o interesse das obras que articulam essa dimensão está precisamente no conflito entre o escopo épico de fundo e a presença de uma individualidade liricamente poderosa e indissolúvel – este é certamente o caso de Vallejo, de Drummond e de Neruda.

6 Habermas, 1984.

interesses privados dos negócios, esta é a condição material e histórica para que qualquer coisa como um sujeito lírico faça corpo. Ao mesmo tempo, porque é o conceito de opinião que mede o valor segundo o qual os elementos desse novo mundo aparecem, a esfera pública é hostil à singularidade universal e absoluta da experiência lírica, já que – é o óbvio, mas é o verdadeiro –, ao contrário das opiniões, a poesia – e em especial a lírica – é refratária à contestação lógica, não se presta a argumentações e, no limite, por ser, como mostra Adorno, o absoluto da experiência subjetiva, não convive bem com as relativizações e equivalências discursivas necessárias para a reprodução saudável de um ambiente em que opiniões diversas convivam mutuamente.[7] Desse modo, a esfera que individualiza os sujeitos e cria a caixa de ressonâncias na qual suas experiências particulares ganham direito de circulação pública, e que portanto dá à lírica moderna condição de existência, é a mesma que, por ser a esfera das opiniões, dos interesses individuais, da retórica e da relativização argumentativa, bloqueia a sua aspiração universal. Mais do que apenas reagir negativamente à ameaça da coisificação da vida recorrendo à interioridade subjetiva como infinito não coisificável, como ensina Adorno, a lírica é negativa já na sua positividade: encontra-se, desde que surge, diante da contradição interna advinda do fato de que representa ao mesmo tempo o apogeu e o limite da sociedade burguesa.

A crise da lírica que irrompe na segunda metade do século XIX e atinge limite no XX tem, assim, lastro histórico antigo, que remonta ao que há de libertador e de limitante na modernidade. O ano de 1848 é tido como ponto crítico da modernidade burguesa, quando, na França, a burguesia massacra barbaramente as revoltas populares que abriam então o ciclo das comunas e intentonas revolucionárias europeias. A reação burguesa às revoltas de 1848 deflagrava o conflito de classes, escancarava a verdade da modernidade e obrigava essa

7 Adorno, 2003b.

mesma burguesia vencedora a assumir o "lado irreal", na expressão de Schwarz, do seu discurso de liberdade, igualdade e fraternidade. Ficava a partir de então permanentemente em dúvida a concepção burguesa do Homem, com H maiúsculo, aquele dos direitos universais. Para as formas literárias, o impacto é enorme; na prosa, vai dar em Flaubert, Zola, Dostoiévski, Henry James e outros – todos já descrentes da adesão imediata à narrativa imparcial.[8] Na poesia, Baudelaire rompia com a cordialidade burguesa que marcava a relação autor-leitor, inaugurando uma nova fraternidade, dúbia e envenenada, e desencadeando a crise do verso que vai dar em Rimbaud e Verlaine, culminará em Mallarmé e abrirá o espaço atormentado e sublime da nova subjetividade simbolista, a um só tempo marginal e aristocrática, feita de poetas excluídos e eleitos, que já não se interessavam em afagar o consenso estético burguês, mas, na expressão de Paul Valéry, trocavam cem leitores comuns por um leitor excepcional.[9]

Nesse contexto, é no século XIX que uma outra esfera aparece, à qual só cabe o nome de *esfera revolucionária*. Habitada pelos sujeitos excluídos da esfera pública e do seu ideal de Homem universal – o proletário, na sua forma genérica, mas também o camponês, a mulher, o escravizado, o colono, o artesão, o não branco –, a esfera revolucionária é a dimensão onde a poesia da segunda metade do XIX e da primeira metade do XX encontra novamente um espaço aberto e infinito de nomeação da vida. Compreender Vallejo, Neruda, Drummond, Brecht e tantos outros passa por compreender que havia uma outra esfera a ser habitada, ou ao menos à qual se pudesse expressar fidelidade, cuja existência era muito mais do que apenas imaginária e cuja emergência representou uma alternativa e mesmo uma oposição à esfera pública burguesa. E, se na esfera pública a

8 Schwarz, 2020, pp. 179-180.

9 Cf. Valéry, 2018.

poesia era predominantemente lírica, na esfera revolucionária ela foi, a partir de certo ponto, épica.

A esfera revolucionária, que, *grosso modo,* se expandiu em todo o mundo entre 1870 e 1960, retraiu-se a partir da segunda metade do século até praticamente desaparecer na virada do milênio. O conceito de *realismo capitalista* de Mark Fisher, que marca a situação do mundo a partir dos anos 1970, é outro nome para a vitória da esfera pública sobre a esfera revolucionária.[10] E, ainda que não seja dito de maneira explícita, por exemplo, parece ser precisamente contra a ideia de esfera pública que a introdução de *Logiques des mondes*, de Badiou, investe: a fórmula "só existem indivíduos e opiniões" é correlata direta da já notória fórmula proposta por Badiou para definir o que ele chama de "materialismo democrático", que passou a dominar sozinho as sociedades capitalistas na pós-modernidade: "só existem corpos e linguagens".

A novidade na poesia nos últimos 50 anos, assim, é não tanto a crise da lírica, que data já de pelo menos um século, mas o desaparecimento do horizonte épico. A poesia que se pretenda sintonizada com o presente deve encontrar uma forma capaz de traduzir uma nova paisagem, na qual a vida interior e individual já pouco pode dizer de uma experiência que se pretenda absoluta sem que venha acompanhada de desconfiança, e onde a transformação histórica já não parece ter lugar, embora talvez isso torne mais necessário do que nunca o esforço de transformação. Uma tal poesia invariavelmente se verá em face de uma dupla crise, a um só tempo lírica e épica.

10 É preciso ter em mente que "realismo capitalista", mais do que nomear uma situação concreta no estágio evolutivo da produção capitalista, foi concebido por Fisher como a descrição de uma patologia da esquerda, de modo a ilustrar a capitulação à injunção thatcherista "There is no alternative".

Gostaria de sugerir que este é o caso de *Também guardamos pedras aqui*, terceiro livro da poeta paulista Luiza Romão. Além de escritora, Romão é atriz e *slammer*; seus livros trabalham frequentemente na fronteira entre os gêneros literários, e sua poesia é marcada, de um lado, pela oralidade e pelo engajamento na representação da violência social brasileira, sobretudo racial e de gênero, e, de outro, por procedimentos como corte e montagem, o que enseja, na sua obra, a criação de livros-conceito, nos quais os poemas muitas vezes têm menor autonomia em relação uns aos outros, em favor de uma composição de conjunto, seja de arco narrativo (caso, por exemplo, de *Nadine*, cujas cenas se sucedem como tomadas de cinema) ou de quadros, como em *Também guardamos pedras aqui*, livro cujo princípio construtivo se dá como épica fragmentada.

Na forma, *Também guardamos pedras aqui* tem pouco do heroísmo da epopeia. A jornada da personagem épica reaparece agora como uma sucessão sem continuidade ou acumulação de pequenos arcos heroicos ou trágicos, mais ou menos intensos no seu drama humano, mas que, porque já não podem se alargar no tempo, se dessubstancializam de qualquer grandiosidade. As personagens da *Ilíada* servem como pretexto para cifrar as figuras da vida brasileira contemporânea – e, como o livro fala mais do Brasil do que da Grécia, se nada de épico se forma é porque o país se revela, no esvaziamento do sonho da sua formação em nação "civilizada", como mera repetição em série de choques, intervalados por interrupções não menos bruscas. *Também guardamos pedras aqui* é um estranho livro de poesia: não é composto por poemas autônomos, como se esperaria de um conjunto, nem é uma narrativa com episódios, causa, consequência e acumulação de experiência; não se trata, por outro lado, de um ciclo, no qual as peças isoladas são sintetizadas por um tema, local, paisagem ou disposição lírica. Os poemas não se deixam ler nem em sequência, nem avulsos; só funcionam compreendidos dentro de uma estrutura de repetição cuja coesão eles mesmos negam, e que remete ao fundo épico da guerra. São épicos menos no sentido homérico da fusão entre destino heroico e destino nacional, e mais no sentido brechtiano da exposição do seu processo de produção: o que os mantém juntos é um gesto, tenazmente reposto a cada página. De fato, o livro tem nessa forma instável o seu maior interesse.

A expressão "épica fragmentada", que usei há pouco, pede para ser lida como contrassenso; toda a consistência da épica está na coesão produzida entre o destino do sujeito e o destino da comunidade, o que se perde se a clivagem cai sobre o que unia indivíduo e vida coletiva, como ocorre em Romão. Em *Também guardamos pedras aqui*, o fragmento não é apenas o princípio de construção através do qual se sucedem poemas curtos; o que está fragmentado é a própria promessa épica de que os fragmentos se recomponham num todo. O livro não se deixa ler em sequência, como narrativa; quando muito, seria uma narrativa do que não pode ser narrado, uma série de *flashes* do que um dia teria sido uma epopeia, nos quais comparecem, uma a uma, as personagens homéricas, capturadas como se fossem pegas no pulo. Da epopeia homérica ficam os heróis e heroínas, em estado de estátuas surpreendidas por um olhar que a todo o momento as compele a mais uma vez encenar sua existência mítica. O vínculo narrativo que mantinha as personagens conectadas à vida coletiva, no entanto, está subtraído, e o que as captura são a violência privada e as "ocorrências isoladas", as quais, sem dúvida, compõem o tecido social, mas não têm força para totalizá-lo a não ser na forma não coesa com que o conjunto mimetiza a realidade social. Em termos de composição do conjunto, a dimensão épica à qual repetidamente os poemas aludem faz as vezes de uma ausência ensurdecedora, reiterando a imagem em negativo da coesão e da integridade narrativa. Embora aparentemente dispensável – seria possível retratar os mesmos tipos e condutas sociais sem se referir à *Ilíada* –, a épica está ali para lembrar que já não está, ou, mais precisamente, que está apenas no que tinha de detestável: violência, misoginia e, em especial, enquadramento da vida e das paixões na lógica da guerra. No lugar da coesa comunidade helênica, produto do arco heroico ou trágico das vidas das personagens, uma outra vida, a vida disforme da nação periférica, os estranha ao mesmo tempo que os abriga como semelhantes na barbárie. Se a narrativa mítica era a origem formal da comunidade grega, aqui a ambiguidade da lei periférica é que enseja as aparições. Ou, correndo o risco da redução a um *slogan*: o conteúdo é grego, a forma é brasileira.

Do ponto de vista da história literária, *Também guardamos pedras aqui* participa da velha tradição de vinculação da matéria brasileira à cultura clássica europeia. O que há de cultura ocidental no livro, contudo, vem com sinal invertido, e os gregos emergem como bárbaros glorificados, habituados ao assassinato, ao assédio e à violência generalizada. Isso mesmo quando são tratados com certa doçura carregada de ironia, como em "Homero", no qual o *até* de "até os gregos tinham piedade" pouco tem de lisonjeiro:

HOMERO

os gregos foram capazes de

milhares de troianos

porém
no último canto da ilíada
aquiles devolve a príamo
o corpo de seu filho heitor

hoje nesse momento aqui
no sul do sul do mundo
ainda não se tem notícia
dos mais de duzentos desaparecidos
da ditadura militar

um corpo é um atestado de barbárie

até os gregos tinham piedade[11]

Os heróis e heroínas gregos do livro nada têm de civilizadores: são verdadeiros periféricos, em nada diferentes das figuras da vida social brasileira – o proprietário, o figurão, o policial, o jovem de periferia, a mulher resiliente, o homem abusador – cujos traços refazem num desfile que conjura os brasileiros-em-túnicas da poesia nacional mais antiga, só que agora para mostrar que o núcleo da cultura ocidental era, e sempre foi, o que nela havia de bárbaro. Esse, me parece, é o gesto de construção do livro, o qual por vezes é mais poderoso do que os poemas em si. De todo modo, ainda que incorrendo por vezes no retrato excessivamente literal, e nem sempre sustentando a ironia que está na base da sua composição, com versos nos quais soa mais alto a voz categórica da autora que o jogo elaborado, o que vem ao primeiro plano é a revelação do lugar social que, escamoteado pela "alta cultura", não obstante sustenta as pretensões de universalidade do Ocidente. Assim, Agamenon é reconhecido no "coronel que ordena escavadeiras", Ulisses é flagrado em "foto estampada junto a

11 Romão, 2021, pp. 10-11.

diplomatas ianques", Eneias "zarpa ao primeiro bombardeio", Zeus é o divino estuprador, Nestor é signatário de um duvidoso contrato de transferência de bens etc. Com o risco de restringir uma obra poética a um só elemento, ainda que esse seja o elemento, a meu ver, essencial, o livro de Romão, mais do que mostrar que o Brasil tem lugar no salão nobre do Ocidente, mostra que a Europa, com seus feitos e mitos, é que termina se parecendo com o Brasil. E, já não havendo modelo civilizatório no qual amparar a construção de uma nação moderna, restam as ruínas do país real, onde a forma da vida é a guerra que a sua contraparte mítica mimetiza, e a norma é espoliação, sujeição e – tema central do livro, graficamente assinalado nos trechos tachados de preto – desaparecimento. Por sua vez, onde há limitação no livro, ela está na contradição entre, de um lado, a fragmentação da épica e a desconstrução do mito, que tenderiam a multiplicar as leituras possíveis ao abrir a caixa-preta da tradição ocidental, e, de outro, o tom acusatório de uma concepção preestabelecida sobre a epopeia, não deduzida ou descoberta nos poemas em si, mas anterior a eles, que reduz a *Ilíada* a mero registro da violência, o que desinfla em parte o potencial reflexivo que a leitura teria. Dá-se, de certo modo, o sacrifício da parte grega em favor da brasileira, no qual a nuance literária da primeira sai desfigurada para que a realidade social da segunda seja posta em foco. É uma troca que, até onde vejo, se faz necessária dada a parcialidade *a priori* a que o livro se propõe.

Estruturalmente, os nomes das figuras míticas que compõem os títulos dos poemas funcionam menos como nomes próprios e mais como referentes de caráter, palavras-conceito que encapsulam o conjunto, reduzido ao extremo, de traços que, sintetizados naqueles nomes, por sua vez os sintetizam: Zeus é sintetizado como estuprador, Eneias como covarde e Ulisses como charlatão. A função desse procedimento é permitir que o livro possa em seguida inquirir o que há de "zeus", de "eneias" ou de "ulisses" no Brasil contemporâneo.

Desse modo, a mitologia grega tem função em primeiro lugar utilitária (sem sentido pejorativo), com os títulos dos poemas servindo como chaves para o enigma da interpretação, de modo que, se se conhece ou se pesquisa sobre as personagens, os poemas tendem a se esclarecer. Note-se ainda que a redução radical da figura a um ou dois traços repete, mas com sinal invertido, a própria estrutura de formação do mito, que sintetiza a vida heroica ao acontecimento capital, reduzindo toda uma vida ao seu gesto ou evento decisivo – redução essa que sustenta o que há de didático na mitologia, a qual serve, em primeiro lugar, para exemplificar os vícios e as virtudes. Aqui, como o elemento essencial de cada personagem diz respeito ao que ele tem de menos digno, não há exemplo a seguir, apenas a execrar. Exatamente por isso, contudo, o livro mantém a função de exemplaridade, mostrando o que não fazer e como não agir, no que conserva algo do didatismo épico.

É impossível não notar que as figuras capturadas na chave da repugnância, desprezíveis na sua reprodução da lógica da violência, são os homens. As figuras femininas, no geral condenadas aos piores castigos e provações, ao contrário, gozam de muito mais simpatia da autora. Tome-se o exemplo de Hécuba, rainha de Troia, que na narrativa homérica assiste à morte da maior parte dos seus 19 filhos pelo exército grego, e após a guerra é vendida como escrava, terminando apedrejada pelo povo e transformada em cadela. Em *Também guardamos pedras aqui*, o traço que a define é a resiliência materna: "sim senhor / eram todos meus filhos / agora sai da frente".[12] Ou Ilíone, filha mais velha de Hécuba e Príamo, de cujo suicídio nada se diz, mas sim que "era dos troianos a guerra / e isso é tão indiscutível / quanto a beleza dos teus olhos".[13] Ou ainda Polixena, bode expiatório no plano elaborado por seus pais para emboscar

12 Romão, 2021, p. 37.

13 *Idem*, p. 21.

Aquiles, por ela apaixonado: "ser isca e esconder a dor / conheço essa cicatriz".[14] Na evidente cumplicidade que se estabelece entre as figuras femininas, a autora e, por extensão, o leitor ou a leitora, quem sai mal na fita são as personagens masculinas, numa inversão do modo normal de distribuição de valor entre os gêneros que encontramos nos mitos originais. É claro que isso implica também certa dose de escamoteação, não se mencionando, por exemplo, a razão de Estado demonstrada por Hécuba ao aceitar oferecer Polixena a Aquiles em troca de que este se retirasse da guerra, ou distorção, ao considerar que a participação de Atena, "uma de nós a mais loba", peça-chave na vitória grega, se dava não em razão da sua parcialidade no conflito, mas do cinismo do poeta em incluir uma mulher entre os criminosos de guerra:

ATENAS

tinha que ser uma de nós a mais loba
tâmaras suculentas nos bolsos
e um capacete de fazer inveja
tinha que ser uma de nós a mais eficiente
blefes precisos nas rodadas de *poker*
tinha que ser uma de nós
necessariamente
então eles justificariam
também ela esteve presente
também ela assinou a jurisdição
também ela pediu reforços
se regozijou
suas sentenças suas leis
satisfeita interrogação

14 *Idem*, p. 15.

você nos entregou todas
e nem pediu recibo[15]

De todo modo, como é da natureza dos mitos, tudo é aberto a interpretação, e no mais das vezes o livro é fiel e cruelmente honesto com as vidas dos heróis e heroínas retratados. Seria possível pensar ainda que a parcialidade, inteiramente justificável e justificada, da autora em relação às mulheres da mitologia é fruto de uma fidelidade ética e política que tem precedência, na composição da obra, sobre a fidelidade a detalhes no fim das contas pouco relevantes da narrativa homérica em si, o que me parece estar de acordo com as intenções do livro. No entanto, talvez Atena saia menos loba ao ser destituída de agência e ardil, ou Hécuba menos poderosa ao não figurar como cabeça pensante do Estado troiano.

Se, do ponto de vista, digamos, pessoal, a troca de sinal da síntese de formação de mitos implica que as figuras no mais das vezes apareçam como desprezíveis, no movimento geral da obra o procedimento tem por resultado a inversão de "quem aparece em quem", Brasil ou Europa: não é mais o Brasil que aparece segundo as formas europeias, mas os gregos que aparecem segundo a forma brasileira. O que, na poesia brasileira mais tradicional, do árcade ao parnaso, era desejo de se amoldar segundo uma Grécia idealizada,[16] é agora a convocação para que os gregos venham se explicar, reencarnando à força nos tipos sociais mais repugnantes e repetindo seus feitos nas condições nada heroicas da vida desagregada do país periférico. Essa inversão de polos na relação Brasil-Grécia tem lastro na cultura popular. Embora o livro não tenha nada de engraçado ou festivo, no gesto lembra a "mistura do Brasil com o Egito" do carnaval,

15 *Idem*, p. 55.

16 Para uma síntese da diferença entre árcades e românticos com respeito ao desejo de representação do Brasil segundo os padrões da cultura clássica ocidental, ver Antonio Candido, 1964, p. 21.

quando ricos e pobres vão às ruas vestidos de deuses e heróis, menos como se o Brasil penetrasse os altos picos da cultura ocidental – o que sempre implicou desajustes –, e mais como se o Ocidente, de maneira improvisada e descontextualizada, encarnasse nas ruas brasileiras. Em Romão, exagerando um pouco, quase se podem sentir o tecido barato da fantasia de grego, o adereço de plástico que faz as vezes de bracelete de bronze, a coroa de louros com chinelo havaiana.[17] Como notamos, ainda, a exposição do que há de inorgânico na vinculação com a grande tradição ocidental vem acompanhada também de uma inversão de gênero, na qual a mulher emerge como ponto de vista mais bem posicionado para constatar que os poetas europeizantes que cantavam ninfas e Apolos nada mais eram que foliões nessa terra de palmeiras, sabiás e camburões. A mulher, cuja identidade não se pode construir sem que se considere o seu lugar na sociedade patriarcal, por consequência revela, do seu ponto de vista, o tecido social nos quais se assentam as pretensões culturais dessa mesma sociedade, e especialmente ilumina as estruturas de dominação que suplantam o que nela se pretende universal. O mérito do livro, por sua vez, é não fazer disso pretexto para dissolver tudo – oprimido e opressor, realidade e mito – num caldo ralo de determinações discursivas, limitando-se a repetir que tudo é construção histórica, mas mostrar que há algo de verdadeiro e universal entre o céu e a terra: o que é universal é a parcialidade da universalidade, ou, dito de outro modo, universais são os antagonismos da realidade – incluídas aí as divisões de gênero –, e é deles que emanam os mitos e as musas.

O veio utópico que a ideia de resistência guardava, conjugando melodia lírica e harmonia épica, dependia da existência daquela esfera revolucionária, no que a resistência tinha razão em se

17 Embora nas apresentações públicas que a autora faz do texto, em peças e intervenções performáticas, a caracterização seja bem mais solene, a postura combativa e o conteúdo levado a sério, reforçando a nota grave dos poemas.

projetar para trás como o *ethos* moderno por excelência, espécie de corrente alternativa, sempre presente e do qual as vanguardas eram a expressão radical na cultura, que aproveitava as brechas ainda existentes – em especial nas sociedades periféricas – para pressionar a marcha humana para uma via que não implicasse a consumação do aburguesamento total da sociedade. Se modernidade era, no limite, o período em que havia ainda a esperança de não ser moderno, ou de sê-lo de um outro modo – esperança da qual as vanguardas todas se nutriam, com os mais variados acentos e compromissos –, há razão em dizer que esse ciclo se encerrou, e, com ele, o sentido forte da resistência. Com efeito, a própria conceituação da resistência como modo de preservar o legado libertador da modernidade, "largo e profundo movimento de autodefesa [da] inteligência que ainda não renunciou à possibilidade de compreender o todo",[18] é sinal, já, de que ela deixava de ser prática para se tornar chave de interpretação – algo como a chegada à consciência daquilo que está perdendo lastro na experiência. Do ponto de vista da modernização consumada, o contemporâneo é pós-moderno apenas no sentido em que "moderno" é o nome daquilo contra e em favor do que se resistia. Ou: não é mais moderno, porque está ultramodernizado. O que havia de épico se tornou estagnação, o heroísmo rebaixou-se ao banditismo, e a violência, de acento apenas negativo, já não transcende a roda difícil e tudo-englobante do "salve-se quem puder" capitalista.

18 Bosi, 2001, p. 356.

7
ENTRADA NA NOITE TOTAL

"Não somos europeus nem americanos do Norte, mas, destituídos de cultura original, nada nos é estrangeiro, pois tudo o é. A penosa sensação de nós mesmos se desenvolve na dialética rarefeita entre o não ser e o ser outro."[1] Como já se observou, essas palavras de Paulo Emílio Sales Gomes, escritas sobre o cinema, alcançam para pensar a cultura brasileira como um todo, razão pela qual são muitas vezes alçadas ao estatuto de "oráculo nacional".[2] Segundo o crítico, a situação de subdesenvolvimento do país, não "uma etapa ou um estágio, mas um estado",[3] fruto do passado colonial, o faria balançar permanentemente na "dialética rarefeita" entre esses dois polos negativos (*não* ser e ser *outro*), entre os quais o que é propriamente o ser brasileiro se esfumaça. Ou, mais precisamente, se esfumaça a pretensão a um ser substancial, positivo, que se pudesse definir através de predicados que lhe fossem imanentes. O ser brasileiro, o que nos faz "nós mesmos", estaria na sua própria evasão; é um ser irremediavelmente alienado, produto do fato de, à diferença de outras ex-colônias do Sul Global (os exemplos de Paulo Emílio são a Índia e os países árabes), aqui ter havido a quase completa obliteração das culturas que existiam antes da ocupação europeia e a subsequente

1 Gomes, 2016, p. 190.
2 Pasta, 2011, p. 89.
3 Gomes, 2016, p. 186.

supressão da sua participação na construção da nação – o que tem por consequência que o pensamento da nação sobre si mesma tenha se dado historicamente do ponto de vista dos ocupantes, os quais, tanto então como hoje, são ocidentais desterrados. Nosso processo de ocupação colonial fez com que desde muito cedo pudéssemos pretender, sem constrangimentos, ser um "prolongamento do Ocidente";[4] nossos acontecimentos históricos – "Independência, República, Revolução de 30 – são querelas de ocupantes nas quais o ocupado não tem vez".[5] A supressão de uma cultura milenar local que competisse com a cultura ocidental imposta pela colonização, segundo Paulo Emílio, resulta em formas sociais e culturais marcadas por uma ambiguidade diferente daquelas de outras ex-colônias; na literatura, essa condição produz, ao longo do seu processo de formação, uma constante dificuldade de aclimatação entre formas importadas e realidade local, que em alguns momentos gerou grande obras, e em outros gerou aberrações, como mostrou Antonio Candido.[6] Na formulação paulo-emiliana, portanto, o problema brasileiro é um problema de *ser*, ou melhor, da falta de um ser e das suas subsequentes deformações, no qual "a inabilidade de reivindicar qualquer originalidade significa que tudo, num certo sentido, é brasileiro, porque, a rigor, nada o é".[7]

4 *Idem*, p. 189

5 *Idem*, p. 190.

6 Candido, 1959. Em contrapartida, é preciso se perguntar, como Vladimir Safatle sugeriu em artigo recente, "para quem o ponto de partida da dialética nacional é necessariamente o não-ser?" (Safatle, 2023, p. 18. Grifo nosso). Isto é, a ideia – compartilhada também pela tradição crítica brasileira – de que a nossa formação nacional se dava sobre uma terra-nada, um espaço vazio sobre o qual a nação devia ser construída – ou seja, a ideia de que primeiro somos "não-ser" –, ignora as culturas, os povos e os saberes – em suma, os seres – que havia neste espaço antes da colonização.

7 Penna, 2020, p. 167. Tanto José Antônio Pasta quanto João Camillo Penna lembram o que há de insidioso no fenômeno capturado pela formulação de Paulo Emílio: "Mas de onde provém, no Brasil, esse caráter intercambiável das ordens do mesmo e do outro? [...] Como se sabe, do fato de ter conhecido

Segundo José Antônio Pasta, muito se cita a sentença paulo-emiliana, mas "nem sempre se quer, entretanto, tirar dela as conclusões necessárias".[8] O risco de ler em chave puramente metafísica o que, na formulação de Paulo Emílio, é um processo histórico e político cuja base é a violência colonial, e o qual – ponto decisivo – implica o crítico cultural brasileiro na sua aspiração cosmopolita, é justamente o que a fórmula captura. Em que pese o caráter insidioso da sua internalização da lógica colonial, a frase de Paulo Emílio tem mesmo

a longa persistência, quatro vezes secular, da escravidão moderna – ou seja, da escravidão engendrada na periferia do sistema pela expansão mesma do capitalismo –, o Brasil conheceu, sempre, duas formas contraditórias da concepção do sujeito: uma, mais 'moderna', concebe o indivíduo isolado, o sujeito individual, enquanto sujeito autônomo, isto é, como fundamentalmente e por definição distinto do outro; associada a essa, uma outra forma, nascida da presença da escravidão, torna muito simplesmente inconcebível essa autonomia, pois ela não é apta a conceber a distinção entre o mesmo e o outro" (Pasta, 2011, pp. 89-90); "Esse ponto de vista, que leva em consideração o poder opressor das culturas dominantes sobre as periféricas, é uma estratégia para lidar com a dominação cultural colonial, mas é marcado por um insidioso preconceito, posto que adota a visão colonial sobre si, vendo a si mesmo como 'outro' em relação a si próprio (porque é 'outro' em relação à Europa). [...] Portanto, no esquema de Paulo Emílio, a dialética brasileira é formulada como uma opção entre o não ser e o ser outro, onde 'ser outro' corresponde à posição de ser 'outrificado' pelas altas culturas e 'não ser' designa a realidade do Brasil, ou seja, tudo que está excluído pela representação literária e política. As múltiplas subjetividades alienadas estão, assim, invariavelmente alienadas da subjetividade nacional" (Penna, 2020, p. 168). Veja-se por fim a observação de Vladimir Safatle acerca do problema técnico que essa "dialética" implica: "Note-se, essa dialética singular tem como ponto de partida o não-ser e passa em algo que não é exatamente seu contrário, ela não passa no ser, mas no ser outro. O ser outro aparece, na verdade, como uma outra figura do não-ser, o que explica por que, dentro dessa perspectiva, a única posição consequente seria reconhecer que essa penosa construção de nós mesmos só poderia se realizar a partir do momento em que ela reconhecesse não ser possível de ser realizada, pois não há construção possível que se funde na passagem do não-ser ao ser outro" (Safatle, 2023, p. 17).

8 Pasta, 2011, p. 89.

algo de oracular, porque cifra, na forma mesma da sua enunciação, o processo que está revelando: tem ares de filosofia pura do ser, mas é reflexão histórica e social; convida a sublimar seu conteúdo de modo a participar na grande razão universal, mas há nesse convite uma armadilha, pois é exatamente nessa aspiração universalista e desterrada – e no que nela fracassa – que as nossas classes dominantes e dirigentes fincam raiz no chão material que as sustenta.

*

Quem lê os livros do poeta carioca Paulo Henriques Britto pode ficar com a impressão de que o *ser* é a matéria central daquela poesia, e não estaria errado; sua obra tem como preocupação primeira a decifração do enigma da existência, e quase sempre conclui que ele é indecifrável. Em princípio, portanto, nada mais metafísico e solipsista que a sua poesia, na qual apenas muito raramente entram em cena outras personagens que não o sujeito no instante da meditação profunda e da observação minuciosa do seu pequeno entorno – móveis, cadeiras, janelas, pequenos objetos domésticos, tudo isso se imanta do mesmo *ethos* fatalista do eu-lírico, que, nos mergulhos nas profundezas de si mesmo, vive o destino da espécie no espaço interior de um apartamento carioca.

Em princípio, portanto, nada mais abstrato, nada menos social. Contudo, de imediato se impõe, na leitura da sua poesia, o fato de ela ser obstinadamente material. Paulo Henriques evita a qualquer custo se distanciar demais da materialidade dos objetos e das experiências que figuram nos seus poemas, e recusa o abstrato que não tenha como lastro algo de palpável no mundo. Também o eu dos poemas nem sempre é um eu-lírico genérico, como no "Ao leitor", de *Fim de verão*, no qual a ênfase está no eu como um "estar" e não como um "Ser":

AO LEITOR

I

Se fosse o Ser quem fala no poema
eu calaria a boca, e é até possível
que o escutasse um pouco. Sem problema:
seria, eu sei, um papo de alto nível.

Mas *esta* fala aqui – garanto – vem
de um mero estar, minúsculo, mortal,
prosaico e costumeiro, a voz de alguém
que embora sonhe no condicional

habita – na vigília – o indicativo,
e fala sempre, sempre, na primeira
e singular pessoa que está sendo

agora e aqui, como qualquer ser vivo
com o dom da palavra (a trapaceira),
tal qual faz quem me lê neste momento.[9]

Também o ser evanescente da dialética rarefeita de Paulo Emílio se parece mais com um estar – um "estado" –, permanentemente em trânsito entre não ser nada e ser uma outra coisa, do que com o Ser substantivo que esperaríamos da sua aspiração ontológica, no que já vamos notando que entre a poesia reflexiva de Paulo Henriques e o país onde ela se dá há mais semelhanças do que em princípio se poderia supor. Dialéticas à parte, importa ver que estamos situados, num caso como no outro, em uma desconfortável indeterminação. As declarações de "Ao leitor", por sua parte, devem ser lidas com

9 Britto, 2022, p. 10.

um asterisco, já que o ser singular do eu-lírico é também o do leitor, e, por extensão, o genérico, de todos nós. Não é, afinal, tão singular assim, dado que se repete no outro. "Minúsculo e mortal", "prosaico e costumeiro", o eu que se diferencia voluntariamente do Ser, e que em outro livro do autor aparecia sob o título de *Formas do nada*, se converte, através da sua própria autocontradição, no outro do leitor, seu antípoda e semelhante.

Essa aproximação inicial deve deixar distante, já, a imagem de Paulo Henriques como poeta apenas existencialista, no sentido pejorativo da palavra. Ainda que seja possível encontrar argumentos em todos os seus livros para defendê-la, é igualmente demonstrável – assim quero sugerir – que há correlação entre os seus poemas aparentemente ensimesmados e a gangorra na qual oscila o país que informa poeta e obra.

Na forma propriamente dita, Paulo Henriques se especializou em um tipo muito particular de poema, o soneto. É difícil pensar em forma mais importada e estrangeira do que esta, talvez o mais tradicional esquema de versos da poesia ocidental. O soneto do autor, contudo, tem traços específicos: em geral regular, em decassílabos rimados, com metros e distribuição de acentos impecáveis, são compostos por uma sintaxe radicalmente coloquial e um léxico cotidiano que pouco têm a ver com a grandiloquência de tom que se esperaria dessa forma – para não falar nas nuances de acentos e variações de metro e estrutura que o autor usa a torto e a direito, invertendo quartetos e tercetos, variando esquemas de rimas etc.[10]

O recurso principal do qual o autor lança mão para obter a instável coexistência entre forma rígida e fala solta que compõe a sua poética é o *enjambement*, como se vê em "Ao leitor". A ênfase

10 André Capilé, em uma resenha de primeira hora para *Fim de verão*, se perguntava quanto à pertinência de ainda se falar no soneto como forma fixa (Capilé, 2022).

sintática quase nunca cai ao final dos decassílabos, e as frases em geral começam e terminam no meio dos versos, o que tem por efeito que a rima tenha pouca importância para a construção do sentido, embora esteja sempre ali. O que se vê é uma forma descompassada, na qual som e sentido estão sempre dissociados, como se houvesse, no interior da caixa dura do soneto, algo como uma peça solta, que chocalha ao ser balançada. Em composições que habitualmente tematizam o fim da vida, a antecipação da morte e o impasse existencial, a agilidade verbal e sintática de Paulo Henriques, pela via da forma, vivifica o poema, introduzindo nele o movimento que o plano semântico frequentemente nega. Assim, a adesão singular do poeta ao soneto, acompanhada da oralidade da sua dicção, exprime também a incômoda indeterminação entre ser e não ser, ou, como estamos querendo sugerir, entre não ser e ser outro: são sonetos, mas não soam como tais; não são outra coisa que não sonetos, mas parecem, muitas vezes, versos livres. Ou, por outra: são formas importadas, mas que se leem como conversa local, corrente e nossa. O que é muito brasileiro nelas não são seus temas nem suas expressões idiomáticas, mas a sua estrutura formal desajustada.

Que os poemas de *Fim de verão* têm, aqui e ali, ressonâncias com o momento histórico brasileiro, e mantenham mesmo relações próximas com a sua circunstância social, é patente por exemplo no subtítulo de um de seus ciclos, que tem o (quase paródico) título em francês "Vers de circonstance", abaixo do qual se lê entre parênteses: "Brasil, 2020".[11] "Vers de circonstance" é, com efeito, o momento em

11 Como se sabe, a língua estrangeira é elemento constante na obra de Paulo Henriques Britto, que por vezes compõe diretamente em inglês, e repete com frequência o procedimento que chama de "autotradução", passando seus próprios poemas para o inglês, ou, alternativamente, traduzindo aqueles que foram originalmente escritos em inglês para o português. Esse bilinguismo às vezes tem implicações produtivas para a leitura, como veremos no ciclo que vamos analisar a seguir, e às vezes, especialmente quando está nos títulos

que o livro encena mais claramente o transe social dos últimos anos. O conjunto soa, contudo, um tanto como um desfile de banalidades, em especial no que toca à superioridade do observador inteligente e progressista em relação ao "rebanho" – para bom entendedor, basta – reacionário. A pertinência do posicionamento político e a justeza das declarações não impedem que uma simplificação mistificadora se produza no quadro que opõe a estupidez, o fácil e a preguiça intelectual ao saber, à ciência e a certo *ethos* apenas superficialmente realista. Algo de essencial se perde no tratamento do tema social como se fosse mera questão de capacidade intelectual; no plano da forma, a desenvoltura técnica com o soneto, tão bem trabalhada nas suas ambiguidades pelo autor em outras partes, perde toda a ironia e serve apenas como veículo do elogio vago à inteligência:

I. IMUNIDADE DE REBANHO

A estupidez é sua própria recompensa.
Graças a ela, o mundo faz sentido,
um só, que é fácil de identificar.
E só o fácil satisfaz a quem não pensa.

Pensar é coisa trabalhosa. A ignorância
é o sumo bem dos cidadãos de bem,
é a verdadeira marca dos eleitos.
Ter sucesso é não ter que saber. Saber cansa,

e o objetivo central de qualquer existência
só pode ser não se cansar. Olhai
as vacas do campo: não lhes faz falta a ciência,

---

estrangeiros de poemas escritos em português, dá impressão, apenas, de literatice.

pastam em plena bem-aventurança,
sem que nenhuma antevisão do matadouro
perturbe a santa paz da ruminança.[12]

A despeito da boa intenção, não há no poema nada além da repetição do progressismo ilustrado que soa como editorial de imprensa moderada, feito para ser aplaudido, mas que serve de encobrimento ideológico para a análise propriamente política do tema. Será que o "rebanho" de fato não vê o matadouro? Ou o vê com mais nitidez do que nós, razão pela qual pratica a política como um salve-se quem puder? O poema se enreda numa contradição que não é dele, mas vem de fora, adotada junto com a explicação – essa sim, fácil e incorporada sem resistência – do conflito como problema de intelecto. Incorre, assim, na facilidade que denuncia. A pergunta nunca feita soa mais alto que todo o mais: se o matadouro é inexorável, de que valem, na fila dos abatidos, a ciência e o saber? Ou vão para o abate apenas aqueles que se apaixonam pela ignorância? – do que se depreende juízo no veredito, que renuncia à implicação de si mesmo no destino violento e o observa a distância, marcada, mais uma vez, na distinção intelectual, que pode ser também de classe.

*

No mais longo, forte e ambíguo conjunto "Fim de verão", que dá nome ao livro, o aspecto social está menos explícito. A sua composição se dá na forma de um ciclo de poemas, frequente na obra do autor, aqui dividido em 15 partes. Trata-se, o ciclo, de uma estrutura em que cada poema guarda autonomia em relação aos demais, mas na qual um fio condutor liga os diferentes componentes. Em alguns dos ciclos de Paulo Henriques, esse fio é temático ou por familiaridade

12 Britto, 2022, p. 55.

formal; em outros, como em "Fim de verão", é também narrativo. Nele, o lance geral é a encenação de um anoitecer. Se arriscarmos uma aproximação esquemática, poderíamos dividir o poema em três movimentos, e dizer que os poemas I a V apresentam o fim de tarde/crepúsculo, VI a XII a noite, e XIII a XV um segundo crepúsculo, no qual ameaçam se apagar as luzes artificiais da casa ainda acesa noite adentro, anunciando a "noite total".[13] Há, desse modo, efeito de acumulação de experiência entre um poema e o seguinte, com o eu-lírico acompanhando as transformações captadas na passagem da claridade para a escuridão.

Que experiência é essa? Novamente arriscando esquematizar demais, é possível sugerir a seguinte divisão, esta dizendo respeito à trajetória do sujeito: I a V: inércia; VI a XII: hesitações; XIII a XV: constatação da chance perdida. Nesse esquema, o que estamos chamando de inércia corresponde ao fim de tarde/crepúsculo; as hesitações, à noite; e a chance perdida, ao segundo crepúsculo. Tudo isso, no entanto, diz pouco sem o contato direto com os poemas. Vejamos como se dá o ciclo, fazendo um sobrevoo na intenção menos de captar a particularidade de cada poema e mais de compreendê-los em conjunto.

O primeiro poema começa localizando o leitor no tempo, indicando o momento do dia – fim de tarde – e a estação do ano – verão:

> Luz de fim de tarde de um verão
> que não quer acabar, como uma vida
> a alongar-se além de toda razão
> de viver, como rua, ou avenida

13 *Idem*, p. 81.

que ultrapassa os limites da cidade
e vai seguindo, em meio a ferros-velhos
e terrenos baldios que o mato invade
[...][14]

Na imagem que abre o ciclo, o fim do dia é comparado a uma rua ou avenida que, ultrapassando os limites da cidade, avança sobre as margens da urbanização, levando às zonas do periférico e do semiformado. É uma primeira pista de que estamos entrando em uma região marcada pelo não completamente integrado, onde habita o residual dos ferros-velhos, e na qual a geografia é a da incompletude e as fronteiras não são claras, como nos terrenos baldios que o mato invade. Importa notar que a descida na noite que vamos fazer ao longo do ciclo começa com um ir além da razão, que é ao mesmo tempo o alongar-se de algo que se recusa a acabar, mas que vai se esgarçando até o irreconhecível. É uma pista de que estamos entrando em uma dimensão na qual nunca faremos Ser, propriamente, mas deslizaremos numa indeterminação sem fim, onde, para lembrar de novo a dialética periclitante de Paulo Emílio, tudo se transforma em outro apenas na medida em que, como as margens semiurbanizadas que o poema evoca, não chega a ser nem si mesmo nem qualquer outra coisa.

O poema II nos apresenta a chuva que marca esse fim de tarde de verão, pretexto para que o sujeito seja interpolado por um

[...] prazer
agora transformado em seu oposto
pelo passar do tempo [...][15]

14 *Idem*, p. 68.
15 *Idem*, p. 69.

o qual desperta um gosto "amargo, embora bom" na boca, que leva a pensar no

> [...] ressabio das duas vidas
> suas, a que foi de fato vivida
> e a que não foi. [...][16]

Dividido por uma duplicação pouco consolável da própria vida, causa final desse "gosto forte na sua boca", o sujeito é um "você", e não um "eu" – já é, pois, um outro. Encontramo-lo num estado de inquietação, marcado pelo ressentimento do que não se viveu. Se, ao mesmo tempo que vamos investigando a estranha forma informe desses poemas, insistirmos em ir traçando o paralelo entre eles e o país, a imagem sugere pensar que a falta de integração entre experiência e desejo, com o dado não trivial de frustração que isso acarreta, diz respeito à nova quadra histórica na qual a nação se via entrando, e à sensação, talvez, de que não se podia fazer muito a respeito. Com efeito, o "fim de verão" de que fala o ciclo, e o livro como um todo, pode fazer figura, também, para a entrada do país na "noite total" a partir de 2018 e em especial de 2020, período da composição dos poemas.

Tal inexorabilidade é reforçada e logo posta em dúvida pelo terceiro poema:

> É a hora inevitável do crepúsculo,
> e não se decidiu coisa nenhuma
> sobre nada. Ninguém moveu um músculo
> nem disse nada de substância. Em suma
> ainda estamos no lugar exato

16 *Idem*, p. 69.

do qual partimos – digo, de que *não*
partimos. Há que aceitar este fato
desagradável. Mas não há razão
para entrar em desespero, pois daqui a
doze horas, mais ou menos – se tudo
correr bem – há de vir um novo dia,
com seu devido e farto conteúdo:
mais de quarenta mil segundos. Tanto
assim! E agora é noite. Por enquanto.[17]

A ambivalência é curiosa: de um lado, a entrada na noite é inevitável, mas no interior dessa inevitabilidade mora uma decisão não tomada, uma substância não dita e uma ação não realizada – "ninguém moveu um músculo". De outro, a chegada do amanhecer tampouco é certa (virá "se tudo correr bem"), embora seu conteúdo seja "devido" e seja noite só "por enquanto". Nem a naturalidade do escurecimento é inequívoca, nem a liberdade de ação para trazer o amanhecer parece de todo ao alcance, e dependerá, infere-se, da vontade ou, ao menos, da sorte. Nem mesmo o instante em que atravessamos do dia para a noite é definido, como vemos no poema seguinte, em que "não há mais, entre dia e noite, borda nítida".[18] O que nos leva ao presente informe do poema V, cuja imagem central é a de uma

[...]
farpa imperceptível que alfineta
a bolha vistosa do presente
produzindo uma geleia abjeta

que não se vê, porém se pressente
como uma falta, como a impressão

17 *Idem*, p. 70. Grifo do autor.
18 *Idem*, p. 71.

de não se estar de todo presente
precisamente ali onde não
seria possível não estar.
Falha que recusa solução.[19]

A indeterminação é total, reiterada pela sucessão vertiginosa de negativas: "que *não* se vê, porém se pressente como uma *falta*"; "uma impressão de *não* se estar de todo presente precisamente ali onde *não* seria possível *não* estar". A "falha que recusa solução" é mais um dado de inexorabilidade, agora enriquecida pelo jogo negativo, que no poema II era de "ser e não ser", e aqui é de "estar e não estar". Os versos em nove sílabas, diferentes dos decassílabos dos poemas anteriores, contribuem para a sensação de subtração e imprimem sobre o ritmo de leitura a presença de uma falta que está também no plano formal. Completa-se aqui aquilo a que nos referimos como o primeiro movimento do ciclo – fim de tarde e crepúsculo –, marcado pela inércia e pela inação algo ambíguas diante da inexorabilidade, igualmente elusiva, da chegada da noite.

O que se abre a partir do poema seguinte é um segundo movimento, marcado pelas sucessivas hesitações desse "eu" em terceira pessoa – ao mesmo tempo individual e coletivo, singular e genérico, eu e outro – que tenta a todo custo se livrar da inércia anterior, experimentando e em seguida rejeitando diferentes soluções que lhe prometeriam dar uma forma coesa, integrando desejo e memória, mas que imediatamente revelam ser apenas passos em direção à anomia.

O potencial destruidor da ginástica existencial que nos trouxe até aqui não passa despercebido pelo próprio ciclo, que, no poema VI, refere-se pela primeira vez à experiência de "ter sobrevivido".[20] Sinal de que um novo movimento se inicia no sexto poema, ainda, é o fato

19 *Idem*, p. 72,
20 *Idem*, p. 73.

de voltarmos ao soneto italiano dos dois primeiros poemas do ciclo, forma que havia sido deixada de lado entre os poemas III e V, os quais são, respectivamente, um soneto inglês, um soneto inverso, com os tercetos precedendo os quartetos, e um poema em nonassílabos feito de quatro tercetos e um arremate em verso único.

No sétimo poema ficamos sabendo que "acabou o tempo dos inícios", e que viemos da

> [...] formação de um hábito (ou vício)
> de habitar não um mísero presente,
>
> mas um futuro sempre a exigir
> rigorosíssimo planejamento,
> até que se escute a ficha cair:
> o tempo esgotou.
> [...][21]

Do ponto de vista individual, a experiência diz respeito, possivelmente, à idade avançada, na qual não cabem mais os planos, restando ao hábito de pensar no futuro o papel de mero resíduo ou vício. No plano coletivo, pode dizer respeito ao esvaziamento dos projetos de melhoria da vida social e à resignação a um presente esgotado. Em todo caso, a maneira um tanto vaga com que o poema representa a experiência de "projetar no futuro", sem referente claro que indique um ou outro plano, individual ou coletivo, autoriza tanto uma quanto outra leitura:

> [...] pôr todo o projeto de lado
>
> e, improvisando cada gesto e passo,
> rodar em círculos, perplexo, tonto,

21 *Idem*, p. 74.

a repetir o mantra: "Eu sei o que faço".[22]

Os verbos no infinitivo, impessoais ("habitar", "pôr", "rodar", "repetir"), e os substantivos que, na política, são habitualmente usados para denotar ação coletiva ("plano", "planejamento", "projeto") convivem sem contradição com a primeira pessoa do singular que aparece, em discurso indireto, no verso final. Sobrepostas, simultaneamente em vigor, uma dimensão informa a outra, a experiência individual sendo determinada pela coletiva, que por sua vez se traduz na reflexão de âmbito pessoal.

O poema VIII aprofunda a experiência do anterior, indicando que o "projeto" de que se falava é, agora, um "vago projeto irrealizável",[23] diante do qual "melhor não ser, não ter sido". Melhor é "ficar no âmbito mineral, de tudo o que não vive. Que não morra". A resignação a um estado de estagnação ou petrificação, que já vinha sendo sugerida nos poemas anteriores, é articulada pela primeira vez de maneira explícita, expressa no sempre ambíguo "melhor" da fala popular, que de "melhor" mesmo pouco tem.

O nono poema é o primeiro e único do ciclo escrito em inglês, e começa com "There's no way out". Nem o ser outro da língua estrangeira representa uma saída, pois, nele, as circunstâncias são as mesmas:

> [...]
> Why should you trust appearances this time?
> Circumstances are pretty much the same.
> [...][24]

22 *Idem, ibidem.*

23 *Idem*, p. 75.

24 *Idem*, p. 76. Em tradução livre, o primeiro verso citado e esses dois: "Não há saída"; "Por que você confiaria nas aparências, desta vez? / As circunstâncias são praticamente as mesmas".

No ser outro, encontra-se o mesmo ser, o que sugere esgotamento da eficácia com que a engrenagem da dialética ao menos conferia certa particularidade à formação – seja individual, seja nacional, pois já vamos vendo que os dois planos coexistem. É talvez o momento de maior tensão do ciclo, dado o contraste entre a radicalidade implicada em de repente começar a falar outra língua e a persistente permanência no mesmo lugar: muda-se de idioma, mas não de registro. A frustração é máxima e leva ao poema seguinte, X, o mais amargo do conjunto:

> Rejeitar o que mais se deseja
> é o remédio mais certo e seguro
> contra a vida e o que mais nela esteja.
>
> Só que a vida, tolhida, amputada,
> mesmo entrando num curto-circuito
> nem por isso se esgarça no nada:
>
> num deserto de móveis decrépitos,
> mofo e lixo, ela insiste, e insinua-
> -se nas fendas, aferra-se aos restos
>
> que o desejo largou em seu rastro:
> o remédio, portanto, não cura.
> Seu efeito final é nefasto:
>
> pois a coisa que se rejeitou
> ainda fresca retorna, corrupta,
> e com toda a feiura e o fedor
>
> tem que ser abraçada e engolida.
> Foi pior o remendo que o furo.
> Esvaiu-se na merda uma vida.[25]

25 *Idem*, p. 77.

Nem a abdicação total do desejo serve como remédio, pois a vida resiste, e volta nos restos e dejetos deixados pelo "rastro" do que um dia se quis com mais ardor. Se no poema anterior encontrávamos a ineficácia do ser outro, aqui deparamos com a impossibilidade de se anular no ser nada. Com efeito, o mais próximo que se pode estar da anulação total no nada é o confronto com o "lixo", a matéria disforme e incongruente que sobra e se insinua nas "fendas", como "mofo", vida mínima nas rachaduras da forma disforme a que se chega pela abdicação. Para o país que estamos vendo se formar, ou deformar-se, significaria chegar à conclusão de que o abandono da aspiração de transformação e o esgotamento da dialética que, bem ou mal, o definia levaram ao "mísero presente", aqui representado como matéria inerte, em decomposição.

Surpreende, então, que o poema XI mostre o sujeito com força renovada, tendo recobrado parcialmente os sentidos:

> Não é exatamente a coisa procurada,
> mas é um achado, sim, em bem mais de um sentido.
> O ouvido ouve, o olho vê, os dedos
> tentam, tateiam, e não sentem nada.
> [...][26]

Uma ousadia se apresenta como possibilidade – ousar viver um acontecimento, o qual não fica claro do que se trata, permanecendo no plano da possibilidade não apenas o gesto decisivo, mas o seu conteúdo:

> [...] Ousar é permitido?
> Mas não é ousar demais, criatura?

26 *Idem*, p. 78.

Você acha que não. – Está no seu direito,
[...][27]

Qualquer amplitude que pudesse ter o gesto dessa tremenda ousadia – ousadia, no fim das contas, de propor uma ousadia em situação de tamanha penúria –, ao final resta apenas o imperativo à resignação de um hedonismo no qual não se coloca muita fé: "Viva os próximos instantes. / (Pretensão demais querer uma hora.)".

À luz do poema XII, o ímpeto do anterior fica apenas nisso: um ímpeto, rompante de coragem e força logo esvaída, como um sobressalto que imediatamente se esgota e leva de novo à inquieta estagnação a que o percurso chegou. O verso "Dormir um sono de ninguém"[28] abre o poema, sono que alivia a "obrigação de ser" e inspira a "ideia chinfrim [...] (mas tentadora, mesmo assim) / de reencarnar-se numa rosa". O desejo, ao mesmo tempo aspirado e desdenhado, de assumir a forma do objeto poético mais puro completa o segundo movimento e inaugura o terceiro e último, que começa no poema XIII, novo retorno ao soneto italiano, que não era praticado desde o poema VII, o que, já vimos, é sinal de que o ciclo inicia um novo giro. Note-se que se avança – ou, se quisermos, se gira em falso – a partir de sucessivos afastamentos da célula inicial representada pelo soneto italiano, como se atrás deixássemos a coesão das formas fixas e bem estabelecidas, e fôssemos na direção de formas menos coesas, mais variáveis.

O poema XIII é marcado pela constatação de que se perdeu a chance de ter sido outra coisa:

Era o momento? Era. Foi. A hora
exata só se sabe quando já
passou [...][29]

27 *Idem*, *ibidem*.
28 *Idem*, p. 79.
29 *Idem*, p. 80.

A volta final do realismo brutal que até aqui vinha sendo matizado pelas hesitações do sujeito agora se assume como impessoal veredito: "A realidade sempre tem razão, / atroz que seja, por mais que piore", pois "o que se esquece deixa de ter sido":

> [...]
> É como uma borracha vindo atrás
> do lápis, conservando uma distância
>
> respeitosa, sempre com a mesma ânsia
> de apagar. [...][30]

O que havia de oportunidade nas ousadias, hesitações e tentativas dos poemas anteriores ficou para trás, e não guarda nem memória. Dissociados do passado, daquilo que se tentou, e do futuro, daquilo que se sonhou, estamos finalmente instalados no presente, que o poema XIV, o penúltimo, encena como um segundo crepúsculo, quando as luzes internas da casa se apagam e nos vemos afundando rumo à adiada mas inevitável "noite total":

> A noite total tarda a chegar:
> aproveite-se a luz que há.
>
> É um lume sensato, difuso,
> [...]
>
> proporcionando às retinas
> [...]
>
> uma oportunidade tardia
> de gozar um quase dia.

30 *Idem, ibidem.*

Quase, sim: melhor do que nada,
melhor do que o nada.[31]

O poema final, XV, funciona como síntese do todo, ao mesmo tempo que sublinha as diferenças com relação aos predecessores. A voz, o registro e a forma com que se apresenta são significativamente outros que aqueles com os quais nos habituamos: o verso é livre, ou, mais precisamente, polimétrico, o que só se encontra, de forma semelhante, no poema anterior, no qual, assim como as luzes que se apagam, oscila também a métrica fixa, com os versos já não tendo fôlego para chegar à décima sílaba. No XV, a oscilação é maior ainda, percorrendo quase todas as variações entre o decassílabo e o minimalista verso de duas sílabas com que o ciclo se fecha:

É tempo de colher
o que ninguém queria ter plantado,
só que plantou, querendo ou não.

Como chegamos a esse estado?
Seria bom saber,
com a condição

de que o saber tivesse o condão
de exumar o passado
e o reescrever –

o que não vai acontecer
senão no pátio da obsessão,
lá do outro lado

31 *Idem*, p. 81.

do muro intransponível do querer
sem resultado
nem solução.

Só o gesto resignado
de estender
a mão.[32]

Também o registro é outro: a voz, inteiramente impessoal, abre com um "É tempo", cuja neutralidade enunciativa é reiterada pelo "ninguém" do verso seguinte – um ninguém que é, como se usa na fala cotidiana, um "qualquer um", um "todo mundo", o qual pode com naturalidade funcionar como sujeito – "ninguém queria ter plantado, / só que plantou". A primeira estrofe, portanto, reporta-se inteiramente a um outro, o "todos" que a negatividade orgânica da linguagem corrente chama de "ninguém". A pessoa genérica a que o poema se refere é confirmada pelo plural "chegamos" da estrofe seguinte, e se pergunta, sintetizando os movimentos dos poemas anteriores, pelo estado em que nos encontramos. O que havia até aqui de acumulação entre um poema e outro, com as experiências do anterior servindo de repertório para as novas tentativas de extrapolar a inércia e a imobilidade nas quais repetidamente nos encontrávamos, agora é cisão total: nada ficou, não se sabe como viemos parar aqui, e a única esperança seria "exumar o passado" e "o reescrever", opção que o próprio poema interdita como irrealizável, alcançável apenas "do outro lado do muro do querer". O desejo é uma parede que separa o sujeito de um futuro que, agora, tem a forma do passado reencarnado: só se avançaria para fora da noite total se esse avanço fosse no sentido de reinterpretar a nossa história – o que, fora dos termos apenas pessoais do eu em meditação, significa a reavaliação da história

32 *Idem*, p. 82.

coletiva.[33] A abdicação de disputar o sentido histórico do passado é a causa última da inexorabilidade do presente terrível, em meio ao qual resta apenas, para quem tem ainda um fio de humanidade, o "gesto resignado de estender a mão".

Nessa leitura, que certamente corre risco de alegoria, o verão que termina, e o qual o primeiro poema já dizia que "ninguém aguenta", pode ser o verão dos "vinte anos dourados" da Nova República, de 1994 a 2014, marcado por crescimento econômico, equilíbrio institucional, ascensões de classe, ampliação do acesso ao consumo e estabilidade social para as camadas médias e altas. Ciclo que, à luz de hoje, e de certo ponto de vista, talvez tenha sido um verão.

33 O termo "exumação" como ideia de revisitar a história tem circulado nos últimos anos, dizendo respeito especificamente ao passado autoritário do país; o termo estampa, por exemplo, a antologia recentemente publicada com obras de poetas presos durante a ditadura militar, *Poemas para exumar a história viva* (Pucheu, org., 2021), também abordada neste livro (capítulo 1).

8
DO PONTO DE VISTA DO FUTURO

"A mão lavora a antiforma" – começa assim o poema "Como desmontar", de Edimilson de Almeida Pereira,[1] publicado em *Relva*, de 2015, e recolhido em 2019 na antologia *Poesia +*, que recobre sua obra desde o primeiro livro, *Dormundo*, de 1985, até *Qvasi*, de 2017. Formada entre os anos 1980 e 1990, a poesia de Pereira é difícil, e desafia pela aspereza, pela sintaxe truncada e pelas imagens quase nunca óbvias. Poesia de estirpe cabralina, mas apenas por fora; por dentro, é mesmo o oposto da poética de engenheiro de Cabral: onde este procurava o princípio da construção, da acumulação e da coesão, Pereira desconstrói, desmonta e descostura.[2] Ou, seria mais preciso dizer: costura ao descosturar – "algo se costura quando se desprende".[3] O paradoxo é o elemento nuclear desses versos, feitos de uma lógica que, com uma dose de pedantismo, poderíamos chamar de *paraconsistente*, como aquela proposta pelo matemático brasileiro Newton da Costa, na qual o princípio de não contradição deixa de valer. Contradição e consistência não são, nessa lógica, opostas, mas convivem; na poesia, a forma que emerge é uma antiforma.

1 Pereira, 2019, p. 88.
2 Sobre os sentidos dessa antiforma e a sua relação com a poética cabralina, ver o artigo "Forma e antiforma: a poesia em desmonte de Edimilson de Almeida Pereira", de Carolina Anglada de Rezende (2022).
3 Pereira, 2019, p. 232.

Essa antiforma tem lastro social; a pergunta no centro da poesia de Pereira é: à custa de quem o Brasil se formou? E logo: pode-se dizer que algo se formou, se a forma a que se chegou tem como pressupostos a espoliação do trabalho, a dominação e o sacrifício humano? Como aponta Roberto Zular, a poesia de Pereira parece lembrar o tempo todo "o preço que a cultura paga pela mercantilização dos corpos".[4] O que resta como real do processo de formação brasileiro é o que ele tem de vazio de sentido: "De falta em falta a história se acumula", diz um verso de "O estranho".[5] A imagem do país será, portanto, não a nação moderna formada, nem o país atrasado em busca de se formar, mas as torções e contradições dessa antiforma; enunciação poética e história social estão em perfeita sintonia precisamente ali onde a dissonância de uma e de outra é o seu elemento decisivo – o qual, diga-se de passagem, o ensaísmo intelectual explicativo constata, mas não dá conta de resolver:

> [...]
> Mais uma série de ensaios
> explica – o país era outro mas, iludidos,
> deitamos gatos para acordar lebres.
> [...][6]

Seu lastro cultural também é explícito, marcado pela recuperação dos mitos e tradições das culturas africanas e afrodiaspóricas: Exu, o orixá mensageiro das religiões de matriz iorubá, é quem governa a produção constante de contradições de onde emerge a poesia de Pereira. Exu é, na verdade, o nome mais adequado para o que acima me referi como lógica paraconsistente. Como explica novamente Zular:

4 Zular, 2019, p. 17.
5 Pereira, 2019, p. 62.
6 *Idem*, p. 230.

> Nos poemas Exu adentra a própria enunciação, ao abrir um espaço de reviravolta no qual estamos sempre em sobressalto entre a linha do verso e a encruzilhada semântica, entre a afirmação e a negação, o masculino e o feminino, a abertura e o fechamento, o depois e o antes.[7]

Na poética de Exu, "que desacata Gregório de Matos / Macunaíma e François Villon",[8] a voz "aceita como parte do seu funcionamento a ambiguidade da lógica", e se formula a partir da "capacidade de produzir uma posição lógica e enunciativa que articula em uma outra ordem a relação entre ordem e desordem".[9] Parece acertada a referência de Zular a Edimilson de Almeida Pereira como um "aedo", cantador dos mitos afro-brasileiros e tecedor de sincretismos. Mas, como o crítico mostra, o poeta é mais que isso, pois não se trata apenas de recolher os acontecimentos e a mitologia, e sim de escrever, a partir deles, uma poesia inteiramente em sintonia com a história e o presente do país.[10]

7 Zular, 2019, p. 14.
8 Pereira, 2019, p. 231.
9 Zular, 2019, p. 14.
10 O próprio poeta teorizou a respeito dessa maneira dupla de abordar o legado das epistemologias iorubá no estudo *Entre Orfe(x)u e Exunouveau: análise de uma estética de base afrodiaspórica na literatura brasileira*, no qual propõe dois modos de poetização do mito de Exu: Orfe(x)u, caracterizado pela reiteração e pela continuação da tradição dos cantos rituais (orikis), atualizando-os com elementos do presente – uma espécie de "neoclassicismo iorubá" no qual a forma poética revela um sentido latente, dado pela tradição e pelo mito (Pereira, 2022b, p. 139); e Exunouveau, que consiste no aprofundamento da autonomia em relação ao sagrado, ao mítico e ao antropológico – um, por contraste, modernismo iorubá –, no qual a forma poética emerge como resultado nem sempre coeso do processo de descoberta do sentido a partir do confronto tenso do poeta com a sua matéria, produzindo uma "práxis poética vinculada à destruição e [à] reconstrução do significado" (p. 171) que tem por efeito uma angústia do sentido. Em Orfe(x)u, Exu é conteúdo, mito representado pelo poema que explicita seus nomes e atributos tradicionais; em Exunouveau, Exu é forma, de modo que os seus atributos – contradição, negociação entre opostos – são o próprio princípio de construção do

O poema "Oficial e ofício", originalmente publicado em *Águas de contendas* (1998), põe em jogo muitos desses elementos, articulando, por sua vez, um arcabouço de referências históricas e culturais pertencentes à matriz banto das culturas afro-brasileiras:

OFICIAL E OFÍCIO

Faca cilada navio
renderam Tinguê Canhama.
Tinguê Canhama recluso
labuta espera mata.

Mata o que merece
de matar faz ofício.
Tinguê Canhama não mede
sangue imigo ou amigo

Amar odiar Canhama
nada mais difícil.
Corpos que fere devora
o cereal impossível.

Ferido morto enterrado
Tinguê Canhama pondera
o próprio corpo repasto.
Me penso Tinguê Canhama

---

poema, "ainda que nenhuma palavra em iorubá ou português referente à gramática de Exu seja mencionada" (p. 170). Cabe notar ainda que esses dois modos identificados por Pereira não se sucedem no tempo ou na história literária, mas existem, ambos, nas obras dos mesmos poetas modernos e contemporâneos, como é o caso, por exemplo, da poesia de Ricardo Aleixo, que frequentemente, e por vezes em um mesmo poema, desliza de um modo a outro (para uma análise pormenorizada desse aspecto na obra de Aleixo, ver Pereira, 2022b, pp. 174-181).

devoro o que merece
de devorar fiz ofício.
Devoro escrita que
escreve imigo ou amigo.

Amar odiar o poema
nada mais perecível.
Texto que escreve devora
a devoração por princípio.[11]

O poema, em quartetos polimétricos, com ritmo oscilando principalmente entre versos de seis, sete e oito sílabas, recupera a forma musical dos vissungos, cantos entoados pelos africanos escravizados das regiões de extração de diamantes em Minas Gerais. Segundo Carolina Anglada de Rezende,

> [...] essas cantigas, proferidas originalmente nas línguas bantos, pelos africanos da região de Angola, trazidos à força para o Brasil, eram entoadas durante a lida diária, no trabalho na mina, para saudar caminhantes, compor rituais etc., cumprindo uma tarefa de resistência e de conservação, de expressão e de luta.[12]

De acordo com o glossário dos principais termos presentes nos vissungos, elaborado por Amanda López, Tinguê Canhama era "um príncipe africano, capturado por um reino rival e vendido como escravo para o Brasil". Trazido para a região de Diamantina, "trabalhou na Real Extração muito revoltado com sua condição de escravo, pelo que maltratava os companheiros de senzala, o que os levou a planejarem e executarem sua morte".[13] Trata-se, como se vê,

11 Pereira, 2019, p. 73.

12 Rezende, 2022, p. 8.

13 Amanda López, *in*: Freitas & Queiroz, org., 2015, p. 108. O vissungo que tem por personagem Tinguê Canhama foi traduzido para o português por

de uma personagem ambígua, que "não mede / sangue imigo ou amigo", ambiguidade que o poema captura na dificuldade de resolver o sentimento diante dele, mantido em suspenso num "amar odiar" simultâneo. "Amar odiar" que, ao final, é o modo de relação com a própria poesia, a qual, diante da monstruosidade da herança colonial e da constatação da sua presença persistente, se faz como o devorar de Canhama, de uma revolta que se sabe ao mesmo tempo justa e violenta.

Essa violência, por sua vez, incide sobre a linguagem. Nela convivem distintos modos de representação: a veloz justaposição de substantivos e verbos que, em poucas palavras, sem tempo para sinais de pontuação, desenha a ação a golpes rápidos, de grande efeito dramático ("Faca cilada navio"; "labuta espera mata"; "Ferido morto enterrado"); a inversão de sujeito e predicado ("de matar faz ofício"; "de devorar fiz ofício"); a indeterminação sintática ("Corpos que fere devora / o cereal impossível"). Nos dois primeiros casos, lidos em conjunto, a agilidade da construção narrativa, feita praticamente só de verbos de ação, contrasta com a torção fraseológica da representação subjetiva, o que indica que a internalização da história é onde a dificuldade emerge: como se inserir subjetivamente na história do país? Como dar forma de poesia às contas que a realidade não fecha? O que no mundo é fato, cena e acontecimento, no sujeito é contorção. Para além, que o passado protagonizado por Canhama seja representado com verbos no presente ("labuta", "espera", "mata",

---

Adriana Melo (2008, p. 16): "ai ô Tinguê / Tinguê Canhama, / ô Tinguê Canhama, auê em dor e canto / só Tinguê! ai Tinguê! // de primeiro, príncipe, devera / diamante extraído, extraviado / desterrado, só. // ai ô Tinguê / Tinguê Canhama / ô Tinguê Canhama, auê em dor e canto / só Tinguê! ai Tinguê! // leiloado príncipe devera / da Real Extração prisioneiro / precipício // ai ô, Tinguê / Tinguê Canhama, / ô Tinguê Canhama, auê em dor e canto / só Tinguê! ai Tinguê! // de primeiro, príncipe prisioneiro / diamante extraído, desterrado / só".

"faz", "fere", "devora", "pondera"), ou no particípio presente ("ferido", "morto", "enterrado"), e o presente, no qual está o poeta, com um verbo no passado ("fiz") mostra que "ainda não morreu o que os mortos nos legaram".[14] O escritor se forma, mas o país não.

Quanto à indeterminação sintática que apontamos no exemplo acima, cabe a pergunta: qual a função do verbo "devora"? Uma maneira de ler os versos é considerá-los à parte, como se houvesse um travessão ou dois-pontos entre eles, isolando a imagem do cereal, que metaforiza os corpos feridos e então devorados ("Corpos que fere devora – o cereal impossível"). Mas não é assim que o poema se apresenta, e a ausência de pontuação entre os versos convida a lê-los como parte da mesma unidade sintática, na qual "devora" faz função dupla: é ação de Canhama sobre os corpos por ele feridos ("Corpos que fere devora") e sobre o cereal ("devora o cereal impossível"); nesse caso, "corpos" e "cereal" funcionam ao mesmo tempo como objetos do verbo transitivo "devora", e o sujeito, "Canhama", se duplica, agindo simultaneamente sobre ambos. Não havendo indicação que determine como se deve ler a estrofe, o que vem ao primeiro plano é, justamente, a suspensão da certeza, indeterminação que modula, na frase, a indecisão ética e estética que é a matéria do poema como um todo.

Trata-se de um poema notável pelo que tem de força narrativa. O drama de Tinguê Canhama está todo ali, na inteireza da sua complexidade humana, ao mesmo tempo de indivíduo e sujeito histórico: Tinguê foi capturado não apenas pelos portugueses, mas pela história do Brasil,[15] o que dá enorme ressonância à sua figura quando encontramos nela, ao mesmo tempo, a condenação espúria

14 "O estranho", p. 65

15 Em outra chave, esse duplo estatuto do sujeito, ao mesmo tempo individual e histórico, está também no "eu sou atlântica" da poeta e historiadora Beatriz Nascimento.

ao trabalho forçado *e* o fato de que a condição de desumanização a que foi submetido não o tornou eticamente ilibado – ao contrário, o levou à vileza. É uma lembrança de que a escravidão não tem qualquer dimensão de redenção, e piora os homens. Por isso mesmo, inteiro também está o drama do escritor diante do seu personagem e do que a sua história representa, diante da tarefa de dar forma a uma realidade de tal ordem terrível que só pode ser também terrivelmente ambígua a poesia que dela se faça.

No limite, a antiforma de Edimilson de Almeida Pereira tem como pressuposto um antipaís, cuja forma é a incapacidade de assimilar o que dele se reprimiu para que se formasse:

> [...]
> Como soou o país tocado pelas mil duzentas
> e setenta e três línguas indígenas
> antes que minassem
> a nuvem, o vento, a tempestade?
>   Como o recitam as cento e oitenta
>   exiladas do dicionário?
> [...][16]

Na voz dessa poesia que se localiza racial, social e culturalmente, não cabe dualizar "arcaico e moderno", se "arcaico" quiser dizer as culturas pré-ocupação portuguesa ou as culturas dos africanos escravizados, e "moderno" quiser dizer a cultura do ocupante e do escravizador; o sinal, com efeito, se inverte: bárbaros são os modernos. E, como o país se quis sempre moderno, bárbaro é o país – "seu país é bárbaro, a economia assedia os pobres".[17] Concomitantemente à antiforma que substitui a formação e à desconstrução que substitui a construção, o paradoxo substitui a dualidade: em vez de dividido

16 Pereira, 2019, p. 230.
17 Pereira, 2022c, p. 96.

entre dois mundos aos quais deve fidelidade e adesão, como na figura típica do intelectual brasileiro,[18] o poeta está em posição anterior à diferença, a qual não lhe aparece como dessincronia mas como anacronismo, não como volubilidade mas como incongruência. Na sintaxe como no sentimento que se dispõe a perscrutar o passado para dizer o presente, fica o país congelado, não vai para trás nem para frente, emperrado em contrários que já não se reconciliam em lirismo romântico nem se anulam em alegoria modernista. O país imóvel e em tensão, no qual:

> Duas pombas lutam pelo osso de outra ave, o ramo
> de amora não ultrapassa o muro, os frutos apodrecem
> e o tempo selvagem ainda nem começou.
> [...][19]

Em um dos inéditos da antologia, "Roda-viva" (em seguida recolhido no livro *Melro*, de 2022), o esgotamento da aspiração moderna brasileira assume a forma de um país "oxidado" no qual se dá o "velório dos seus sonhos":

> RODA-VIVA
>
> [...]
> O país que adoece seus felinos não merece figurar
> no mapa:

18 Experiência que, no século XVIII, aparece no árcade Cláudio Manuel da Costa como "dupla fidelidade" ao "'rústico berço mineiro', de um lado, [...] e à norma intelectual e social da Metrópole, de outro lado" (Arantes, 1992, p. 16); que no XIX levava Joaquim Nabuco a lamentar que "de um lado do mar sente-se a ausência do mundo; de outro, a ausência do país" (*apud* Arantes, 1992, p. 14); que no XX, se diz no Drummond de "Explicação": "no elevador penso na roça, na roça penso no elevador" (Andrade, 2007, p. 37).

19 Pereira, 2022c, p. 89.

[...]
Um país que adoece mata suas árvores não merece
senão afogar-se em seus coldres: o que esperar de
quem tropeça nos calcanhares?
Os vagões do país oxidado arrastam o monstro
pela gare escura – quem pode
embarca a qualquer hora, mas não há viagem
onde um homem justo não demora no velório
dos seus sonhos.
[...][20]

Contudo, o que foi reprimido retorna como força simbólica pela mão do poeta, de modo que aqui há uma dimensão na qual se pode falar em resistência, nos termos de Alfredo Bosi, segundo o qual a poesia é política quando resiste às condições antipoéticas do mundo capitalista recuperando as histórias e os mitos, evocando o passado, provocando o presente e invocando o futuro. Tomando como tema o genocídio dos povos indígenas, um outro poema, "De volta ao sol", tematiza o retorno, pela via da poesia, do que resiste em desaparecer:

DE VOLTA AO SOL

O manto tupinambá ganho comprado furtado, quem
saberá? – sabemos, é um ninho preso às paredes de outro
continente. Depois de séculos, apesar do vidro que lhes tira
o oxigênio, o vermelho sangue do guará e o azul oceano da
Araruna segredam algo que excede o museu nacional de
Copenhague. Todo algodão e envira, o manto tem a
dimensão da mata – vale pegar o ingresso para ver o vidro,
jamais o espírito que incendeia o egoísmo do alarme? O
manto rol de esferas arde de tanta memória. Seu lugar não é

20 Pereira, 2019, pp. 343-344.

aqui, será, quem sabe? no limo que molda todos os corpos. Imagine se insuflado no ar rarefeito o manto se abrisse. Que tese posta à mesa explicaria os mortos, vivos enfim, em resposta ao rapto das almas? O manto quer voar para casa. A morte de seus filhos torna inútil sua permanência. É preciso que ele se perca para acusar os assassinos. Ante essa inominável memória algo será reiniciado – a raiz do que já não é árvore, mas frutifica – o rugido do que não é chuva, mas afoga a mão criminosa. Exilado num continente onde avós, para irem ao cinema, colam os netos à sombra, o manto reflete sua natureza – ágil urna em território de neve. Ao redor do vidro, línguas tecem em silêncio por respeito ou desprezo, não sei – sabemos. Entre aqueles que fiaram o manto, um canto se alonga alheio ao seu sequestro. Sobre a terra desolada um pássaro voa. Num filme etnográfico chama os culpados pelo nome. Haverá, diante disso, ossos suficientes para serem atirados contra o vidro? O manto tupinambá é um ninho na escuridão do mundo – respira num oceano de espelhos a sua ira.[21]

Nos versos "vale pegar o ingresso para ver o vidro, jamais o espírito que incendeia o egoísmo do alarme" fica representado um dos lados da ambiguidade com a qual o poema lida: pelo vidro do museu nacional de Copenhague,[22] vê-se o manto, gloriosamente preservado, mas não se vê o espírito que o animava, subtraído com o "oxigênio, o vermelho sangue do guará e o azul oceano da Araruna", nem tampouco o corpo que ele vestia.[23] Ainda assim,

21 *Idem*, p. 356.

22 O manto, confeccionado pelos tupinambás no século XVII, esteve na Dinamarca desde 1689. Em junho de 2023, o museu nacional de Copenhague anunciou que devolveria a peça ao Brasil; a partir do ano seguinte, o manto passou a integrar o acervo do Museu Nacional do Rio de Janeiro.

23 Embora talvez fosse mais preciso dizer que o espírito que o animava era o corpo que ele vestia.

apesar do desgaste que o entorno do museu metaforiza, as cores e os materiais que, por metonímia, compõem o manto "segredam algo que excede", expressão paradoxal – como vimos, a obra de Pereira está cheia delas – que pinta a imagem de um segredo excessivo, ou um excesso secreto. Esse "algo" segredado, que excede, está ali para nos lembrar, mais uma vez, que a verdade da nossa história está no que dela foi sequestrado – sequestro que o poema conjuga com o sequestro de fato do manto, exilado num outro continente, onde "arde de tanta memória".

Nesse primeiro momento, dois verbos caracterizam o estado de iminência em que se encontra o manto: "excede" e "arde". Num segundo movimento, após a contextualização da cena e a instalação da tensão, o poema sugere que se "imagine" que, "insuflado, o manto se abrisse". O estatuto de hipótese dessa abertura é quase imperceptível, dada a força com que a possibilidade é representada a seguir, num processo no qual o que resiste traz de volta "os mortos, vivos enfim". Prova é que, poucos versos depois, a condição de hipótese é abandonada em favor da afirmação categórica, sentencial: "o manto quer voar para casa". Animado pelo movimento da sua constituição como objeto poético, o manto é agora transformado em sujeito desejante.

No terceiro e último movimento, o poema amplia a cena para incluir as terras e os povos dos quais o manto foi roubado: "Entre aqueles que fiaram o manto, um canto se alonga alheio ao seu sequestro. Sobre a terra desolada um pássaro voa". As imagens contrastam com a referência imediatamente anterior a um outro tecido, feito das línguas dos turistas e visitantes do museu: "ao redor do vidro, línguas tecem em silêncio por respeito ou desprezo". Tem-se assim a imagem completa: o manto ardendo dentro da caixa de vidro, cercado pela expressão silenciosa e ambígua dos visitantes estrangeiros, e o canto distante, na mata, dos que o fiaram. Na forma, o poema refaz a abertura que imagina para o manto, ampliando a cada volta o círculo no qual exerce o seu trabalho de imaginação, como se o manto, como um sol pulsando no centro do poema, progressivamente iluminasse um perímetro cada vez maior. Há, então, acúmulo e ganho; à expansão do poder de iluminação do manto acompanha uma expansão na capacidade de representação poética, no seu escopo de ação geográfica e histórica, na sua licença para torcer o real e reviver os mortos – progressão e iluminação que, por sua vez, paradoxalmente iluminam uma escuridão, na qual, ao final, todo esse entorno se engolfa. O termo "escuridão" usado para caracterizar o panorama revelado pela expansão poética do manto tem pouco peso, contudo, perto do movimento que leva até ele; fica como um juízo de valor, certamente justo, sobre a violência que ampara a história e a geografia de que o manto faz símbolo, mas é insuficiente, em razão mesmo da sua natureza apenas valorativa, para inverter como pretende a imagem. É como se o poema procurasse se resolver num outro plano do que aquele que ele mesmo pôs em movimento, amarrando o todo numa síntese que se quer imagética, mas soa moral, e que pretendesse se impor sobre a ardência, a frutificação, o canto, o voo do pássaro e finalmente o imponente sol do título. Que concordemos com o fato de que o mundo que produziu o sequestro do manto é escuro, no sentido de vil e condenável, não é o suficiente para que a imagem se imponha sobre a força de iluminação que o poema mobilizou, a qual, contra as suas intenções finais, resiste.

No plano metafórico, fica evidente a função de irradiação que o manto tem quando se vê que o substantivo usado para caracterizá-lo em dois momentos, ao início e ao fim, é "ninho", maneira figurativa de se referir ao emaranhado da sua tessitura ao mesmo tempo que remete, evidentemente, à origem ou ao lugar no qual se nasce. O panorama é, então: o manto como um ninho no centro, à volta do qual orbitam os visitantes do museu, à volta dos quais giram os cantos dos povos da mata e o voo dos pássaros distantes. Atrás de tudo, no último círculo, nós, poeta e leitores, vemos o móbile de órbitas do qual o manto é a estrela central.

O tanto que a imagem desse sistema solar tem de forte ela tem de duvidosa. Como o pano de fundo é a colonização e a espoliação, o risco é aderir a certa concepção cosmológica e estanque do que na verdade é história. Ou, mais precisamente, do que na verdade é, para os povos ameríndios, o catastrófico nascimento de uma outra História, com H maiúsculo: o fim do seu mundo e a sua captura pelo giro mortífero da modernidade ocidental, que tem como resto o troféu da conquista que é o manto roubado. Magnética e poderosamente construída que é, a cosmologia concêntrica do poema tenderia a sobredeterminar a vida material e figurar como alegoria bela, mas sem lastro, mais divina que humana; isso não fosse a história a retornar nas perguntas que o poema faz a si e ao leitor: "quem saberá?", "quem sabe?", respondidas num "sabemos" que, para bom entendedor, basta. Interrompendo com travessões a expansão do fluxo imagético construído pelo poema, as interrogações instalam, de modo insistente, um problema que, mais do que a "escuridão" do final, decisivamente implica análise, julgamento e desvelamento. "Quem sabe?", "não sei", "sabemos" são expressões de outra ordem de registro, mais próprias ao retórico do que ao poético; não têm a cor vibrante do manto, nem a dimensão da mata, nem o fundo épico do canto, nem o arco lírico do voo do pássaro, e não estão associadas à produção vigorosa das imagens que o poema a todo o momento renova: têm, ao contrário, a palidez das palavras abstratas, do que se refere ao âmbito do pensamento, da razão e do conhecimento, e são por isso mesmo agentes de contramão, a sabotar o que poderia de outro modo virar mistificação. Como tal, se de um lado competem com a imagem do manto, brecando sua tendência a se fechar em si mesma como diorama, de outro estendem a ardência para a questão ainda aberta da responsabilização histórica dos sequestradores. Estão ali como elementos de implicação e cumplicidade entre leitor e poeta, para que se lembre que alguém tem culpa no cartório.

A novidade da qual "De volta ao sol" participa está ligada a uma tendência de olhar para o Brasil como um projeto concluído, historicamente assentado na violência, na espoliação e no extrativismo. O Brasil que emerge como consequência desse deslocamento de perspectiva é um que se mostra mais na sua dimensão de máquina colonial e menos na sua aspiração de nação moderna. Uma espécie de "pós-Brasil", que aponta para um giro histórico no qual a literatura tem novamente papel central, desta vez negativo.

9
FORMA NARRATIVA E CONDIÇÃO PERIFÉRICA

Para a surpresa dos amigos, os álbuns ali reunidos não tinham nada a ver com a família ou com a vida do falecido. No começo, as fotos não apontavam nenhum padrão; algumas eram de bailes e festas, outras registravam umas obras, a construção de algumas casas, outras foram tiradas em ensaios de escola de samba, festa de São Cosme e Damião. Douglas foi o primeiro a entender que a Rocinha era o que ligava tudo aquilo.

Com esta informação, os três ficaram ainda mais curiosos com o material. Nem Murilo falou nada quando eles inventaram de espalhar tudo no chão. As fotos mostravam várias fases de uma Rocinha sempre em transformação. Biel foi quem se ligou que algumas das fotos vinham com uma data escrita na parte de trás. Os amigos então começaram a procurar por essas. 1987, 1994, 1965, 2002. As mais antigas eram do final dos anos 1950, registros de algumas poucas casas, espalhadas num morro enorme, verde, lindo.

– Pelo menos agora a gente sabe do que morreu esse coroa. – Douglas e Murilo não entenderam o que uma coisa tinha a ver com a outra.

– Morreu de desgosto. Imagina tu morar aqui a vida toda pra depois virar vizinho de polícia!

– Coé, neguim, se foi ele que tirou essas foto mermo, porra, coroa era relíquia aqui do morro.

– Esse podia falar: Quando eu cheguei aqui, só tinha mato! – Biel se divertia quando os mais velhos mandavam essa.

> – Será que ele chegou aqui antes do morro ter nome? – Murilo tinha na cabeça a história que ouviu sobre a origem do nome Rocinha.
> – E chamava como, antes? – Biel olhava uma das fotos mais antigas que acharam. Em preto e branco, se via uma capela, branca, cercada de mato em volta.
> – Sei lá, irmão, mas geral conta essa história assim, que tipo, antigamente, tinha várias plantação aqui no morro, tá ligado? Tomate, milho, sei lá que porra eles plantava aqui, mas o papo é que esses maluco plantava os bagulho aqui e descia pra vender numa feira ali na Gávea, pegou a visão? Aí nego fala que as parada que dava aqui era neurótica, braba mermo, qualidade. Aí geral perguntava, né: Ah, mas esse legume, essa fruta, veio de onde, e pá. Os maluco começou a falar que era da rocinha deles, ali no alto do morro. Aí foi isso, eles ficou nessa de Rocinha, Rocinha, Rocinha, pegou o nome.[1]

O trecho acima reproduzido vem quase ao fim de *Via Ápia*, de Geovani Martins, na metade da terceira e última parte da narrativa, mas é algo como o coração do romance. Murilo, um dos cinco protagonistas, acaba de largar o serviço militar, o qual cumpre durante a maior parte da história, e agora está fazendo bicos no morro da Rocinha, onde vive com os amigos. Um desses bicos envolve "esvaziar uma casa entupida com bagulhos de todo tipo", objetos guardados ao longo de décadas por um velho morador da Cachopa, no alto do morro, acumulador compulsivo, recém-falecido. O trabalho é pesado, e Murilo convoca os amigos Douglas e Biel para ajudar, os quais estão também desempregados – situação de "vagabundagem" que Murilo usa como chantagem para tirá-los do sofá e fazê-los pegar no serviço. Os três sobem o morro até a casa do velho, onde se distraem em meio à profusão de objetos os mais variados – fantasias de carnaval, fitas VHS, uma piranha empalhada – até encontrarem uma bolsa de plástico com uma série de álbuns

1 Martins, 2022, pp. 295-296.

de fotos que registram o passado da favela. Até esse momento, os três jovens passaram quase 300 páginas perambulando para cima e para baixo, entre o morro e a pista, passando por bicos, perrengues, empregos, festas e flertes, tendo que mudar de casa por conta do uso de drogas que irritava o dono do imóvel e buscando sobreviver em meio às mudanças provocadas na comunidade após a invasão da favela pela UPP (Unidade de Polícia Pacificadora) em novembro de 2011. Agora, debruçam-se pela primeira vez sobre o passado do morro no qual levam as vidas travando a batalha diária para descolar o próximo almoço, o próximo baseado, o próximo rolê.

A imagem que se abre diante deles é como um encontro com a origem. Trata-se de um dos poucos momentos líricos do romance, das poucas cenas em que o frenesi das ruas e vielas por onde os jovens se desviam do perigo, atravessando a vida entre as pressões da família, patrões, traficantes, milicianos e policiais, cede lugar ao tempo dilatado da rememoração. A guerra travada lá fora é momentaneamente suspensa para que os jovens se debrucem sobre uma espécie de túnel do tempo, como se olhassem para o fundo de um poço e lá se reconciliassem com algo que já se perdeu. Fragmentada em uma série de fotografias velhas pelas quais vasculham, e as quais vão colocando sobre o chão para formar um mural, o que dá coesão à imagem é, como o texto diz, a própria Rocinha.

A fragmentação é o traço da vida que eles levam, tornada forma nos amores interrompidos, nos sonhos quase nunca alcançados – ou conquistados apenas parcialmente, como acontece com a amiga Gleyce Kelly, que passa no vestibular, mas, para surpresa dos amigos, não se inscreve no curso –, no caminho de volta para casa não poucas vezes interrompido por um policial da ocupação, nas vidas que terminam cedo demais e, sobretudo, na intermitência do trabalho. Debruçados sobre as fotografias colecionadas pelo velho morador da Cachopa, os três meninos olham agora para além dos retratos que, por metonímia, compõem também a forma do romance de Martins, escrito em capítulos curtos, cada um compreendendo os acontecimentos de um dia, num caleidoscópio de interrupções no qual o clímax quase nunca chega. Ali, no coração da Rocinha, onde quase tudo está em conflito com quase tudo, uma outra Rocinha emerge do passado para dar senso de unidade aos quadros aparentemente desconexos. Mas aquela Rocinha, que unificava a vida, não existe mais.

Aquela Rocinha é um outro mundo, para onde os garotos olham como crianças fascinadas por uma luneta apontada para um passado distante, perdido, guardado só na vida inerte dos objetos e na memória dos velhos que "chegaram quando era tudo mato". É lá que mora o sentido íntimo do nome da favela – Rocinha, das roças onde os primeiros moradores plantavam os legumes e as frutas que vendiam no asfalto para os moradores das áreas nobres. O mundo perdido que Murilo, Biel e Douglas encontram, preservado nas fotografias, parece-lhes um idílio. Um mundo livre, em que era possível viver da terra, morar em casa própria e em meio à vegetação, longe da polícia. Um mundo, sobretudo, em que o trabalho garantia alguma coesão à vida; não por acaso, a Rocinha tem o nome do meio de produção dos habitantes de então, a terra. Um lugar batizado pela terra trabalhada, sublimada pela produção humana que dela tirava os melhores frutos.

Em certo sentido, essa miragem é apenas isso, uma miragem, idílio que troca o que havia de miséria na vida rural pobre da periferia pré-urbanizada pela – alentadora, em vista da miséria urbana avassaladora – ideia de "viver da terra". Ao mesmo tempo, a malandragem e o banditismo da favela do passado parecem amenos em comparação com as chacinas, as balas perdidas e o desaparecimento de corpos da guerra deflagrada entre o narcotráfico e o Estado militarizado. Miragem ou percepção acurada de que alguma coisa de fato piorou – na verdade um pouco de ambos –, a Rocinha antiga aparece para as personagens como um ponto de fuga daquilo que, nos termos do estudo de Thiago Canettieri, é a "condição periférica" que caracteriza o capitalismo no século XXI, no qual

> [...] não se trata mais apenas de exploração direta do emprego, uma vez que este está em falta na nossa sociedade. Trata-se de um outro processo não menos violento, quiçá mais ainda, a abjeção – a condição periférica de estar excluído das formas sociais hegemônicas que traduzem socialmente riqueza (ou, ao menos, dignidade), mas incapaz de abandonar completamente o sistema.[2]

O que caracteriza a condição periférica é o fato de que viver excluído das "formas sociais hegemônicas", obrigado a levar uma vida à margem, sempre a perigo, não implica exclusão do sistema de exploração capitalista. A vida que se leva sob essas condições de inclusão e exclusão simultâneas adquire uma forma estranha, "abjeta", ao mesmo tempo coesa e fragmentada, composta de diferentes e conflitantes elementos. No romance, um bom exemplo dessa forma disforme é o mototáxi com que sonha Wesley, outra das personagens principais. Fazer mototáxi representa, para ele, um passo decisivo em direção à liberdade e à autonomia; para poder realizá-lo, contudo, ele precisa fazer autoescola e tirar a habilitação de moto. Não que ele não saiba dirigir esse tipo de veículo – ele sabe, dirige desde adolescente –, mas é preciso conseguir "o papel". Já a moto, ele precisará comprar sem documentação, pois assim é mais barato, e o capacete é outro elemento desnecessário para fazer o trabalho no morro – ele passa a ser obrigatório apenas quando a UPP invade e ocupa a favela, inscrevendo outras regras no território. Se quiser subir ainda mais na vida e descer o morro para pegar clientes no asfalto, aí ele terá que juntar dinheiro e comprar uma

2 Canettieri, 2020, p. 40.

moto regularizada, com os documentos em dia. O sonho de Wesley é, então, o seguinte: conseguir uma habilitação para poder dirigir legalmente um veículo que ele já aprendeu ilegalmente a dirigir, comprar uma moto sem documentação para poder trabalhar e juntar dinheiro para comprar outra moto, com documentação, para poder trabalhar mais e melhor. Em princípio, nem totalmente dentro nem totalmente fora da lei, o mototáxi é a forma mais bem-acabada com que a personagem sonha alcançar as condições de uma vida autônoma e autodeterminada. Esse caráter "nem dentro nem fora" que tem o mototáxi não deriva, contudo, da preguiça ou da falta de capacidade de Wesley para se adequar totalmente ao que as leis de trânsito e exercício profissional determinam; a sua informalidade não está fora de toda lei, mas é, antes, produto da lei particular na qual a personagem está inserida. É assim que se joga o jogo, essas são as regras, esses são os passos. Tudo está dentro de alguma lei, e que essa lei não coincida totalmente com os códigos previstos na legislação significa apenas que a lei que rege o sonho de Wesley é outra, uma lei composta e apenas parcialmente escrita.

A condição periférica emerge de uma autocontradição do capital, que dissolveu o trabalho produtivo ("trabalho vivo") como elo coesivo da vida. Assim, o exército de reserva do capital, formado por aqueles sem lugar na cadeia produtiva, tende, cada vez mais, a coincidir com a totalidade da classe trabalhadora: a regra é estar desempregado, e a exceção, ter um trabalho formal. Como consequência, o capital estende os tentáculos da sua dominação sobre todas as áreas da vida, e não mais apenas sobre os locais de produção. No capitalismo industrial, a dominação direta se dava no espaço produtivo das fábricas e demais locais de trabalho; fora dele, o trabalhador era ao menos relativamente livre, e essa liberdade, ainda que parcial, era necessária para que o operário se regenerasse antes do novo ciclo diário de produção.[3] Mesmo na economia rural da Rocinha do passado, o agricultor pobre, quando subia de volta para o morro, se reencontrava com uma zona livre da vida mortificante do asfalto – ao menos é o que a imagem idílica das fotos sugere aos meninos. Na condição periférica, contudo, o capital, com as suas duas faces, o crime e a lei, extrapola a dimensão produtiva e se converte em segunda natureza, e a exploração se estende sobre toda ou quase toda a vida. Quando em *Via Ápia* se diz que a "Rocinha é o mundo", a expressão é algo como uma fórmula sintética da periferização. Microcosmo de como se organiza o capitalismo periférico, a favela não é, como pensava a ilusão desenvolvimentista, o signo do atraso, lugar onde o progresso ainda não chegou, mas aponta para o futuro: é o tipo de formação social e urbana que o capital tende a criar à medida que precisa de cada vez menos gente na sua cadeia produtiva.

A metonímia que é a Rocinha se traduz na forma fraturada do seu mundo – ou, mais precisamente, no fato de que a favela é um espaço composto por vários mundos em conflito. A fragmentação da vida no capitalismo contemporâneo tem por efeito a cisão entre os vários mundos pelos quais o sujeito circula. A vida entre diferentes mundos, cada um com as suas regras de pertencimento, é a matéria social capturada pelo romance de Martins. Se a sua forma é feita de fragmentos e elipses, também o é a vida dos seus personagens, sempre no corre, quase nunca empregados; sempre devendo, nunca proprietários de nada além dos seus corpos e do seu tempo, cada vez mais escasso. Sempre, enfim, entre mundos, na sobreposição conflituosa entre mundos distintos e incompatíveis

3 Por sua vez, esse tempo da regeneração do trabalhador só era possível graças à exploração de um outro nível, o do trabalho doméstico, realizado pelas mulheres. O que sustentava e até hoje sustenta o sistema de venda da força de trabalho pelo proletário é o trabalho feminino não remunerado.

entre si, cada um regido por suas próprias regras e códigos. Claro, a vida da classe média também se vive entre vários mundos, mas a diferença, o privilégio, como apontou Gabriel Tupinambá,[4] está na possibilidade de separá-los e habitar cada um de maneira autônoma, mesmo quando eles são contraditórios nas suas lógicas. Assim, um jovem de classe média pode ter conflitos entre sua vida universitária e sua vida familiar, mas o conflito se põe e, quando atinge um limite, pode ser resolvido, por exemplo, pela ruptura parcial – ele pode sair de casa com uma mesada dos pais, mantendo-se equidistante a ambos, atado à família pelo dinheiro e à universidade pela afinidade política. O privilégio de classe não é tanto a ausência de conflitos entre mundos; a possibilidade de formular e resolver o conflito entre os diferentes mundos que esse jovem habita é o verdadeiro privilégio. Por sua vez, o mundo da família habitado por Wesley e seu irmão Washington é medido pelo quanto eles ajudam com as tarefas domésticas e pelo quanto contribuem com a renda familiar. Quando Wesley, nas partes finais do romance, larga o emprego e intensifica o consumo de drogas, ele não apenas deixa de existir no mundo do trabalho, mas paulatinamente também perde existência dentro do mundo da família, sumindo por vários dias, criando rivalidades com o irmão mais velho, que se dedica ainda a contribuir com a casa, aprofundando todo tipo de conflitos antes inexistentes naquele mundo. Todas as personagens de *Via Ápia* habitam esse espaço cindido entre mundos, e a incapacidade estrutural de que esses mundos coincidam, se reconciliem ou se oponham pacificamente é o que marca suas vidas, o que faz da Rocinha metonímia de um outro mundo, mais amplo e complexo, da vida periférica contemporânea.

A personagem que vive mais claramente o conflito entre mundos, no enredo, é Biel. O único branco dos cinco protagonistas, Biel vive na Rocinha, mas ganha a vida vendendo drogas para os *playboys* na praia

4 Tupinambá, 2019.

e nos bairros nobres. O contato com esse outro mundo faz nascer em Biel o desejo de ser como os jovens de classe média, querendo se vestir, viver e falar como eles, o que o leva a gastar todo o seu dinheiro em roupas e outros produtos que o façam parecer um jovem de classe média, mas não impede que ele seja atravessado por uma espécie de síndrome do impostor. A adoção das práticas de consumo dos seus clientes, precariamente sustentada por sua vida objetivamente sem recursos, é insuficiente para suturar ou terminar de cindir a fratura que separa os dois mundos e, muito menos, para curar a ferida que ele próprio tem dentro de si, fruto dessa vida dupla, sobreposta. As regras que regem o mundo das amizades verdadeiras de Biel, que estão na favela, e as que codificam o mundo da classe média que ele encontra através do tráfico não são as mesmas, e o seu conflito é tentar conciliar esses dois universos, buscando aplicar as regras de um a outro, querendo ver seus clientes *playboys* como amigos. Essa unificação não funciona, não porque os *playboys* não gostem de Biel ou ele não saiba se comportar como eles – pelo contrário, ele é bem--aceito entre os jovens ricos e circula com facilidade entre eles –, mas porque estruturalmente esses dois mundos são incompatíveis: porque Biel depende de que os *playboys* continuem seus clientes para ele poder seguir fazendo parte daquele mundo, o seu pertencimento a ele é radicalmente diferente do dos outros jovens, cuja presença ali, nas areias da praia ou em frente às universidades, não é mediada pelo dinheiro e pela dependência. Isto é, Biel precisa manter relações de clientela com as mesmas pessoas de que deseja ser amigo, pois só assim pode sustentar financeiramente sua presença naquele mundo, no qual, entretanto, as relações são mediadas por amizade, e não por comércio. Para que sejam seus amigos, eles precisam ser também seus clientes, o que interdita a possibilidade de que sejam apenas seus amigos. Importa notar que o paradoxo vivido por Biel se dá em razão da sua condição de classe, e a diferença entre a sua maneira de pertencer àquele mundo e a dos *playboys* é uma diferença material, que diz respeito a como um e outros sustentam o consumo dos bens que garantem o pertencimento. Ou, mais precisamente: a virtualidade da diferença entre Biel e os *playboys* – iguais na cor da pele, nas vestes e nos trejeitos, mas diferentes na maneira como se inscrevem naquele mundo – é ela própria concreta e materialmente constituída. Se alguma sobreposição ocorre entre os mundos, permitindo que Biel circule entre eles, isso apenas agrava o conflito. Ir de um mundo a outro é, assim, uma experiência de transitar entre lógicas de pertencimento distintas, e tudo o que Biel faz para tentar aproximá-los o obriga a se ver o tempo inteiro com uma indecisão entre o que eles têm em comum e o que têm de diferente, o que produz como efeito o aprofundamento da sua própria divisão interna e do seu próprio desajuste consigo mesmo.

Composta e complexa é também a forma do romance. Se, por um lado, o enredo encena as sobreposições conflitantes entre mundos, e se os capítulos do romance são rápidos e as cenas frequentemente incompletas, o arco narrativo da obra é convencional, e os recursos da representação, marcada por uma espécie de realismo a fogo baixo, às vezes lembram cenas de uma série televisiva ou de um filme de ação comercial. Assim, no início do capítulo "Rio, 8 de agosto de 2011", vemos Murilo, ainda na força, em missão nas vielas do morro. Aterrorizado e oprimido pelo peso da arma e da situação, ele dispara contra os vultos que aparecem à sua frente, entre os quais está o amigo Douglas. É tudo um sonho, como ficamos sabendo poucos parágrafos depois – mas, assim como num filme com cujos códigos narrativos já nos acostumamos e dos quais não esperamos o improvável, o leitor nota que a cena não é real muito antes de o romance lhe dizer. A essa altura já sabemos que, quando o romance intensifica as emoções da cena, não virão grandes acontecimentos, como a morte de um protagonista por outro. Ficamos esperando a revelação já aguardada, à espera de que Murilo acorde e a narrativa retome o tom com o qual aprendemos a lê-la. Se um efeito era preparado, ele não acontece, pois a narrativa repisa um clichê que já aprendemos em outras partes a antecipar. Contudo, isso é apenas parcialmente defeito de composição; a despeito da alta voltagem emocional na qual encontramos a personagem e da violência da situação representada, a sensação de lugar-comum narrativo é um desdobramento lógico da matéria social a que o romance dá forma.

É que, ao contrário da Rocinha do passado, ou ao menos da sua imagem idealizada, o presente não conhece zonas fora do sistema, e tampouco as suas formas narrativas escapam completamente às regras consagradas do romance realista – linearidade do tempo, unidade de ação, composição psicológica, verossimilhança, separação entre narrador e personagem. Tanto do ponto de vista das histórias narradas quanto da maneira de narrar, há um sistema do qual não parece haver saída. Vale ver como isso se dá em dois planos: no plano da representação, a totalidade da vida é encapsulada pela necessidade de "correr atrás", o que significa: quase nunca trabalhar em emprego fixo e quase nunca descansar. A carteira assinada é um sonho cada vez mais distante, quase inalcançável; o desaparecimento do trabalho formal como realidade implica a universalização do trabalho como mediação da vida, mas agora na forma sombria da sua ausência. Mesmo aqueles personagens que eventualmente conseguem um bico mais estável praticamente não têm tempo livre, e precisam pegar no serviço também aos fins de semana; é o caso de Washington, que a certa altura começa a lavar pratos em um restaurante, o que o aliena aos poucos do convívio com os amigos e daquelas poucas experiências que salvaguardavam algum lazer, algum respiro. Mesmo o trabalho fixo não funciona mais como elemento organizador da vida social; esse trabalho é produtor de distanciamento e, quando implica alguma agregação, como com os colegas de trabalho com que Washington passa a conviver, é uma agregação ao mesmo tempo construtiva e destrutiva, no interior da qual o jovem estreita laços sociais, mas trava seu primeiro contato com a cocaína, a qual ele apresentará em seguida para seu irmão Wesley, dando início à espiral que o levará ao inferno do sistema. Paradoxalmente, é a partir da atividade que deveria justamente garantir uma vida mais estável, o trabalho, que, como uma espécie de praga, a droga se espalha pela família. A entrada no mundo do trabalho formal, que deveria dar coesão e alívio à vida familiar, é o que acelera a sua desagregação.

Por outro lado, no plano da expressão, se a sintaxe das personagens desobedece constantemente à gramática normativa, com a supressão de plurais, o uso dominante de gírias e a oralidade das contrações frasais, o narrador fala uma língua oscilante, mais dúbia que a das personagens. Formalmente onisciente, mas subjetivamente comprometido com o ponto de vista dos protagonistas, ele balança entre a linguagem coloquial e a normativa, mimetizando o "pé dentro pé fora" das figuras que povoam a narrativa. O leitor, que escuta alternadamente o discurso direto das personagens e o indireto do narrador, também se vê no pêndulo entre dois registros decisivamente diferentes, o que faz com que, no todo, a linguagem do romance não esteja apenas a serviço da mimese da oralidade, fora das normas gramaticais convencionais, nem esteja totalmente subsumida à normatização livresca. A despeito de ser saudada como retrato em livro da fala gramaticalmente heterodoxa dos habitantes da periferia (a "nova língua brasileira" com que um crítico definiu o primeiro livro do autor), a forma de representar a linguagem de Martins é interessante não pelo retrato perfeito da oralidade, mas por esse pêndulo que não coincide inteiramente com ela. A narrativa romanesca tradicional, com seu realismo às vezes sem sal, seus pudores, clichês e lugares-comuns, convive sem contradição com a liberdade de uma língua vivificada pela oralidade e com a intensidade da experiência das personagens, sempre do lado da vida, driblando a morte.

O único território efetivamente livre que aparece no plano da narrativa, além da miragem da Rocinha passada, é uma praia distante, da qual o leitor tem notícia apenas pelo relato de Wesley, que a certo momento retorna de um lugar onde habitam "nativos", maconheiros que, para surpresa do garoto, dormem em casas de madeira e vivem felizes. Fora esses idílios sobre os quais não há verificação – um distante no tempo, outro no espaço –, tudo é sistema. Ou se está sob a lei do Mestre, o "Nem" que dominava a favela naqueles anos, ou se está sob a ocupação da UPP, a unidade policial cinicamente chamada de "pacificadora". Seja na entropia do crime, seja sob o desequilíbrio causado pelo terror dos coturnos e dos fuzis, nunca se está do lado de fora do sistema de venda intermitente da força de trabalho e de circulação de mercadorias – legais ou ilegais, é só um detalhe; como explica um ladrão de carros para um taxista, o crime é só outra função, e obedece às regras e aos horários de qualquer trabalho. A vida, como um todo, se vive e se luta dentro das quatro linhas, debaixo de alguma lei.

Mas há um fármaco. A maconha, de longe a mercadoria mais consumida pelas personagens ao longo do romance, também tem um estatuto de permanente ambiguidade. De um lado, é a droga que mantém a reprodução da dominação pelo tráfico e justifica a invasão do morro pela polícia. De outro, ao contrário da cocaína e do *crack*, que têm efeito apenas destruidor na vida das personagens, é a ferramenta pela qual se abre na existência dos jovens uma zona livre das pressões e das correrias do dia a dia. O corre não visa só ganhar o sustento do dia e o compromisso do aluguel, mas garante também o próximo baseado, com o qual as personagens encontram alívio, descanso, prazer e lazer. Quem explica é o Professor, personagem secundário que Wesley vê emergir do caos desagregador de uma cracolândia:

> – Não, cara, isso aqui não tem nada a ver com o que eu tava te falando. – O Professor apontava pros muitos drogados em volta, pro monte de lixo espalhado. – Isso aqui, cracolândia? Isso aqui não tem nada a ver com droga. Até porque, se tu parar pra ver legal, droga tem em qualquer lugar, na Zona Sul, qualquer cidade do mundo. Eu te falei que era músico, né? Eu era não, eu sou, mas no momento eu tô parado... Só que escuta; meu irmão, eu já toquei em muito lugar de rico. Hotel, cruzeiro, a porra toda. O que esse povo usa de droga não tá no gibi. Esse negócio aí de coca rolando na bandeja de festa, com garçom levando canudo e os caralho? Meu irmão, eu vi. Ninguém me contou essa porra. Várias vezes. Vagabundo perdendo a linha, nariz sangrando já. Aplicando na veia, do pé, do braço, do pescoço. Tudo isso eu já vi. Gente rica. Aí tu me fala, cadê a cracolândia no Leblon, lá no Jardim Botânico? Isso aqui não tem nada a ver com a droga. Um lugar desse aqui, quem faz é a pobreza, morô? É a miséria mesmo. É o desespero pra conseguir sobreviver, sabendo que tu vai ter que trabalhar que nem um filho da puta pra encher o cu dos outros de dinheiro, ônibus lotado todo dia, essas porra toda. Isso pra não falar em quem perdeu família de bobeira aí com bala perdida, várias merdas, todo dia é uma diferente.
> Wesley acendeu um cigarro e ofereceu ao Professor. Aquele maluco chegava a dar um nó em sua cabeça; se tava ligado em tanta coisa, como é que chegou naquele ponto? Com a roupa toda rasgada, vários dentes faltando na boca. Wesley queria muito perguntar, mas, na real, tinha medo da resposta.
> – Tá vendo, Professor. Bagulho é ficar só no baseado mermo.
> – Baseadim é bom. – O Professor deu um trago fundo no cigarro, como se lembrasse naquele momento de todos os baseados que já curtiu na vida. – Acalma, bom pra dar aquela dormida de tarde, aquela namorada... É bom, é bom. Mas aí já é um outro problema, morô? Neguinho começa fumar um, nem imagina o tamanho da merda. Mas tu já parou pra pensar por que é que a polícia vai que nem bicho atrás de

> maconheiro? – Ele fez uma pausa, talvez esperando uma resposta, mas como Wesley continuou parado sem dizer nada, continuou o papo: – Isso é ordem lá de cima, morô? De senador, de empresário... O problema da maconha, pra esses caras, é que a maconha só dá vontade de não fazer nada, tô mentindo? E se nós aqui não fazer nada, meu irmão, não limpar o chão, não proteger o cofre do banco, não fazer a comida, eles tá fodido, morô? Porque para tudo, não tem condição. Os cara não sabe fazer nada sozinho, só mandar. Por isso eles precisa de nós trabalhando pra eles, o tempo todo, tu me entende? É por isso que eles prefere ver um preto na cadeia do que fumando maconha, morô? Porque aí fica pelo menos de exemplo.[5]

Na tese do Professor, a violência com a qual a maconha é reprimida pelo Estado é apenas aparentemente desproporcional; para ele, dado que seu efeito, em termos de vício e destruição, não se compara ao das outras drogas, mesmo as legalizadas, o que explica a força descomunal com a qual seu uso é combatido é o fato de que ela se opõe à lógica da submissão pelo trabalho. A fala do Professor, pronunciada no inferno do sistema, dá a senha das engrenagens da dominação, o segredo íntimo da guerra às drogas que visa eliminar toda experiência de contraposição à lógica da exploração, pois "a maconha só dá vontade de não fazer nada", isto é, pacifica o tempo livre, que se desgarra da opressão pela falta de trabalho e se converte em preguiça, prazer e contemplação.

Em meio à sufocante vida da condição periférica, através de experiências de estranhamento como a proporcionada pela maconha, ou mesmo através da pura contemplação numa tarde livre de sol à praia, o sujeito é capaz de inscrever a si e aos outros em um panorama mais amplo, e enxergar a totalidade de um espaço social que se reproduz em escalas de tempo muito maiores do que as da vida individual:

5 Martins, 2022, pp. 234-235.

> Douglas olhou pros amigos de um jeito estranho, com a cara de quem não entendia como foi parar ali. Depois olhou tudo em volta do mesmo jeito, deu um gole na cerveja, acendeu um cigarro.
> – Tava marolando aqui eu, mané, papo reto. Olhano a Pedra da Gávea fiquei como: caralho, sem neurose, quanto tempo essa porra tá aí? Será que é papo de quê, uns trezentos, quinhentos mil anos? Porra, fala tu, bagulho doido. Fiquei viajando tipo: caralho, neguim, dinossauro andou ali, tá ligado? Tem noção, mano? Uns bicho enorme, maior que uma árvore, porra. Aí se liga que bagulho doido: dinossauro teve lá, os índio teve lá, e agora, mano, é só pegar uma trilha que a gente vai passar por lá também, pegou a visão? Tipo assim, mudou a porra toda, os cara inventou carro, fuzil, avião, mas aquela terra ali, menó, é a merma terra, tá ligado? Isso é muito doido. É que nem a Rocinha. A gente mora lá, né não? Tranquilo. Mas qual é neguim, se tu parar pra ver legal, a gente não sabe o que já aconteceu lá. Antes, tá ligado? Qual era a dos bicho, os rio que tinha, se tinha índio, qual que era a tribo. Porra, devia ter índio pra caralho, fala tu. Aí quer dizer, rolou vários bagulho, uns bagulho importante mermo, tipo umas guerra neurótica, e a gente nem tá ligado. E agora é isso, neguim. Tá acontecendo a merma coisa. Vê legal, daqui vários anos, quem vai saber dos perrengue nossos? Do lazer que a gente curtiu? Ninguém, mano. Só que isso não muda, foda-se. A gente tava aqui, se ligou? A gente sabe disso.
> Por um tempo, os amigos ficaram por ali só com o barulho do mar, sem saber o que responder.[6]

A Pedra da Gávea, imponente monumento natural, está, simbolicamente, no extremo oposto da cracolândia em que Wesley encontra o Professor. Ela se ergue no horizonte para recordar que nem sempre a vida foi assim – e nem para sempre será; está sempre ali para resguardar um horizonte de transcendência sob o qual tudo parece pequeno, insignificante. Diante dela, ainda que perca de vista as engrenagens que o mantêm preso à roda de dominação e violência,

6 Martins, 2022, p. 130.

o garoto pode se imaginar como parte de algo maior que o sistema que o oprime. Com a cabeça voltada para o alto, o olhar fixo no horizonte que relativiza tudo, ele entra em solilóquio e se reconcilia consigo mesmo: ainda que tudo não passe de um instante na história do planeta, "a gente tava aqui, se ligou? A gente sabe disso". Não à toa as passagens mais fortes do romance estão nas bocas das personagens, e não com o narrador. A possibilidade de que a vida seja outra e de que o sujeito seja livre se vislumbra menos no discurso indireto que organiza os arcos e as ações das personagens, e mais no que elas dizem diretamente, quando tomam a palavra e viajam, ainda que brevemente, para fora das suas existências paradoxais de exclusão e superexploração.

É assim que, se o romance narra a sobrevivência, as personagens narram a vida, capturada sobretudo na experiência da amizade. Em dado momento, um dos soldados que cumprem o serviço militar com Murilo conta a história da insistência com que um amigo pichador pedia que o jovem se juntasse a ele para marcar um muro. Descobrimos que o amigo morreu logo em seguida, e o soldado conclui dizendo que a melhor coisa que fez na vida foi ter atendido ao pedido do amigo e pintado aquela parede. A morte fica em segundo plano; ao primeiro vem a marca de tinta, deixada nas ruas da cidade, da qual emana a lembrança da vida e do companheirismo. O leitor, provavelmente condicionado a condenar a pichação como atividade imoral, se vê obrigado pela fala do jovem soldado a reconhecer que o crime da pichação é a sua inocência – em meio à vida fragmentada, ela é elemento de coesão social, estreitamento de laços e transcendência em relação à morte.

No todo, *Via Ápia* não rompe com os códigos literários e de expressão já estabelecidos pela forma romanesca – entre outras coisas, o romance é interessante, na verdade, como representação da ambivalência desses próprios códigos, os únicos, ao que parece, que restaram. É exatamente ali, onde a expectativa dessas formas narrativas falha, que mora o jogo íntimo do romance. Ao contrário, talvez, da expectativa do leitor de classe média, acostumado com o acento puramente negativo e violento com que o retrato da favela costuma aparecer – retrato que tem por efeito lembrar esse mesmo leitor da segurança do seu próprio lugar de classe, e confortá-lo mostrando que o horror é com os outros –, o movimento mais frequente da obra de Martins é a frustração do clímax. Sempre que a narrativa parece indicar que algo de ruim vai acontecer aos protagonistas, o que resolve as cenas é uma espécie de despressurização que, no plano do enredo, colabora com a sensação de que, mais uma vez, se escapou à morte ou à prisão, e, no plano formal, confere ao romance um fluxo narrativo no qual a surpresa é a falta de surpresa, e o modo de resolução é a distensão e o alívio. A maneira de narrar do romance opera sempre com um perigo à espreita, do qual as personagens se desvencilham, ora por astúcia, ora, no mais das vezes, por sorte, o que aumenta a intensidade da vida e do novo dia que elas seguem vivendo – pois, tendo sido ganho contingentemente, o dia seguinte não pode prometer nada além de uma nova volta na roleta. Esse perigo em geral passa raspando – a não ser quando não passa. É flagrante o contraste desse modo de narrar com a única cena em que o terrível de fato ocorre:

> No bequinho que dá na Casa da Paz, Washington teve seus pensamentos interrompidos por um moleque que passou voando e quase o derrubou. Ele ainda se virou pra xingar o cara, mas se ligou a tempo na pistola automática que ele carregava na mão esquerda. Foi só na hora que saiu do beco que Washington pensou na possibilidade de bater de frente com a polícia. Então ouviu os tiros, um milésimo de segundo antes de cair no chão.[7]

7 Martins, 2022, pp. 308-309.

O movimento é fulminante, e a morte de Washington, nas páginas finais, vem sem qualquer antecipação. Como era contingente o escapar ao perigo até aqui, também é súbita e sem aviso a sua chegada. A narração desse que é o evento capital da narrativa se dá sem mistificação, sem preparos nem construção de clima. É uma maneira de o romance dizer que as formas narrativas convencionais, com suas preparações, arcos e efeitos, não dão conta da realidade; nesse sentido, o romance é realista exatamente ali onde as convenções do seu realismo são sempre curtas demais para abarcar a realidade. A escolha por, mesmo assim, encená-las, mas destituindo-as dos seus efeitos e mantendo-as na mesma ambivalência em que vivem as personagens, é o acerto da obra, ainda que a divisão de registros, levada a cabo nas não confundidas e não confundíveis elocuções que compõem o romance, e tornada forma numa estrutura tão estanque como a que separa narrador e personagens, seja um problema que, até onde enxergo, a obra não assimila inteiramente.

10
AGROMODERNIDADE

A premissa de *Agropeça*, espetáculo do Teatro da Vertigem com direção de Antônio Araújo e texto de Marcelino Freire, que estreou no galpão do Sesc Pompeia em maio de 2023, é simples e eficaz: o Sítio do Pica-Pau Amarelo está em crise, tendo perdido sua capacidade produtiva. Para não perder as terras, a família precisa encontrar um jeito de levantar dinheiro de modo a salvar a propriedade. Pedrinho, que se tornou adulto e no presente é um agroboy, tem a ideia de realizar um rodeio nos moldes de Barretos, à qual a família adere entusiasmada. É a senha para a companhia encenar a espetacularização da exploração da terra e do trabalho alheio e, mais importante, para que as personagens disputem a arena e o comando do *show* – em especial Emília, a boneca de pano que agora ganhou vida num corpo trans, Tia Anastácia, que adquiriu consciência da própria condição de exploração, e Saci, que sabota os aparelhos de som, corta os cabos de luz e intervém na cena cantando *rap*. A guerra de classes entre senhores e trabalhadores informa a centralidade do conflito e faz alternar os agentes da luta pela terra e pelo protagonismo, levantando a poeira e o feno da arena.

A peça nos mostra que estamos numa situação difícil: o agronegócio, a herança escravocrata e o fascismo rural não são excrescências políticas facilmente remediáveis pelo progressismo esclarecido, mas elementos que têm raiz na formação do país, e que se aprofundam no processo que, há cerca de duas décadas, vem sendo chamado de "desintegração nacional", o qual nos últimos anos se intensificou a níveis antes impensáveis. Como a peça encena, a constelação entre modo de produção latifundiário e neoliberalismo não é sinal de descompasso, como pensaria o nacional-desenvolvimentismo do século passado, segundo o qual bastaria atrelar a sociedade aos trilhos do progresso modernizador e industrialista para se livrar do arcaísmo e integrar as classes à economia urbana, assalariada e de trabalho livre. Tal janela histórica, se um dia existiu, se fechou há muito tempo; a convivência entre estruturas arcaicas de dominação e ideologia de livre-mercado não forma um par atraso/moderno que possa ser superado; trata-se dos dois lados da mesma moeda da inserção do Brasil no capitalismo contemporâneo, no qual o país, tendo perdido o bonde das últimas revoluções industriais, ocupa o lugar de exportador de matérias-primas e monoculturas, ao mesmo tempo que incorpora o que há de mais avançado em termos de precarização das condições de trabalho, fragmentação social e controle digital. É mesmo enganador falar, como se fala usualmente, em "herança" colonial. Há herança, certamente, no sentido que se pode emprestar ao peso do passado escravista em uma economia periférica formada a partir de uma ex-colônia, marcada pelo subdesenvolvimento e pela dependência diante das grandes economias do centro do sistema; mas a ideia de herança não deve sugerir que possamos nos "deserdar" desse passado enquanto continuarmos entendendo-o como mero resíduo, que persistiria como exceção pré-moderna, e não como elemento necessário ao pertencimento do país ao presente da economia global e da modernidade. Dito de outro modo, o fato de ser no campo e na cultura sertaneja que o neoliberalismo encontra as bases mais bem-acabadas para a sua reprodução não é desajuste histórico ou déficit do desenvolvimento nacional, mas sinal de que a formação da nação já se completou, e somos isso mesmo, esse "ornitorrinco", como Francisco de Oliveira ilustrou há 20 anos, inteiramente sincronizados com o presente.

Visto por esse ângulo, como já se notou antes, o papel do discurso desconstrucionista – que ganhou força nos países periféricos nas últimas décadas –, ainda que não trivial e politicamente bem-vindo, reflete também as estruturas de uma realidade de desagregação. É crítica repisada insistir que a fluidez das identidades e a desnaturalização da linguagem têm como contraparte uma realidade de empregos voláteis, aluguéis impagáveis, baixas remunerações e falta de seguridade social. Nesse sentido, mais que apontar saídas – e como poderíamos exigir isso? –, o espetáculo põe em cena, para quem quiser ver, a dificuldade: ainda que na ficção saiam vencedores os sujeitos com os quais o público de esquerda se identifica – os explorados, sem terras ou herança familiar, mas vitalíssimos na contundência desafiadora das suas falas, na contraposição das religiões de matriz africana ao cristianismo, da rima do *rap* à agitação de rodeio –, ainda que "vençamos" na aparência, a luta, política e ideologicamente, se trava no terreno do inimigo. A forma jamais transformada é o rodeio, e os nossos discursos giram em falso sobre o terreno desagregado e desagregador do capitalismo rural brasileiro. É o rodeio que, do início ao fim, dá coesão à cena, o que significa dizer que o fato histórico que o espetáculo encena é o de que o agro dita as regras e cerca o ringue, enquanto a intervenção das personagens progressistas transforma os discursos, mas não as bases da sua produção.

Na forma, isso se dá com Emília, Anastácia e Saci dirigindo a entropia formal do espetáculo, mergulhando-o em uma vertigem de cenas cada vez mais desencontradas, a ponto de, ao mesmo tempo que comemoramos a morte do branco-herdeiro Pedrinho e a tomada da palavra pelas personagens dissidentes, esquecermos de que a arena sob os seus pés continua a mesma. Aos poucos, a dimensão do trabalho e a guerra de classes, que formavam a premissa do conflito narrativo, deixam de existir, e o que vem à frente na forma dramatúrgica é a sucessão de monólogos individuais nos quais os sujeitos usualmente sub-representados conquistam o protagonismo que há muito lhes é devido. Produz-se, então, um descolamento entre o discurso – a voz até recentemente silenciada dos sujeitos dissidentes – e a forma social ao qual ele se opõe – o Sítio de presente neoliberal e de passado escravocrata –, o que dá a pista de haver um embate no espetáculo entre algo supostamente arcaico e algo supostamente moderno. Tal descolamento, por sua vez, já se evidenciava quando se via que o embate entre os donos do Sítio e os seus antagonistas *não se dava no mesmo plano*, nem dramático, nem cênico, nem discursivo. Saci, que canta *rap*, ronda o ringue por fora, enquanto Pedrinho, no registro do animador de rodeio, domina o espaço por dentro; Dona Benta protagoniza os momentos de naturalismo, enquanto Emília toma o microfone e questiona, olhando nos olhos da plateia, a objetificação do corpo trans.

Qual é a ideia que o espetáculo faz de Brasil? No título, *Agropeça*, há uma pista – no neologismo, dois termos estão aglutinados: "peça", o teatro, forma moderna, estética crítica; e "agro", a matéria rural, arcaica, trabalho no campo. A obra examina uma matéria que, sob todos os aspectos, lhe é oposta: o agro é de direita, a peça é de esquerda; o agro é rural, a peça é urbana, se produz e se apresenta na cidade, é esteticamente cosmopolita e está informada das técnicas da dramaturgia e da encenação contemporâneas; o agro é trabalho forçado e semiescravista, a peça é criação coletiva, trabalho colaborativo. De modo geral, público e artistas estão afinados para desprezar o agro, também chamado de "agrocida", outro neologismo que está ali para lembrar que no meio disso tudo há uma dimensão criminal. A síntese dessas oposições todas numa só palavra – "agropeça" – sugere a possibilidade de capturar o dualismo arcaico-

-moderno de uma vez, de modo que cada um dos termos resista a ser assimilado pelo outro e que, por outra parte, ambos não se anulem num terceiro, mais sublimado, que lhes resolva as contradições. Haveria aí sintonia com uma maneira de pensar o Brasil que Paulo Arantes definiu como "experiência intelectual brasileira",[1] cujo objeto é, desde há muito, essa dualidade típica de ex-colônia.

Mas é claro que a coisa é mais complexa do que isso. Não é só que a peça é moderna e o agro é arcaico; no discurso de feição neoliberal, no aparato técnico avançadíssimo, no cosmopolitismo do homem do campo que se inspira no caubói do Texas, em tudo isso o agro é, também, moderno. E todo o aparato de teatro antiquado e fora de lugar da peça, que mistura *spokenword*, interação brechtiana com o público e quebra da quarta parede com cenas naturalistas e melodramáticas, de sabor quase comercial – como a cena entre Dona Benta e Anastácia em torno de uma xícara de chá, em que o que há de social nas relações entre as duas mulheres fica cifrado no registro de um simbolismo ralo, de pausas dramáticas e teatralização naturalizada, um tanto à maneira de telenovela –, confere ao espetáculo uma modernidade também dúbia, na qual convivem teatro contemporâneo e drama previsível. É evidente que o naturalismo dessas cenas não é problema por si só – o drama e o naturalismo estão aí para ser usados –, mas se torna elemento não assimilado quando não faz um contraponto forte ao conteúdo social por ele encenado, terminando por fazer o que todo naturalismo pouco trabalhado faz: naturalizando na forma o que estranha no discurso.

A oposição apenas dualista entre arcaico e moderno não funciona como esquema, portanto, para entender a peça, já que seus dois elementos estão em tensão não apenas um com o outro, mas ambos consigo mesmos: o arcaico é menos arcaico do que parece, o moderno é mais antiquado do que se imagina. No mais, o agro,

1 Arantes, 1993.

que a princípio é conteúdo, objeto de estudo e metonímia do Brasil violento e atrasado, é também forma, na permanência do início ao fim do já referido ringue ou arena de rodeio. Como teatro político atento à complexidade do seu material, *Agropeça* não deixa dúvidas da sua intenção diante daquilo que retrata – as personagens têm lado, e o público também; ao mesmo tempo, a peça não chega a produzir uma imagem mais complexa dessa dicotomia, na qual caberia a cada um dos polos em conflito revelar na sua própria lógica a sua contradição interna.

Acontece que o "Brasil moderno", que se oporia aos resíduos arcaicos do campo, já não está mais disponível, nem na peça nem na vida. Isso porque, como dissemos, o campo se modernizou, o que significa dizer que a ideia de que haveria uma espécie de resíduo pré-moderno aguardando para ser integrado aos trilhos do progresso, o qual levaria todos a uma situação melhor – ideia que animava as perspectivas desenvolvimentistas do pensamento brasileiro até meados do século passado –, desapareceu por completo. Hoje, "progressista" quer dizer vagamente um defensor do Estado democrático de direito, mas tem pouco sentido quanto às aspirações de transformação social radical. Mesmo porque o próprio progresso vai se revelando cada vez mais produtor de catástrofes, e cada vez menos de liberdade: quanto mais avanço técnico, mais controle digital; quanto mais capital acumulado, mais precarização do trabalho; quanto mais automação dos meios de produção, mais desemprego e desagregação da vida social. Numa palavra: quanto mais desenvolvimento, mais subdesenvolvimento.

A peça é um retrato do Brasil contemporâneo, mas não pelo que apresenta de crítica ao agronegócio, e sim pelo impasse ao qual chega, correlato da nossa dificuldade política e ideológica. Poucas obras têm mostrado tão claramente como a realidade de desintegração nacional está também nos limites do discurso que temos para combatê-la.

NOTAS SOBRE OS TEXTOS

Alguns ensaios que compõem este livro foram publicados nas seguintes revistas, em versões parciais ou preliminares:

Trechos de "Os três c's de crise" e "Aspectos do conceito de resistência", sob o título "Altos e baixos da atualidade do conceito de resistência". *Viso*, vol. 17, n. 33, dez. 2023.

Trechos de "Aspectos do conceito de resistência" e "Impotência, opacidade e vício de origem", sob o título "Dificuldade da poesia: desafiando o modelo teórico de Alfredo Bosi". *Remate de Males*, vol. 42, n. 2. Campinas, Unicamp, dez. 2022.

"O pesadelo da exaustão formativa". *Revista do Instituto de Estudos Brasileiros*, n. 85. São Paulo, USP, ago. 2023.

"Organizando cacos". *O Eixo e a Roda*, vol. 33, n. 3. Belo Horizonte, UFMG, set. 2024.

"A dúvida como tradição". *Estudos de Literatura Brasileira Contemporânea*, n. 72. Brasília, UnB, jul. 2024.

REFERÊNCIAS BIBLIOGRÁFICAS

50 POEMAS de revolta (vários autores). São Paulo, Companhia das Letras, 2017.

ADORNO, Theodor W. *Teoria estética*. Trad. Artur Mourão. Lisboa, Edições 70, 1992.

_____. "Crítica cultural e sociedade". *Indústria cultural e sociedade*. Trad. Augustin Wernet e Jorge Mattos Brito de Almeida. São Paulo, Paz e Terra, 2002.

_____. "O artista como representante". *Notas de literatura I*. Trad. Jorge de Almeida. São Paulo, Editora 34, 2003a.

_____. "Palestra sobre lírica e sociedade". *Notas de literatura I*. Trad. Jorge de Almeida. São Paulo, Editora 34, 2003b.

_____. *Minima moralia*. Translated by E. F. N. Jephcott. New York, Verso, 2005.

AGAMBEN, Giorgio. *O homem sem conteúdo*. Trad. Cláudio Oliveira. Belo Horizonte, Autêntica, 2012.

_____. "Resistance in art". Conferência. Suíça, EGS, 2014. Disponível em <https://www.youtube.com/watch?v=one7mE-8y9c>. Acesso em 5/1/2025.

ALVES-BEZERRA, Wilson & DIAS, Jefferson (org.). *Um Brasil ainda em chamas* (antologia). Vila Meã (Portugal), Contracapa, 2022.

ANDERS, Gunther. "Commandments of the atomic age". New York, Monthly Review Press, 1961 [1957].

ANDRADE, Carlos Drummond de. *Poesia completa*. Rio de Janeiro, Nova Fronteira, 2007.

ANDRESEN, Sophia de Mello Breyner. *Coral e outros poemas*. São Paulo, Companhia das Letras, 2018.

ARANTES, Otília & ARANTES, Paulo. *Sentido da formação: três estudos sobre Antonio Candido, Gilda de Mello e Souza e Lucio Costa*. São Paulo, Coleção Sentimento da Dialética, 2021 [1997].

ARANTES, Paulo. *Sentimento da dialética na experiência intelectual brasileira: dialética e dualidade segundo Antonio Candido e Roberto Schwarz*. Rio de Janeiro, Paz & Terra, 1992.

_____. *Ressentimento da dialética: dialética e experiência intelectual em Hegel (antigos estudos sobre o ABC da miséria alemã)*. Rio de Janeiro, Paz & Terra, 1996.

_____. *Extinção*. São Paulo, Boitempo, 2007.

_____. *O novo tempo do mundo e outros estudos sobre a era da emergência*. São Paulo, Boitempo, 2014.

_____. *A fratura brasileira do mundo: visões do laboratório brasileiro da mundialização*. São Paulo, Coleção Sentimento da Dialética, 2021.

ARRIGUCCI JR., Davi. *Coração partido: uma análise da poesia reflexiva de Drummond*. São Paulo, Cosac Naify, 2002.

AUERBACH, Erich. *Mimesis*. São Paulo, Perspectiva, 2002.

_____. *Ensaios de literatura ocidental*. Trad. Samuel Titan Jr. e José Marcos M. de Macedo. São Paulo, Editora 34, 2012.

BADIOU, Alain. *Logiques des mondes – l'être et l'événement 2*. Paris, Éditions du Seuil, 2006.

_____. *L'immanence des vérités – l'être et l'événement 3*. Paris, Fayard, 2018.

BANDEIRA, Manuel. *Itinerário de Pasárgada*. Rio de Janeiro, Nova Fronteira, 1984.

BARBOSA, Thiago de Melo. "Angústias da crítica ante a poesia contemporânea: pluralismo e hiperprodução". *In*: LEITE, Carlos Augusto Bonifácio; OLIVEIRA, Leonardo Davino de & RAMOS, Miguel Jost (org.). *Poesia contemporânea: crítica e transdisciplinaridade*. Rio de Janeiro, Abralic, 2018, pp. 113-128.

BISCHOF, Betina. *Razão da recusa: um estudo da poesia de Carlos Drummond de Andrade*. São Paulo, Nankin, 2005.

BOSI, Alfredo. "Um testemunho do presente". Prefácio. *In*: MOTA, Carlos Guilherme. *Ideologia da cultura brasileira (1933-1974)*. São Paulo, Ática, 1977.

_____. *Reflexões sobre a arte*. São Paulo, Ática, 1986.

_____. *História concisa da literatura brasileira*. São Paulo, Cultrix, 1996.

_____. *O ser e o tempo da poesia*. São Paulo, Cultrix, 1997.

BOSI, Alfredo. *Dialética da colonização*. São Paulo, Companhia das Letras, 2001.

_____. *Literatura e resistência*. São Paulo, Companhia das Letras, 2002.

BOSI, Viviana. *Poesia em risco: itinerários para aportar nos anos 1970 e além*. São Paulo, Editora 34, 2021.

BOSI, Viviana & NUERNBERGER, Renan (org.). *Neste instante: novos olhares sobre a poesia brasileira dos anos 1970*. São Paulo, Humanitas, 2018.

BRAGA, Ruy & QUERIDO, Fabio Mascaro. "Apresentação: Chico de Oliveira e as reviravoltas da crítica". *In*: OLIVEIRA, Francisco de. *Brasil: uma biografia não autorizada*. São Paulo, Boitempo, 2018.

BRITTO, Paulo Henriques. "Um poema de Edimilson de Almeida Pereira". *Eutomia*, n. 18. Recife, dez. 2016, pp. 13-19.

_____. *Fim de verão*. São Paulo, Companhia das Letras, 2022.

BROWN, Nicholas. "Tropicália, pós-modernismo e a subsunção real do trabalho sob o capital". Trad. Milton Ohata. *In*: CEVASCO, Maria Elisa & OHATA, Milton (org.). *Um crítico na periferia do capitalismo: reflexões sobre a obra de Roberto Schwarz*. São Paulo, Companhia das Letras, 2007.

BURGER, Peter. *Teoria da vanguarda*. Trad. Ernesto Sampaio. Lisboa, Vega, 1993.

CALIXTO, Fabiano. *Fliperama*. São Paulo, Corsário-Satã, 2020.

CAMILO, Vagner. "Nota sobre a recepção de Rilke na lírica brasileira do segundo pós-Guerra". *Navegações*, vol. 10, n. 1, 2017, pp. 71-78.

CANDIDO, Antonio. *Formação da literatura brasileira*, vol. 1. São Paulo, Livraria Martins, 1959.

_____. *Formação da literatura brasileira*, vol. 2. São Paulo, Livraria Martins, 1964.

_____. "Quatro esperas". *Novos Estudos Cebrap*, n. 26, mar. 1990.

_____. "O socialismo é uma doutrina triunfante". Entrevista a Joana Tavares. *Brasil de Fato*, 8 ago. 2011.

_____. *A educação pela noite*. São Paulo, Todavia, 2023.

CANETTIERI, Thiago. *A condição periférica*. Rio de Janeiro, Consequência, 2020.

CAPILÉ, André. "Poeta do presente". *Quatro Cinco Um*, 1 dez. 2022. Disponível em <https://www.quatrocincoum.com.br/br/resenhas/os-melhores-livros-de-2022/poeta-do-presente>. Acesso em 5/1/2025.

CASTRO, Eduardo Viveiros de. *Metafísicas canibais: elementos para uma antropologia pós-estrutural*. São Paulo, Cosac Naify, 2015.

CATALANI, Felipe. "Formação e desconstrução: uma visita ao Museu da Ideologia Francesa – comentário sobre o livro recém-lançado de Paulo Arantes". *A terra é redonda*, 19/8/2021. Disponível em <https://aterraeredonda.com.br/formacao-e-desconstrucao-uma-visita-ao-museu-da-ideologia-francesa/>. Acesso em 5/1/2025.

CAUX, Luiz Philipe de & CATALANI, Felipe. "A passagem do dois ao zero: dualidade e desintegração no pensamento dialético brasileiro (Paulo Arantes, leitor de Roberto Schwarz)". *Revista do Instituto de Estudos Brasileiros*, n. 74, 2019, pp. 119-146. Disponível em <https://www.revistas.usp.br/rieb/article/view/164933/158061>. Acesso em 5/1/2025.

COMAY, Rebecca & RUDA, Frank. *The dash – the other side of absolute knowing*. Cambridge/MA, MIT Press, 2018.

DAFLON, Claudete. "Um ninho na escuridão do mundo: poesia, resistência e decolonialidade". *Alea: Estudos Neolatinos*, vol. 23/1, 2021, pp. 154-169.

DANTAS, Vinícius. "A nova poesia brasileira e a poesia". *Novos Estudos Cebrap*, n. 16, jun. 1986.

DANTAS, Vinícius & SIMON, Iumna Maria. "Poesia ruim, sociedade pior". *Novos Estudos Cebrap*, n. 12, jun. 1985.

DELEUZE, Gilles. "Qu'est-ce que l'acte de création?". Conferência. Paris, 1987. Disponível em <https://www.youtube.com/watch?v=4ybvyj_Pk7M>. Acesso em 5/1/2025.

DOLAR, Mladen. *A voice and nothing more*. Cambridge/MA, MIT Press, 2006.

_____. "One divides into two". *E-flux*, n. 33, 2012. Disponível em <http://worker01.e-flux.com/pdf/article_8950664.pdf>. Acesso em 5/1/2025.

DOMENECK, Ricardo. "Ideologia da percepção ou algumas considerações sobre a poesia contemporânea no Brasil". *Inimigo Rumor*, n. 18, 2006. Disponível em <http://longoestudo.blogspot.com/2013/02/ideologia-da-percepcao.html>. Acesso em 5/1/2025.

_____. *O morse desse corpo*. Rio de Janeiro, 7Letras, 2020.

_____. *Cabeça de galinha no chão de cimento*. São Paulo, Editora 34, 2023.

DUARTE, Cláudio R.; CANETTIERI, Thiago & ALVARENGA, Raphael F. "Objeto não-identificado – *Bacurau*: cenas de um mundo pós-colapsado". *Sinal de Menos*, ano 11, vol. 1, n. 14, 2020.

DUNKER, Christian Ingo Lenz. "O sonho que ainda não começou: o bolsonarismo como sombra regressiva do lulismo". *Margem Esquerda*, n. 40. São Paulo, Boitempo, 2023, pp. 61-77.

DUNKER, Christian Ingo Lenz; SAFATLE, Vladimir & SILVA JÚNIOR, Nelson da (org.). *Neoliberalismo como gestão do sofrimento psíquico*. Belo Horizonte, Autêntica, 2021.

DUPUY, Jean-Pierre. *Economy and the future – a crisis of faith*. Translated by M. B. DeBevoise. Michigan State University, 2014.

DURÃO, Fabio Ackelrud. *Do texto à obra e outros ensaios*. Curitiba, Appris, 2019.

FERREIRA, Jean Fabricio Lopes & MARTINS, Aulus Mandagará. "A Geração Lula, de Alberto Pucheu: olhares para a poesia brasileira do século XXI". *Eixo Roda*, vol. 30, n. 4. Belo Horizonte, 2021, pp. 237-253.

FERRO, Letícia Costa e Silva. *Paisagens em profusão: as poéticas contemporâneas de Angélica Freitas, Fabiano Calixto, Marília Garcia e Ricardo Domeneck*. Goiânia, Universidade Federal de Goiás, 2015 (Tese de doutorado).

FISHER, Mark. *Ghosts of my life: writings on depression, hauntology and lost futures*. Washington D.C., Zero Books, 2014a.

_____. "The slow cancellation of the future". Conferência. Zagreb, 2014b. Disponível em <https://www.youtube.com/watch?v=aCgkLICTskQ>. Acesso em 5/1/2025.

_____. *Realismo capitalista*. São Paulo, Autonomia Literária, 2020.

_____. *Postcapitalist desire: the final lectures*. Org. Matt Colquhoun. Repeater, 2021.

FIUZA, Adriana Aparecida de Figueiredo; SCHER, Crislaine Alessandra de Lima & SANTOS, Paula Maria Lucietto Dylbas dos. "Poesia feminista latino-americana e as expressões de violências nos poemas de Luiza Romão, Renata Machado Tupinambá e Elizandra Souza". *Raído*, vol. 15, n. 38. Dourados, maio-ago. 2021, pp. 239-258.

FORGIARINI, Eduardo da Silva. "Paulo Henriques Britto: uma poética do clichê". *Leitura*, n. 71.Maceió, set.-dez. 2021.

FOSTER, Hal. *O retorno do real*. Trad. Célia Euvaldo. São Paulo, Ubu, 2017.

FOUCAULT, Michel. *Dits et* écrits, vol. 4: *1980-1988*. Paris, Gallimard, 1994.

FRANCHETTI, Paulo. "A demissão da crítica". *Sibila*, n. 8-9. Cotia, Ateliê, 2005, pp. 25-40.

FREITAS, Angélica. *Um útero é do tamanho de um punho*. São Paulo, Companhia das Letras, 2017.

_____. *Canções de atormentar*. São Paulo, Companhia das Letras, 2020.

_____. *Rilke shake*. São Paulo, Companhia das Letras, 2021.

FREITAS, Neide & QUEIROZ, Sônia (org.). *Vissungos: cantos afrodescendentes em Minas Gerais*. Belo Horizonte, Fale/UFMG, 2015.

FUKUYAMA, Francis. "The End of History?". *The National Interest*, 1989, pp. 3-18.

GETZ, Yasmine. "Poetry of the resistance, resistance of the poet". *Studies in 20th Century Literature*, vol. 26:1, 2002, pp. 51--73. Disponível em <https://newprairiepress.org/cgi/viewcontent.cgi?referer=&httpsredir=1&article=1519&context=sttcl>. Acesso em 5/1/2025.

GIMENEZ, Erwin Torralbo *et al.* (org.). *Reflexão como resistência: homenagem a Alfredo Bosi*. São Paulo, Sesc/Companhia das Letras, 2018.

GINZBURG, Jaime. *Crítica em tempos de violência*. São Paulo, Edusp, 2012.

GOMES, Paulo Emílio Sales. *Uma situação colonial?* São Paulo, Companhia das Letras, 2016.

GRAEBER, David & WENGROW, David. *O despertar de tudo: uma nova história da humanidade*. Trad. Denise Bottmann e Cláudio Marcondes. São Paulo, Companhia das Letras, 2022.

GULLAR, Ferreira. *Toda poesia*. Rio de Janeiro, José Olympio, 1987.

HABERMAS, Jürgen. *Mudança estrutural da esfera pública: investigações quanto a uma categoria da sociedade burguesa*. Rio de Janeiro, Tempo Brasileiro, 1984.

HAMBURGER, Michael. *A verdade da poesia: tensões na poesia modernista desde Baudelaire*. Trad. Alípio Correia de Franca Neto. São Paulo, Cosac Naify, 2007.

HEGEL, Georg Wilhelm Friedrich. *Fenomenologia do espírito*. Trad. Paulo Meneses. Petrópolis, Vozes, 2014.

HOLLANDA, Heloisa Buarque de (org.). *As 29 poetas hoje*. São Paulo, Companhia das Letras, 2021.

JAMESON, Fredric. "Future city". *New Left Review*, n. 21, maio-jun. 2003, pp. 65-79.

JARDIM, Giovane Rodrigues & SOUZA, Cristiéle Santos de. "É possível a lírica após Auschwitz? – uma propedêutica à dialética negativa de Adorno". *Revista Literatura e Autoritarismo*. Santa Maria, UFSM, dossiê n. 12, nov. 2012.

KARATANI, Kojin. *Architecture as metaphor: language, number, money*. Translated by Sabu Kohso. MIT Press, 1995.

KARATANI, Kojin. *The structure of world history: from modes of production to modes of exchange*. Durham, Duke University Press, 2014.

KOPENAWA, Davi & ALBERT, Bruce. *A queda do céu: palavras de um xamã yanomami*. São Paulo, Companhia das Letras, 2015.

KURTZ, Robert. *O colapso da modernização: da derrocada do socialismo de caserna à crise da economia mundial*. Trad. Karen Elsabe Barbosa. São Paulo, Companhia das Letras, 1993.

LAFETÁ, João Luiz. "Traduzir-se: ensaio sobre a poesia de Ferreira Gullar". *A dimensão da noite e outros ensaios*. São Paulo, Editora 34, 2004.

LIMA, Luiz Costa. *Lira e antilira: Mário, Drummond, Cabral*. Rio de Janeiro, Topbooks, 1995.

LUKÁCS, Georg. *A teoria do romance*. Trad. José Marcos Mariani de Macedo. São Paulo, Editora 34, 2000.

LUZ, Flávia Lucimar Batista da. *Uma análise dos vissungos sob a perspectiva das teorias de contato e morte de línguas*. Belo Horizonte, Pontifícia Universidade Católica de Minas Gerais, 2016 (Dissertação de mestrado).

MAGALHÃES, Danielle. "Pelas bordas". *Garrafa*, vol. 15, n. 42, jan.-jun. 2017, pp. 125-134.

MARQUES, Ana Martins. *Da arte das armadilhas*. São Paulo, Companhia das Letras, 2011.

_____. *O livro das semelhanças*. São Paulo, Companhia das Letras, 2015.

_____. *A vida submarina*. São Paulo, Companhia das Letras, 2021a.

_____. *Risque esta palavra*. São Paulo, Companhia das Letras, 2021b.

_____. *De uma a outra ilha*. São Paulo, Fósforo/Luna Parque, 2023.

MARTINS, Geovani. *Via Ápia*. São Paulo, Companhia das Letras, 2022.

MEILLASSOUX, Quentin. *After finitude: an essay on the necessity of contingency*. Translated by Ray Brassier. Continuum, 2010.

MELO, Adriana & ANDRADE, Paulo de (trad. e org.). "Cantos afrodescendentes: vissungos". *Suplemento Literário de Minas Gerais*. Belo Horizonte, Secretaria de Estado de Cultura de Minas Gerais, 2008.

MELO, Alfredo Cesar. "A formação como nacional-ocidentalização". *Criação & Crítica*, n. 26, 2020, pp. 136-147.

MERQUIOR, José Guilherme. *A astúcia da mímese*. Rio de Janeiro, José Olympio, 1972.

MONTEIRO, Dulcineia Bicalho. "Alice Sant'Anna, mais uma voz feminina na poesia contemporânea". *e-scrita*, vol. 3, n. 2, maio-ago. 2012.

MOTA, Carlos Guilherme. *Ideologia da cultura brasileira (1933-1974)*. São Paulo, Ática, 1977.

MOURA, Murilo Marcondes de. *O mundo sitiado: a poesia brasileira e a Segunda Guerra Mundial*. São Paulo, Editora 34, 2016.

NANCY, Jean-Luc. *Resistência da poesia*. Trad. Bruno Duarte. Lisboa, Vendaval, 2005.

NEVES, Cynthia Agra de Brito & SANTOS, Sóstenes Renan de Jesus Carvalho. "Luiza Romão e 'sua poema' de resistência decolonial: *slam* das minas, presente!". *Terceira Margem*, n. 51, 2022, pp. 95-118.

NOBRE, Marcos. "Da 'formação' às 'redes': filosofia e cultura depois da modernização". *Cadernos de Filosofia Alemã*, n. 19, jan.-jun. 2012.

_____. *Imobilismo em movimento: da abertura democrática ao governo Dilma*. São Paulo, Companhia das Letras, 2013.

_____. *Limites da democracia: de junho de 2013 ao governo Bolsonaro*. São Paulo, Todavia, 2022.

NOBRE, Marcos & SINGER, André. "Lulismo e pemedebismo: debate com André Singer e Marcos Nobre". São Paulo, FFLCH/USP, 2012. Disponível em <https://www.youtube.com/watch?v=BUl6oX7ny-c>. Acesso em 5/1/2025.

NUERNBERGER, Renan. "Poesia em desenvolvimento". *In*: RUFINONI, Simone Rossinetti & REDONDO, Tercio (org.). *Caminhos da lírica brasileira contemporânea: ensaios*. São Paulo, Nankin, 2013.

NUNES, Rodrigo. *Do transe à vertigem: ensaios sobre bolsonarismo e um mundo em transição*. São Paulo, Ubu, 2022.

OLIVEIRA, Emanuelle de Queiroz. "Ana C. e Alice Sant'Anna: tradição e deslocamentos na poesia brasileira". *Raído*, vol. 15, n. 38. Dourados, maio-ago. 2021, pp. 259-275.

OLIVEIRA, Francisco de. *Crítica à razão dualista / O ornitorrinco*. São Paulo, Boitempo, 2003.

_____. *Brasil: uma biografia não autorizada*. São Paulo, Boitempo, 2018.

OLIVEIRA, Pedro Rocha de. "Posfácio à modernização". *Margem Esquerda*, n. 40. São Paulo, Boitempo, 2023, pp. 37-41.

_____. *Discurso filosófico da acumulação primitiva: estudo sobre as origens do pensamento moderno*. São Paulo, Elefante, 2024.

PARANÁ, Edemilson. "Três dimensões da tragédia da esquerda no início do século XXI". *Blog* da Boitempo, 29/6/2017. Disponível em <https://

blogdaboitempo.com.br/2017/06/29/tres-dimensoes-da-tragedia-da-esquerda-no-inicio-do-seculo-xxi/>. Acesso em 5/1/2025.

PARANÁ, Edemilson & TUPINAMBÁ, Gabriel. *Arquitetura de arestas: as esquerdas em tempos de periferização do mundo*. São Paulo, Autonomia Literária, 2022.

PASTA, José Antônio. *Trabalho de Brecht*. São Paulo, Editora 34, 2010.

_____. *Formação supressiva: constantes estruturais do romance brasileiro*. São Paulo, FFLCH/USP, 2011 (Tese de livre-docência).

PÉCORA, Alcir. "O inconfessável: escrever não é preciso". *Sibila*, 2010 [2005]. Disponível em <https://sibila.com.br/critica/o-inconfessavel-escrever-nao-e-preciso/3977>. Acesso em 5/1/2025.

PEDROSA, Célia. "A resistência, o irresistível e a poesia em crise de Marcos Siscar". *Signótica*, vol. 25, n. 1, jan.-jun. 2013, pp. 1-19.

PEDROSA, Célia & CAMARGO, Maria Lúcia de Barros (org.). *Poesia e contemporaneidade: leituras do presente*. Chapecó, Argos, 2001.

PENNA, João Camillo. "O método crítico de Antonio Candido". *Criação & Crítica*, n. 26, 2020, pp. 149-181.

PEREIRA, Edimilson de Almeida. *Poesia +*. São Paulo, Editora 34, 2019.

_____. "A realidade: teia para o pensamento". *Gragoatá*, vol. 27, n. 57. Niterói, 2022a, pp. 187-213. Disponível em <https://periodicos.uff.br/gragoata/article/view/51482/30894>. Acesso em 5/1/2025.

_____. *Entre Orfe(x)u e Exunouveau: análise de uma estética de base afrodiaspórica na literatura brasileira*. São Paulo, Fósforo, 2022b.

_____. *Melro*. São Paulo, Editora 34, 2022c.

PESSOA, Nicollas Ranieri de Moraes. "Ricardo Domeneck e a reivindicação do lirismo". *Revista do SELL*, vol. 8, n. 2. Uberaba, jul.-dez. 2019, pp. 441-456.

PINHEIRO, Tiago Guilherme. "Espectros sonoros: voz, corpo e democracia em Ricardo Domeneck". *Horizontes da Escrita*, 52, set.-dez. 2017. Disponível em <https://www.scielo.br/j/elbc/a/xjrxFRc4FJtRwHMxS77tH5S>. Acesso em 5/1/2025.

PINHEIRO, Tiago Guilherme; RIBEIRO, Gustavo Silveira & VERAS, Eduardo Horta Nassif. *Poesia contemporânea: reconfigurações do sensível*. Belo Horizonte, Quixote, 2018.

PUCHEU, Alberto. *Para que poetas em tempos de terrorismos?* Rio de Janeiro, Azougue, 2017.

PUCHEU, Alberto. "Prazer, esse sou ele (a autobiografia poética de André Luiz Pinto)". *Alea: Estudos Neolatinos*, vol. 21/3. Rio de Janeiro, set.-dez. 2019, pp. 131-148.

PUCHEU, Alberto (org.). *Poemas para exumar a história viva*. São Paulo, Cult, 2021.

REZENDE, Carolina Anglada de. "Forma e antiforma: a poesia em desmonte de Edimilson de Almeida Pereira". *Acta Scientiarum*, vol. 44, 2022.

RIBEIRO, Gustavo Silveira (org.). *Uma alegria estilhaçada: poesia brasileira 2008-2018* (antologia). Belo Horizonte, Escamandro/Macondo, 2020.

RILKE, Rainer Maria. *Elegias de Duíno*. Trad. Dora Ferreira da Silva. Porto Alegre, Globo, 1972.

_____. *A melodia das coisas: contos, ensaios, cartas*. Org. e trad. Claudia Cavalcanti. São Paulo, Estação Liberdade, 2011.

ROMÃO, Luiza. *Sangria*. São Paulo, Selo do Burro, 2017.

_____. *Também guardamos pedras aqui*. São Paulo, Nós, 2021.

_____. *Nadine*. São Paulo, Quelônio, 2022.

ROSENFELD, Anatol. *Texto/Contexto I*. São Paulo, Perspectiva, 2013.

RUDA, Frank. *For Badiou: idealism without idealism*. Evanston, Illinois, Northwestern University Press, 2015.

_____. *Abolishing freedom: a plea for a contemporary use of fatalism*. Lincoln, University of Nebraska Press, 2016.

RÜSCHE, Ana & LOUSA, Pilar Lago. "Caminhos em curso da poesia brasileira escrita por mulheres: as plaquetes da *nosotros*". *Itinerários*, n. 55, jul.-dez. 2022, pp. 143-160.

SAFATLE, Vladimir. *Cinismo e falência da crítica*. São Paulo, Boitempo, 2009.

_____. "A construção estética do Brasil e seus colapsos: crítica, impasse e modernismos nacionais". *Constelaciones*, n. 15, 2023, pp. 4-31.

SANT'ANNA, Alice. *Rabo de baleia*. São Paulo, Cosac Naify, 2013.

SANTIAGO, Silviano. "As ilusões perdidas da poesia". *Jornal do Brasil*. Rio de Janeiro, 15 dez. 2001.

SCHILLER, Friedrich. *Poesia ingênua e sentimental*. Trad. Márcio Suzuki. São Paulo, Iluminuras, 1991.

SCHWARZ, Roberto. *Que horas são?* São Paulo, Companhia das Letras, 1997.

_____. *Sequências brasileiras*. São Paulo, Companhia das Letras, 1999.

_____. *Ao vencedor as batatas: forma literária e processo social nos inícios do romance brasileiro*. São Paulo, Editora 34, 2000.

_____. *Cultura e política*. São Paulo, Paz e Terra, 2005.

SCHWARZ, Roberto. *Martinha* versus *Lucrécia*. São Paulo, Companhia das Letras, 2012.

_____. *Um mestre na periferia do capitalismo*. São Paulo, Editora 34, 2020.

SCRAMIN, Susana; SISCAR, Marcos & PUCHEU, Alberto (org.). *Duplo estado da poesia: modernidade e contemporaneidade*. São Paulo, Iluminuras, 2015.

SILVA, Sandro Adriano da. "Demandas do presente: 'Traduzir-se', de Ferreira Gullar". *Anuário de Literatura*, vol. 18, n. 2. Florianópolis, 2013, pp. 123-138.

SINGER, André. *Os sentidos do lulismo: reforma gradual e pacto conservador*. São Paulo, Companhia das Letras, 2012.

SISCAR, Marcos. "Poetas à beira de uma crise de versos". *Modo de Usar & Co.*, 2008.

_____. "As desilusões da crítica de poesia". *Teresa – Revista de Literatura Brasileira*. São Paulo, 2010a, pp. 109-120.

_____. *Poesia e crise: ensaios sobre a "crise da poesia" como* topos *da modernidade*. Campinas, Editora da Unicamp, 2010b.

_____. *De volta ao fim: o "fim das vanguardas" como questão da poesia contemporânea*. Rio de Janeiro, 7Letras, 2017.

SOUZA, Gilda de Mello e. *Exercícios de leitura*. São Paulo, Editora 34, 2009.

STERZI, Eduardo. "O mito dissoluto". *Rivista di Studi Portoghesi e Brasiliani*, III, 2001.

_____. *A prova dos nove: alguma poesia moderna e a tarefa da alegria*. São Paulo, Lumme Editor, 2008.

_____. "Terra devastada: persistências de uma imagem". *Remate de Males*. Campinas, jan.-jun. 2014, pp. 95-111.

TELES, Edson & SAFATLE, Vladimir (org.). *O que resta da ditadura: a exceção brasileira*. São Paulo, Boitempo, 2010.

TELES, Gilberto Mendonça (org.). *Vanguarda europeia e modernismo brasileiro*. Petrópolis, Vozes, 2005.

VALÉRY, Paul. *Variedades*. Org. João Alexandre Barbosa; trad. Maíza Martins de Siqueira. São Paulo, Iluminuras, 2018.

_____. *Poiética (cadernos)*. Trad. Roberto Zular e Fábio Roberto Lucas. São Paulo, Iluminuras, 2022.

VELOSO, Caetano. "Fora da ordem". *Circuladô* (CD). Rio de Janeiro, Polygram, 1991. Faixa 1.

VERAS, Eduardo. "Cálculos nos intestinos da prosa: a poesia como corpo estranho em Paulo Henriques Britto". *XV Abralic*, 2016.

VIEIRA, Guilherme Alenício Pires de Souza Medeiros. "Do corpo-país--invadido ao corpo-mulher-violada: nuances da invasão em *Sangria* (2017), de Luiza Romão". *Revista Latino-Americana de Estudos em Cultura e Sociedade*, vol. 6, n. 1, jan.-abr. 2020.

VIRIATO, Lucas. "Poesia ilumina o agora". *In*: LEITE, Carlos Augusto Bonifácio; OLIVEIRA, Leonardo Davino de & RAMOS, Miguel Jost (org.). *Poesia contemporânea: crítica e transdisciplinaridade*. Rio de Janeiro, Abralic, 2018, pp. 86-100.

ŽIŽEK, Slavoj. *For they do not know what they do – enjoyment as a political factor*. Nova York, Verso, 1991.

ZULAR, Roberto. "A dignidade da poesia". Prefácio. *In*: PEREIRA, Edimilson de Almeida. *Poesia +*. São Paulo, Editora 34, 2019.

Título	Dificuldade da poesia Ensaios de literatura brasileira contemporânea
Autor	João Mostazo
Coordenação Editorial	Ricardo Lima
Secretário gráfico	Ednilson Tristão
Preparação dos originais	Matheus Rodrigues de Camargo
Revisão	Lúcia Helena Lahoz Morelli
Editoração eletrônica	Selene Camargo
Design de capa	Estúdio Bogari
Formato	14 x 21 cm
Papel	Avena 80 g/m2 – miolo Cartão supremo 250 g/m2 – capa
Tipologia	Minion Pro
Número de páginas	272

ESTA OBRA FOI IMPRESSA NA VISÃO GRÁFICA
PARA A EDITORA DA UNICAMP EM AGOSTO DE 2025.